燕赵文艺名家丛书·艺术

孙德民 著

孙德民
戏剧作品选

（2012—2024）

河北出版传媒集团
河北教育出版社

图书在版编目（CIP）数据

孙德民戏剧作品选：2012—2024 / 孙德民著 .

石家庄：河北教育出版社，2025.3. --（燕赵文艺名家

丛书：艺术）. -- ISBN 978-7-5545-9023-2

Ⅰ. I230

中国国家版本馆 CIP 数据核字第 2025C060V6 号

燕赵文艺名家丛书·艺术

**孙德民戏剧作品选（2012—2024）**

SUN DEMIN XIJU ZUOPIN XUAN（2012—2024）

| | | |
|---|---|---|
| 作　　者 | 孙德民 | |
| 出 版 人 | 董素山 | |
| 选题策划 | 汪雅瑛 | |
| 责任编辑 | 刘书芳　秘云霞 | |
| 装帧设计 | 郝　旭 | |
| 出版发行 | 河北出版传媒集团 | |

河北教育出版社 http://www.hbep.com

（石家庄市联盟路 705 号，050061）

| | | |
|---|---|---|
| 印　　制 | 石家庄名伦印刷有限公司 | |
| 开　　本 | 787 mm×1092 mm　　1/16 | |
| 印　　张 | 22.25 | |
| 字　　数 | 300 千字 | |
| 版　　次 | 2025 年 3 月第 1 版 | |
| 印　　次 | 2025 年 3 月第 1 次印刷 | |
| 书　　号 | ISBN 978-7-5545-9023-2 | |
| 定　　价 | 128.00 元 | |

# 序言

文化兴则国家兴，文化强则民族强。燕赵文化源远流长、博大精深，形成了慷慨悲歌的燕赵精神，孕育了灿若星河的文艺名家。他们立时代之潮头、发时代之先声，传承着河北文艺的优良传统，书写和记录着人民的伟大实践，为河北文化事业的繁荣发展做出了巨大贡献。

星河灿烂，艺道日新。为了继承和发扬老一辈文艺名家的宝贵精神，发挥好他们在文艺创作道路上的"传帮带"作用，推动文艺繁荣发展，河北省坚持以习近平文化思想为指导，组织实施了文艺名家推出工程、中青年文艺人才"秀林计划"、文艺后备人才"春苗行动"、文艺名家情系河北"故乡创作计划"，通过每年为文艺名家出版专著、召开研讨会、成立工作室等方式，支持名家开展创作、发展事业，鼓励名家收徒传艺、扶携后辈，勉励新一代文艺工作者见贤思齐、接续奋斗，努力形成河北文艺事业长江后浪推前浪的生动局面，构建"老中青梯次衔接、省内外交相辉映"的人才格局。

作为文艺名家推出工程的重要内容，省委宣传部会同省文联、省作协开展"燕赵文艺名家丛书"的编辑出版工作，将按照"一人一书"的原则，为我省文艺名家出版作品集或个人专著，集中展示文艺名家的创作历程、奋斗精神和创作成果，强化文艺名家的行业引领效应，带领人才成长、带动文艺事业发展。首批文艺名家包括张峻、尧山壁、封秋昌、蔡子谔、刘小放、边国政、梅洁、刘家科、何玉茹、傅剑仁、谈歌等11位著名作家，以及边发吉、旭宇、郑一民、铁扬、孙德民、曹贤邦、刘瑞新等7位著名艺术家。

择一事，终一生。这18位著名作家、艺术家，是河北文艺发展的实践者和见证人，代表着一个时代的文艺水平和精神。他们用一生的文艺实践，走出了一条扎根时代、扎根人民的创作之路；他们用无愧时代的精品，绘就了欣欣向荣的文艺画卷；他们用发自内心的真诚和热爱，传递了生生不息的文艺薪火。全省广大文艺工作者要以名家为榜样，不忘初心、牢记使命，不负时代、不负人民，创作更多思想精深、艺术精湛、制作精良的优秀作品，热忱描绘新时代新征程的恢宏气象，书写生生不息的人民史诗，奋力攀登新时代文艺新高峰！

编委会

2024年9月

# 目　录

竖排文字：孙德民戏剧作品选（2012—2024）

燕赵文艺名家丛书·艺术

# 本书序

刘玉琴 I《人民日报》文艺部原主任，高级记者

六十多年创作生涯，五十多部作品搬上舞台，二三十次获国家舞台艺术大奖。剧作家孙德民在中国戏剧界是一个耀眼的存在，这不仅指其价值与影响，还有其为人的宽厚勤奋与情感格局。

透视人间烟火，描摹时代斑斓，是艺术创作者的追求和向往。对时代与生活的敏锐观察与捕捉、深刻剖析与思辨、精妙表达与建构，是艺术家认知时代、记录时代的重要特征。孙德民创作的众多戏剧作品，透露了剧作家在时代生活的热流中以自己的思考与执着所抵达的深度与高度。孙德民的作品之所以引人关注，其间有着值得思考的别致路径。

## 一、张扬着时代底色，又贯穿着对时代的独到认知与判断

中国几十年飞速发展，社会生活日新月异、翻天覆地，正如习近平总书记所说，"我们比历史上任何时期都更接近中华民族伟大复兴的目标"。中国人的奋斗历程、现实生活与心灵世界的巨大变化，素来成为艺术创作取之不尽、用之不竭的源泉，同时也使创作者面临现实而迫切的巨大考验。如何跟上时代，如何在时代肌理中找到不断升级的个性化表达，是每个创作者都在努力回答的问题。面对急遽变化飞扬的时代，剧作家孙德民始终以前倾的姿态拥抱时代，跟随时代，在时代的感召中点燃自身的能量，在生活的感染中传递前行的动力，以一心向阳、胸有千钧的坚定脚

步，为舞台赋予沉甸甸的力量。

河北塞罕坝大型林场于20世纪60年代初正式创办。半个多世纪以来，几代务林人以艰苦卓绝的劳动，让140万亩荒原变成林海，创造了人间生态文明奇迹。今天的塞罕坝是世界上面积最大的人工林场，成为一道世界绿色奇观，被联合国授予环境荣誉最高奖"地球卫士奖"。正是塞罕坝人改天换地的奇迹，让孙德民看到了新时代绿水青山倡导的意义光点。从美丽风光到美丽经济，他在时代的勃发中开始探寻务林人的精神履历，并最终以真实人物为线索，在笔下构建起佟家三代人的生命选择和变化成长——他以话剧《塞罕长歌》浓缩了中国务林人的牺牲奉献和拼命奋斗。剧中分别以第一代务林人的责任和信念、第二代人的坚守和理想以及第三代人在幸福和希望中确立新目标作为叙事主线，从无法种树、难以种树，直到满目苍翠、绿色成海，作品以波澜壮阔的情节勾描，气势恢宏而又质朴真实地记录了塞罕坝人立志把没有一棵树的荒原建设成充满绿意的美丽高岭的过程。他还将树与人的生命进行重叠性建设，他们互相守候、彼此相融；他们种活了树，树也成了他们的生命依托；树活了、绿了，他们的环境美了，日子也好过了；他们一生拼命种树，最终自己也想化为树。剧中对塞罕坝人与树的情感描述真切感人、新颖超脱，人与自然的关系书写充满诗意和哲理。

具有独特审美意味的是，作品一开场即是务林人在140万亩荒原上种树。这意味着新中国成立之初，"绿化祖国"的大幕就已开启。塞罕坝曾经"飞鸟无栖树，黄沙遮天日"的百年荒芜，早已成为共和国绿色之路的心中之痛。正是务林人几十年前赴后继的英勇接续，才有了绿意无边的美好延续。剧作家孙德民以对历史和时代极富格局的认知和审视，在作为创作主体的自我与置身其中的时代关系之间，创造了能与时代灵敏互动的关联，让一个鲜明的时代理念与中国悠久的生态倡导相互呼应。"绿水青山就是金山银山"的蓬勃现实场景，在半个多世纪历程的坚韧观照下，成为绿色发展国家意志的艺术表达，印证了国家绿色发展理念的一脉相承，印证了生态文明建设以及国家治理现代化和治理能力现代化的伟大进展。塞罕坝奇迹，从一定角度上来说，这是中国几十年来追寻绿色发展历史轨迹的艺术投影，是新时代绿水青山化为金山银山的生动诠释。孙德民以他的政治认知、理性判断，为国家绿色情怀打上鲜明的当代标印，让人与自然和谐共生成为立体鲜活的具象场景，并赋予作品深厚的思想内涵和感染力量。同时，也为剧作家生态文明和绿色发展理念在戏剧中的探索和开掘提供了舞台实践。

优秀的戏剧创作都是剧作家与时代感应的结合。时代是创作的深厚土壤，万千气象和非凡活力赋予创作者旺盛的激情和丰富的想象力。无论多么个性化的创作，都是这个时代的天然赋予，也都会与时代场景、时代情绪产生勾连。创作者一方面紧跟着时代的节拍，一方面又努力为时代引领风气，为飞速向前的时代留下气势磅礴的光影。话剧《雾蒙山》《李保国》《青松岭的好日子》等一批聚焦现实生活的优秀作品，叠映着孙德民对时代的准确认知与成熟表达。

## 二、描绘着生活的样貌，又钤印着卓越的创意与思考

无论多么瑰丽的想象，都根植于大地，生活是创作的源泉。创作者从生活实践中获得的动机和灵感，包括情感，往往成为作品真实性、深刻性的重要基础。生活与创作的关系从来密不可分。而戏剧需要生活的葱茏，需要生活中那些如意和不如意、喜欢和不喜欢的事对剧作家的共同滋养。剧作家只有真正满含深情地深入生活时，生活才会把它醇厚的光芒和迷人的气息蕴藉在作品的质地中，剧作家才能对生活的感受经过提炼重建，从而转化成动人的情节和鲜活的人物。从某种程度而言，剧作家只有明确了自己的根须生长在哪里，将会在哪里萌芽，才会找到其创作的途径和方向。孙德民曾说，要像农民种地那样，学会向生活弯下腰去，这样讲出的

孙德民戏剧作品选（2012—2024）

故事才能带露珠、冒热气，舞台上的人才可能像从地里走出来的。

　　普通农民、林场职工、乡村干部、基层书记、大学教授，六十多年的创作，孙德民写出了富有生活气息的各式人物，记录了近几十年中国社会发展的重要事件及历史意义。《青松岭的好日子》是孙德民对同一个题材在相隔半个世纪之后进行的第二次创作。这部戏从年轻人选择回乡创办农业生态园入手，呈现了新时代知识青年的人生观、价值观，融入了乡村振兴的时代特征，他为新时代的农村戏剧题材贡献了一个乡村振兴的新女性形象。孙德民在20世纪六七十年代与剧作家张仲朋创作完电影《青松岭》之后，一直默默凝望着青松岭的岁月变迁，始终将这个深山老峪里的村庄挂在心上。历史上青松岭的钱广从受批判到被平反，以及从只允许集体统一分配到鼓励个人单干，再到今天的乡村经济快速发展的变迁，从一定意义上来说，这个变化就是一部中国农村的发展史。为真实呈现青松岭在今天的命运和百姓精神面貌的蓬勃，孙德民在承德农村住了近半年，深入塞北11个县市乡村，收集整理大量关于扶贫攻坚和大学生村官的资料，走访座谈50余名驻村扶贫干部和大学生村官。在梳理提炼之后，孙德民最终在不同起点上再次描绘"青松岭"，告诉人们今天的青松岭究竟靠什么过上了真正的好日子。这部戏，是剧作家用脚板量出来的"日子"、用心血熬出来的"日子"。事实上，孙德民每一部作品的背后，都是一段苦熬心血、洒入地表、又跃出尘埃的过程。剧作家对生活的入情入心与作品的新颖扎实相互托举，剧中的人物与生活中的人民彼此熟稔，热切呼应。

　　在这部剧作中，孙德民的创意性思考在于从舞台艺术的波光流影中，帮助观众回溯半个世纪以来中国农村走过的道路，理解其中的变化和成就，读懂社会变革的内在动力。历史进程从来就不是平坦大道，而是在大河奔腾中有回流，高歌向前中有沧桑。中国农村发展道路虽然几十年曲折坎坷，但中国农民听党话跟党走的意志、党让人民过上好日子的宗旨未变，遇到问题自觉纠正、不断向前的历史逻辑未变，中国农村越变越美的现实未变。作者对中国农村几十年发展道路的梳理与反思，对历史与现实问题的辩证思考，体现了一位剧作家的政治站位和颇富创新色彩的艺术续航能力，生活和人物的选择设计中隐喻了巨大的历史进步。创作者对农村发展道路的前沿性认知及坚持主流价值立场的辩证研判，真实反映了农村发展的现实和农民对未来生活的新期盼。

综观孙德民的现实题材创作，都能触摸到真实的人间烟火味和生活质感，它们都来源于真实的生活和人物。沸腾的生活、勤劳的人民、奋斗的风采，给了他饱满的情感和书写的动力。孙德民一方面将创作的根基在生活里扎得更深、更牢，与人民连得更紧、更密；另一方面又在生活中寻找戏剧的种子和亮点，以颇富洞察力的锐利目光，提炼超越题材的不凡功力，以强烈的责任意识和对国家前途命运的深入思考，赋予作品沉静浓烈的美学韵味，悠远醇厚，激情奔涌，形象鲜明，语言生动，带有时代和生活的热度和芬芳。

### 三、体味着创作的清苦孤寂，又与戏剧惺惺相惜、彼此成全

正如舞台创作少不了孙德民，孙德民同样感恩戏剧，离不开戏剧。像一粒种子落入土壤，在其间开出的花朵已与土壤物我难分。从儿时看戏在人群中数次被挤丢了鞋子帽子的少年，到落笔气韵生动，于舞台上走过春夏秋冬自成佳境的知名作家，孙德民从看戏到写戏，从少年到老年，其间是一个漫长的过程，由一个"爱"字串起两端。数十年的光阴最终幻化成台上与台下的距离，彼此欣赏，互为知己。我们在关注孙德民能够写成戏、写出好戏的同时，一定不能忽略他和戏剧的互为知己、双向发力，不能忽略爱与情感的碰撞发酵。

对一个剧作家来说，爱是一切作品的发源地，是最终抵达的归宿。作家与戏剧有了彼此的相惜投缘，才有剧中故事和人物的鲜活跃动，才有浸入人心的巨大情感张力，才有作家和剧中人的和谐共生、相看两欢。换句

话说，剧作家的成就主要体现于舞台，那是职业价值的鲜明标注，孙德民的创作价值是其作品像一条小溪汇入河流流向大海终成壮观之势的蓬勃过程。这过程之所以引人瞩目、动感十足，不仅在于戏剧是孙德民自儿时起就永难抛却的梦，愿意永远为之执迷，舍尽一生气力去圆梦，也在于戏剧让他获得骄傲与满足，给他带来享受和快乐。每次观看台上演出自己的作品，人物和生活在鲜活跃动，观众掌声一再响起，孙德民都觉得那是他心底的声音在回响，他也仿若看到儿时戏台上的英雄好汉列队向他走来，他采访过的父老乡亲向他走来，过去与现实交相辉映，欢喜感、幸福感相伴而生，人生价值、生命意义由此产生美妙撞击。由此，孙德民的创作里程变得充实丰盈，他编织着戏剧，戏剧鼓荡着他的生命情思。这是孙德民戏剧为何具有冲击人心情感力量的缘由所在。他选择了戏剧，戏剧给了他生活和创作的无穷动力，这是人与戏的缘分，是人与戏彼此间的双向给力。我们从中不仅看到世界、看到生活、看到自我，更看到爱意诠释下的喜怒哀乐、世俗人情和非常力量。

从某种意义而言，戏剧创作肯定是一种比较专业的事情，但爱却是一件非专业的事情，是花木那样的生长，是一份对光阴和舞台的钟情和执着。正如孙德民所言："戏剧创作是个体劳动，非常寂寞清贫，是人生不断思考和慨叹的绵长旅程，但我就是喜欢它，六十多年没有放弃。"孙德民的和戏剧彼此相长，相携提升，专业的精神与超越专业的情感，为孙德民的戏剧铺垫了扎实基础和明亮格调，成为情义互文中不可多见的美丽风景。剧作家的情怀与善良、执着与热爱、一生做好一件事的坚韧，最终提供了他走得更远的诸多空间，成为时代和人民的嘹亮歌者，虽然创作中有许多困难和矛盾无法回避，但生活中同样有人生的暖意必须传达，这是孙德民的独特思考和范式，或许也是每一个剧作家的共同行旅和心语。

我看青山多妩媚，青山看我亦如是。不是每一个作家都像孙德民这样与生活走得如此之近，不是每一个作家都如孙德民这般对时代进步的感应如此敏锐，更是鲜有作家与戏剧的关联如此难分难解，彼此懂得。这是孙德民让人印象深刻、让舞台闪烁光泽的重要缘由。一个戏剧精神纯粹的人，一个创作脚步不停的人，一个引领时代风尚的人——孙德民以自觉的创作意识和突出的创造能力，在为什么写、怎么写，尤其对时代与生活的情感投入上，为戏剧创作标注了新的生长路径。

# 塞罕长歌 话剧

编剧：孙德民（执笔）

肖绍权　张雪燕

创排演出：河北省承德话剧团

**获奖情况：**

被列为国家艺术基金2019年度资助项目，2019年荣获中宣部第十五届精神文明建设"五个一工程"优秀作品奖，2020年入选文化和旅游部"庆祝中国共产党成立100周年舞台艺术精品创作工程"重点扶持作品，2022年荣获第十七届中国文化政府奖"文华大奖"，2023年入选文化和旅游部新时代舞台艺术优秀剧目展演作品。

# 把爱交给青山（主题歌）

把爱交给青山

今生无悔无怨

把爱交给绿水

久久为功不变

牢记使命　听从党的召唤

艰苦创业　建设绿色家园

塞罕长歌行

铭刻在生命的年轮间……

# 人物表

佟保中　男　第一代务林人，先后任技术员、分场场长、总场副场长

任晓君　女　第一代上坝中学毕业生，后与佟保中成婚

李　斌　男　第一代务林人，塞罕坝林场总场场长

杨宁先　男　第一代务林人，塞罕坝林场总工程师

二　嫂　女　当地农民，林场职工，第一代务林人

秦海生　男　技术员，第一代务林人，后为总场生产科长

张　莉　女　技术员，第一代务林人，秦海生恋人

杨　娜　女　杨宁先的女儿，后为林科院博士

佟　刚　男　第二代务林人，护林员，佟保中的儿子

二　桃　女　第二代务林人，护林员，佟刚妻子

大　桃　女　二桃的姐姐

佟小林　男　第三代务林人，佟刚的儿子，分场场长

舒　纹　女　研究员，佟小林妻子

秀　兰　女　李斌妻子

婉　婷　女　杨宁先妻子，林科院原研究员

高　志　男　第一代务林人，技术员

王　慧　女　第一代上坝女中学生

英　子　女　第一代上坝女中学生

赵　志　男　二嫂的儿子

韩大伯　男　当地农民

其　他　眼镜、小王、男女技术员及务林人、村民若干

孙德民戏剧作品选（2012—2024）

# 序 （一）

【字幕：塞罕坝 1963年 冬 北风十级 大雪 零下40℃

【雪花飘来。林场崎岖的山路上，佟保中、秦海生、张莉等六人提着行李，艰难地行走着……

【张莉追上。

张　莉　保中，雪越下越大，咱们还能走吗？

佟保中　走！还得快走，万一大雪封坝，今年冬天咱们就别想走了……

张　莉　那……保中，老场长还没回来，咱们就下坝？

秦海生　你放心吧，就是老场长回来，林场也得解散！……快走吧，这会儿走，还能赶上明天县城的班车！

众　　　走！

【正在这时，突然狂风袭来，顿时雪花飞旋……

佟保中　不好！你们看，起风了！

张　莉　（惊骇地）白毛风！刮白毛风了！……

【荒郊沙原顷刻混沌，天地间已是白茫茫一片，人们已经失散了，少顷传来一声声呼喊。

【秦海生拉着张莉走来。

秦海生　（喊）佟保中！佟保中！……

张　莉　（喊）佟保中！你在哪儿？……

【群甲等三人挣扎在风雪中……

群　甲　佟保中！秦海生！……你们在哪里？你们在哪里？……

张　莉　我们在这儿！在这儿！……我咋看不见你们？……

【群甲等三人走近秦海生、张莉。

群　甲　我们被白毛风刮到山下沟塘子里去了。

秦海生　你们没见佟保中？

三　人　没有……

秦海生　（喊）佟保中！……

众　　　（喊）佟保中！……

【人们喊着、寻找着。

【白毛风依然呼啸着，佟保中已经站立不住，一边挣扎前行，一边喊着："秦海生！张莉！……"

【忽然传来一声狼叫……

佟保中　（惊怔地）狼？！有狼！……

【佟保中渐渐后退，突然陷入深谷之中。

【天渐渐暗了下来。

【远处传来阵阵喊声："佟保中！……佟保中！……"

# 第一场

【1963年的冬天，时间接序（一）。

【塞罕坝林场总部，马架子旁边。

【高志站在门口焦急远眺，忽然匆匆跑向马架子。

高　志　二嫂！……佟保中，保中！……

二　嫂　（从马架子里走出）高志，保中找着了？！

【这时众人用一块门板抬着佟保中走来。

秦海生　二嫂，从雪窝子里发现的……

【佟保中昏迷，躺在门板上。

张　莉　（小声地）二嫂，保中咋还没醒？

【二嫂为保中把脉。

二　嫂　醒？！能捡条命回来就不错了！要不是发现得早，不冻死在雪窝子里，也得被狼吃喽……雪！

众　　（迟疑地）雪？……

二　嫂　对，人都冻僵了！得用雪搓……

【张莉与一村妇急忙端来一盆雪。

【二嫂等用雪为佟保中搓身体。

二　嫂　（欲给保中翻身）老韩大伯，搭把手！

韩大伯　哎！

二　嫂　真是不要命了，刮着白毛风还要下坝。坝上谁都知道，只要刮上白毛风，前不着村，后不着店，没有不被冻死的！

【这时，众人见佟保中已睁开眼睛。

众　　保中！……醒了……醒了！

佟保中　二嫂？！我还活着？……

二　嫂　你活着，你捡了一条命……

【佟保中哭了。

秦海生　（哽咽）保中，多亏二嫂有经验，用雪把你给搓过来了……要不，你早冻死去见阎王爷了！

二　嫂　保中，到马架子里暖和暖和吧……

佟保中　海生，李场长他们回来了吗？

【佟保中站起来。

【这时，群甲等三人拿着行李走来。

职工甲　保中哥……

佟保中　谢谢二嫂！谢谢大家伙儿！……海生、张莉，咱们还是走吧！

二　嫂　往哪走？

佟保中　下坝……

二　嫂　（惊疑地）下坝？……保中，你们要离开林场？！

韩大伯　怎么，你……你们要离开林场？

高　志　（拉着佟保中）保中哥，你不能走！现在走就是当逃兵！

佟保中　高志……

一村民　对！就是当逃兵！

秦海生　不是我们要当逃兵，是这塞罕坝长不出树来！

佟保中　辛辛苦苦种了两年树，成活率……几乎是零！

韩大伯　是，你说的没错，成活率几乎是零……可是，保中，当初你们从山东来，还有从黑龙江、湖北、吉林，从全国各地的林业大学来，那工夫我们这个乐啊、高兴啊，没想到国家让这么多大学生来塞罕坝种树，眼下是失败了，你们就这么忍心把我们扔下走了？

　　【正在这时，远处传来一阵歌声，任晓君、王慧等六名女学生扛着行李走来。

任晓君　同志，这里是林场吗？

二　嫂　是啊，你们是从哪来的？

任晓君　我叫任晓君，我们是城里的应届高中毕业生，我们志愿到塞罕坝林场来工作的！

王　慧　对，我们学习了下乡知识青年邢燕子和侯隽的事迹，在他们的感召下，高中一毕业，我们就选择了上坝。

英　子　我们要像北大荒的女拖拉机手梁军一样，开拖拉机，驰骋在塞罕坝的原野上！

众学生　对！

任晓君　我们要用青春、汗水，实现我们的理想，在这片广阔的天地里，大有作为！

孙德民戏剧作品选（2012—2024）

【学生们和二嫂等人热情握手。

【这时，有的林场职工偷偷笑。

**任晓君** 同志……同志，你们也是刚来的？

**秦海生** 我们……小妹们，听大哥一句，还是跟我们一起下坝吧……

**任晓君** 下坝？！为什么？……

**秦海生** 甭说种树，就你们……根本吃不了这里的苦……

**职工甲** 没错。

**秦海生** 马架子、地窖子、窝棚……你们住过吗？怕是连听都没听说过，冬天最冷零下40多度，睡觉要戴上皮帽子，早上起来眉毛、帽子，连被子都落下一层霜……

**职工乙** 还有，喝的是雪水、雨水、沟塘子水，吃带壳的黑莜面，土豆、咸菜……没有咸菜，就盐粒泡水……

**一女生** 真的很苦！……

**任晓君** 再苦我们也不怕！……咱们没读过这本书吗？苏联小说——《钢铁是怎样炼成的》，小说中的主人公保尔就说过："人最宝贵的东西就是生命，生命对于我们只有一次……"

**众学生** "人的一生是应该这样来度过的，当他回首往事时，不因虚度年华而悔恨，也不因过去的碌碌无为而羞愧！……"

**任晓君** 对！我们就是要学习保尔的精神，不管遇到什么困难，决不后退！

**众学生** 对，不管遇到什么困难，决不后退！

**二　嫂** 好，好，这几个姑娘说得多好啊！保中、海生，二嫂虽说也是林场职工，可我毕竟是当地人，真不想让你们走。二嫂知道，你们抛家舍业，来这苦地方种树，都是为了我们。唉，这坝上也是，烂泥巴糊不上墙，连棵树也不长……可是没有树，我们年年是穷汉子碰闰月——凑一块儿了。你们真要走了，我们这块云彩可就真没雨了。保忠，海生，你们都是大学生、技术员，能不能再想想办法，再试

16

试……

张　莉　二嫂，保中的爱人犯了心脏病，正在住院。还有海生，母亲也一直病着，昨天，姐姐来信，说母亲病重……眼下，林场既然这样，还是让他们回去吧！

【众人沉默。

【欲下坝的人们敦促佟保中、秦海生。

职工甲　保中哥，走吧！

【佟保中、秦海生，还有张莉等人背起行李。

佟保中　二嫂！我佟保中永远记着，是二嫂救了我的命……

【二嫂为佟保中整理行装。

【突然，汽车轰鸣。

一职工喊："李场长回来了！……杨总工程师也回来了！……"

【这时，总场场长李斌携妻子秀兰和孩子，总工程师杨宁先和妻子婉婷及女儿杨娜手提行李风尘仆仆走来。

一职工　场长，你们这是？……

【众人也疑惑地望着李斌和杨宁先等人。

李　斌　同志们，我来介绍一下，这是我的老伴和孩子，从今天起，举家从城里搬迁，扎根塞罕坝！

秀　兰　老李把城里的房子都退了，一个箱子、几个行李卷，还有锅碗瓢盆都随车运来了。他说，塞罕坝不长出树来，俺一家人一辈子不离开塞罕坝！

杨宁先　对，对，我们把北京的房子也退了，这是我爱人婉婷，来之前在北京林科院，这是我的女儿……

婉　婷　大家就叫我婉婷吧！

杨　娜　我叫娜娜！

杨宁先　本来我一个人在塞罕坝，可这两年咱造林遇到了难处，我这个当总

17

话剧《塞罕长歌》剧照一

工程师的不甘心啊！咋办？回北京跟妻子商量，那就全家来塞罕坝扎寨安营！

【众人热情鼓掌。

佟保中　李场长、杨总，你们真的要在这儿安家？！

李　斌　在这儿安家！

佟保中　林场还能办下去？

李　斌　一定办下去！

高　志　保中哥，两年前我来到林场，是你帮我搬行李，给我烧热水，晚上怕我冻着，把自己的大衣盖在我身上，这些我永远忘不了，既然林场还能办下去……你们就别走了！别走了……

李　斌　（一怔）怎么，你们……要离开林场？

【众人不语。

李　斌　……我知道，这两年，委屈大家了。我年轻的时候，就在这儿打过游击，这地方穷啊，没树，没水，一眼望不到边的沙窝子，白毛风一刮就是大半年，庄稼只能长两个月，种一坡，收一车，打一簸箕蒸一锅……我们建场两年，种树都失败了，人怕淡，马怕绊！我也是一宿一宿地折饼子、压炕席，睡不着觉！一想到上级办林场，是要挡住风沙，为北京、天津建一道屏障，这是啥？这是国家大事，是任务、命令！我们能下马吗？俗话说，兵可挫，而气不可挫；气可挫，而志不可挫！所以，我和杨总回家把老婆孩子都接过来，一句话，这林场必须办下去！

【众人感动。

李　斌　同志们，今天我路过县里，特意邀请电影放映队，晚上给全场职工放映电影《上甘岭》！

众　　　看电影？……《上甘岭》！好！好！……

李　斌　保中啊，你就是要走，也得把《上甘岭》看完了再走！

【音乐起，舞台支起银幕。

【众人看电影，李斌、杨宁先走近佟保中。

李　斌　保中，我知道你和海生家里都有病人，早该回去看看了，我来的时候带了几个馒头，拿着明天路上吃，不过今天这么大的雪，不能走，明天一早，总场派车送你们下坝！

杨宁先　场长说得对，明天走！……老李，昨天夜里，我还跟爱人讲，当前，国家正处在困难时期，全国人民都在勒紧裤带过日子，可上级还拿出这么多钱，下这么大的力量在这儿办林场，挡住风沙，修复生态，国家看得远啊！……

李　斌　保中、杨总，咱们先看电影！

【音乐。

【16毫米电影放映机正在放映《上甘岭》，职工们早已屏住呼吸，被影片中志愿军战士的英雄事迹吸引和感动了。

【银幕上，七连指导员："只要我有一口气，我就不能下阵地，我躺也躺在阵地上！……"

【银幕上，八连指导员："七连八连的党员举起手来，我们要团结在党的周围，坚决执行上级的指示！"

【银幕上，指导员激动地喊："同志们，党交给我们这块阵地，一寸也不能撤退！"

【银幕上，坑道内，王兰在唱《我的祖国》：

　　一条大河波浪宽

　　风吹稻花香两岸

　　我家就在岸上住

　　听惯了艄公的号子

　　看惯了船上的白帆……

【电影继续放映……杨宁先走近李斌。

李　斌　老杨，眼下不管遇到什么困难，我们也要朝前走。

杨宁先　对，这次还得是你这个老围场在这扎寨坐镇！

李　斌　头些年，我在这里当县委书记。这个地方原来是清朝皇帝木兰秋狝的地方，那时，漫山遍野的森林，蒙古人叫它"塞罕坝"，翻译过来，就是"美丽的高岭"。到现在，在红松洼仍然挺立了那棵几百年的落叶松就是证据！它告诉我们，塞罕坝是有根的！……可它荒芜了一百多年了，老百姓也盼了几辈子了……我坚信，塞罕坝一定会长出树来！

【李斌、杨宁先回到人群中。

　　此刻，电影放映到最后，众人都异常激动。

李　斌　怎么都不说话了？（寻找佟保中）……佟保中？！

张　莉　（轻声地）保中！

二　嫂　（小声地）保中……

【音乐。

佟保中　（百感交集，突然上前紧紧握住李斌的手）像上甘岭的战士守住阵地一样，守住塞罕坝，决不撤退！

众　　决不撤退！

李　斌　（激动地）好！好！……

佟保中　（举起右手）学习上甘岭的共产党员，坚决执行上级的指示……

【务林人激情地合唱：

　　　　这是美丽的祖国

　　　　是我生长的地方

　　　　在这片辽阔的土地上

话剧《塞罕长歌》剧照二

到处都有明媚的阳光……

【灯暗。

# 第二场

【两个月之后，早春。

【林场马蹄坑。

【窝棚外面，白雪皑皑。

【雪花依然在飘舞着，婉婷和女儿杨娜走来。

杨　娜　妈妈，已经是春天了，为什么这里还在下雪呢？

婉　婷　是啊，你爸爸说，这坝上的雪，每年都要下到四月……

　　　　【两人看见窝棚。

杨　娜　（喊）爸爸！爸爸！……妈妈，爸爸他们就住在这儿吗？……

【正在这时，佟保中从窝棚里走出来。

佟保中 ……娜娜！……

婉 婷 保中！

杨 娜 佟叔叔好！

佟保中 嫂子！雪这么大，路又难走，你们怎么上山了？

【众人走进窝棚。

婉 婷 （取出资料）我来给宁先送份资料，也顺便来看看他。

佟保中 娜娜想爸爸了吧？

【杨娜不语。

婉 婷 保中，我把资料放这了。哎，宁先不在啊？

佟保中 这不，大会战马上开始了，苗圃的树苗今天就能运到山上。（对杨娜）你爸爸不放心，赶上大雪天，路又难走，非要亲自去接……咋，有事啊？

杨 娜 佟叔叔，我要回北京！

佟保中 （惊疑地）回北京！……为什么？

杨 娜 佟叔叔，我到这儿两年了，连个正经的学校都没有，五个年级挤在一个教室上课，因为没有老师，还经常停课……这里没有电灯，没有收音机，没有图书馆，更不用说书店了……爸爸妈妈不走，我一个人回去！

婉 婷 娜娜！……保中，我了解你们这些人，一心扑在事业上，越是困难，越要拼命，我支持你们，全家一起上坝……可咋也没想到，这里的环境这么苦，我能坚持，只是孩子……保中，这里的学习环境，真的把孩子们给耽误了……保中，你说林场要是这么办下去，还能行吗？

佟保中 我看能行！这一个冬天，我们就是在这里研究如何把树种活，这次，是我们自己培育的树苗，今天就运到山上来了！……娜娜，听

24

叔叔的话，再坚持一下，只要塞罕坝能种树，这百万亩的荒原能变成一片绿洲，我们的日子一定会越来越好……到那个时候，咱们这里会有小学、中学，有书店，有图书馆……放心，我们的娜娜一定能考上大学，名牌大学！……

杨　娜　妈！

婉　婷　（含泪）是……你佟叔叔说得对！

杨　娜　妈，我要考名牌大学！

　　　　【佟保中拿出两个鸡蛋，递给杨娜。

杨　娜　（一惊）鸡蛋？！

佟保中　这是我刚从山东老家带来的……

婉　婷　（关心地）保中，你爱人的情况？……

佟保中　心脏病……病逝了……父母都已年迈，只好把不满周岁的孩子抱到山上来了。

婉　婷　抱到这儿？

佟保中　放在临近一户农民家里了。

婉　婷　这么小……就跟着大人来吃苦……保中，往后有啥困难，就找嫂子。我们先走了……

　　　　【婉婷、杨娜走去。

　　　　【少顷，李斌、秦海生，还有张莉穿着皮袄、毡疙瘩走来。

李　斌　保中！

佟保中　李场长！……

李　斌　怎么样，今天树苗能运到吗？

佟保中　一准运到，苗圃专门派二嫂，还有高志赶着牲口驮上来的，就是路上积雪太深，已经出发三天了。

秦海生　场长放心，杨总一大早也去接运树苗，保证没问题！

李　斌　好，好哇。……就看这关键一仗了！……来，把你们的手都伸出来!

【佟保中等三人莫名其妙地伸出手来。李斌拿出药。

张　莉　场长,您要给我们上药?……

李　斌　没错!你看看,你们这手都冻成什么样了……整整一个冬天,冰天雪地,你们就住在这窝棚里,饥一顿,渴一顿,山上没水,你们半个月才洗一次脸……可醋打哪儿酸,盐打哪儿咸,你们终于找到树苗成活率低的原因……

秦海生　场长,保中的手指盖都冻掉了,他扒开冰冻的树坑,察看枯死的树苗……

张　莉　他还提出自己育苗,在接坝地区办苗圃也是他的主意!……

佟保中　不,不……我是跟着佛爷学念经,是杨总功不可没,他根据咱这儿的气候,把遮阴改成了全光育苗……

李　斌　对!你们改装了苏联进口的植树机……

佟保中　改了!

李　斌　那东西不错,我看了,效果不错,很适合坝上的山坡地形……所以说,盖房怕没梁,如果这次我们实验成功了,那你们这些大学生知识分子就是咱塞罕坝的第一批功臣!

【李斌坐下,突然想起什么,忙从衣袋里掏出粮票和钱,递给秦海生。

李　斌　海生,这有十块钱和二十斤粮票……

秦海生　(疑惑地)场长,您这是……

李　斌　老太太病重住院,一点儿心意……

秦海生　(一惊)您?……

李　斌　我怎么不知道,昨天下午你和张莉跑到总场,给你姐姐打长途,说你这里忙,实在脱不开身……

张　莉　场长,海生还让我一定保密……

秦海生　场长，你放心，姐姐已经答应我了，一定把母亲照顾好。

李　斌　海生，等忙过了这一阵，场里给你们腾出一间集体宿舍，你跟张莉的事抓紧办了，也让老太太放心。

【正在这时，任晓君气喘吁吁跑来，怀中抱着一个婴儿。

任晓君　保中哥！保中哥！……（见李斌）你们都在呢……保中哥……

佟保中　晓君，你咋……（见怀中孩子）这是……

任晓君　孩子！保中哥，今天一早给你看孩子那家大嫂就把孩子送回了……

佟保中　为啥？

任晓君　人家……不管看了。

佟保中　为啥……

任晓君　这不明摆着，家家粮食都不够吃，人家是怕孩子……

佟保中　那咱多给钱，多给粮票！

任晓君　那人家也不管看……

【佟保中一怔，他接过孩子，紧紧地抱在怀里，此时，泪水流了下来。

【众人同情地望着佟保中，任晓君难过地哭了。

佟保中　爱人临终前，最放心不下的就是孩子，怕我养不活他……

任晓君　要不……把孩子先送到市里，让我妈看着。

李　斌　你说什么？！

任晓君　对！把孩子送到市里让我妈看着！（抢过孩子欲走）

张　莉　晓君！……

李　斌　站住！你一个大姑娘，还没结婚，就往家送孩子……不行！

佟保中　对，不行！不行！

任晓君　我不管那么多，谁爱说啥就说啥！保中哥你不能抱着孩子上山！

李　斌　（沉思后决定）你马上把孩子送到我们家，交给你秀兰嫂子……

佟保中　不行，李场长，你们家孩子多，粮食更不够吃……

李　斌　放心，一只羊也赶，一群羊也放，就是没有大人吃的，也饿不着孩
　　　　子！（对任晓君）晓君，快去！

佟保中　李场长，谢谢你！……

李　斌　谢什么……（对任晓君）晓君还不快走！……

　　　　【任晓君抱着孩子急下。

张　莉　保中，走啊……

秦海生　场长，咱们也走吧。

李　斌　走！

　　　　【正在这时，杨宁先、二嫂和英子等人走来。

杨宁先　老李，苗圃的树苗运来了！

众　　　（高兴地）树苗运来了！树苗来了，咱们就可以种树了！

杨宁先　两匹骡子驮来的，二嫂、英子他们一路上没有歇脚，走了三天两
　　　　夜……

李　斌　太好了！

英　子　（哭着）场长……

李　斌　这……二嫂呢？

　　　　【二嫂走近，没有说话，泪水潸然。

李　斌　（疑惑地）怎么啦，二嫂？……

　　　　【二嫂依然不语。

李　斌　（突然发现）欸，高志呢？……高志呢？……（走近二嫂）二嫂，
　　　　高志怎么了？……

　　　　【音乐。

二　嫂　那天，高志技术员，还有我们俩牵着牲口离开苗圃，路上雪越下

越大，有一米深，眼前，白茫茫一片，根本看不见道儿在什么地方……

【灯渐暗。

【灯亮。

【茫茫风雪中，高志艰难地走上。

高　志　二嫂，我咋找不见路了……

【突然，高志跌落在山谷的雪窝里。

高　志　二嫂！二嫂！……我掉进雪窝里了，站不起来，站不起来了……

英　子　（大哭）高志，我来扶你走……

【高志仍然不能站立。

二　嫂　（察看后）高志，你的腿和脚是不是没有知觉了……

高　志　对，对……没有知觉了……

【二嫂和英子急哭了！

二　嫂　这是冻的！……不行，不能倒在这儿，一会儿会冻死的……

英　子　（大哭）高志，我来扶你走……

二　嫂　不行！这坝上的雪窝子都十几米深，而且立陡石崖……

英　子　那怎么办？

二　嫂　高志，二嫂背你走！我背也把你背回去！

高　志　二嫂，我真的站不起来了，咱们已经走了两天多了，再耽搁，树苗就冻坏了，全林场都在眼巴巴地等着，你们别管我，马上赶着骡子走！

二　嫂　高志，我把棍子插在这做记号，你再坚持一会儿，我到附近去找村民来接你。孩子，你别害怕……你等着，一定等着！……

【二嫂和英子大哭。

【雪越下越大，桦树枝随风摇曳。

【灯暗。

【灯亮。

二　嫂　当村民们好不容易扒开了雪窝子，陷在谷底的高技术员早已全身冻僵没了直觉，随来的医院大夫急忙给他抢救……

李　斌　他醒了吗？

二　嫂　大夫说，冻僵的时间太长了……高志他再也没有醒来，他，他走了……

【音乐，众人哭了。

佟保中　高志，我的小兄弟……你，你不该走啊！……建场那年，你背着比自己还高的行李，只身来到塞罕坝，我们住在一个窝棚里，他告诉我说，他是北方林业专科学校毕业的，路上走了十天才赶到林场……场长，高志……他今年还不满十九岁……

李　斌　十九岁……还是个孩子！……

【李斌鞠躬向远方致敬。

【众人鞠躬。

李　斌　尽快把他的父母接来，我要亲自向老人家道歉，我没有照顾好他们的孩子……

【人们陆续走来。

李　斌　同志们，高志在运送树苗的途中，献出了年轻的生命，为什么？为了咱塞罕坝能长出树来！所以，我们要化悲痛为力量！同志们，总场党委已经决定：从明天起，搞一个会战，地点马蹄坑。没住处，山上搭窝棚；粮食供不上，盐水煮麦粒；没水喝，支锅架灶化雪水；……我们两年种树失败了，所以，这是一场只能打赢，不能打输的关键一仗！

杨宁先　同志们，塞罕坝已经荒芜了一百年了，今天我们就是要把绿色重新写在这片风沙荒原上！这是修复生态，如今在世界上也是一次创举！所以，压在我们肩上的是一副沉甸甸的担子！……眼前这一仗，我们一定要让塞罕坝长出树来！

众　　　对！塞罕坝，一定能长出树来！

李　斌　同志们，我宣布，今天参加会战的全体职工，组成四支突击队，沿着马蹄坑西北山坡、东南谷底，立即扎寨安营！记住，要严格选苗，按标准打坑，一切程序完全照杨总的规定去办！好，把会战的大旗举起来！

【"马蹄坑大会战"红旗飘扬。

李　斌　（望了望大家）同志们，我们要牢牢记住上级批准我们建场时下达的任务，那二十七个字就是我们沉甸甸的使命……（举起右手）"改变当地自然面貌，保持水土，为改变京津地带风沙危害创造条件！"

话剧《塞罕长歌》剧照三

众　　　（举起右手）"为改变京津地带风沙危害创造条件！"

【音乐。

【灯暗。


【灯亮。

【冰天雪地，一群务林人靠在一起，泥浆、冰雪沾满了他们的脸上和全身。看得出，疲惫不堪的人们在等待，在不时地望着眼前这片山谷……

一职工："莜面饼子这还有，还有谁要？"

秦海生　（焦虑地）七九河开河不开，八九雁来雁不来，难道我们这一个月没白没黑、爬冰卧雪又……

任晓君　不会失败！育苗、栽种、施肥……没有一点儿失误，再说，这是咱们新培育的树苗，适合这里的土质、气候……

张　莉　树苗选的都是大胡子、矮胖子……可你们说，这几百亩地咋一点儿动静没有，都一个多月了，树苗咋还没发芽呢？秦海生，难道塞罕坝真的地老天荒，永远长不出树了？……

二　嫂　（突然大哭）老天爷呀，你咋就不睁睁眼？我们把命都豁出去了，就盼着咱坝上长出树来……

众　　　二嫂！……

【正在这时，佟保中抑制不住激动地跑过来，双眼满含热泪。

佟保中　同志们……（说不下去，哭了）

【众人惊疑。

秦海生　保中，你哭啥？……

佟保中　杨总也哭了！杨总也哭了！……

张　莉　（惊疑地）杨总哭了……咱又失败了？

李　斌　（跑上）不，成功了！你们快去看看吧，在那一层层白雪的下面，已经长出了一片片嫩嫩的绿色……

【大屏幕上出现特写：皑皑的白雪下面，一棵棵嫩绿的树苗坚挺、顽强地长了出来，渐渐长大……

李　斌　（抑制不住地）树苗活了！马蹄坑活了！塞罕坝活了！……

【突然，舞台上一片哭声，那是心里的激动、压抑的迸发、希冀的呐喊……许多人跪在地上，为树苗欢呼，为命运祈祷……

众　　　树苗活了！马蹄坑活了！塞罕坝活了！……

【舞台的大屏幕，顿时出现一棵棵松树，漫山遍野……

【众人突然跑了出去，只见杨宁先站在一片树苗前，早已泣不成声……

杨宁先　树啊，树啊！终于盼来塞罕坝能种树了，当年，就是我们亲生儿女要出生的时候，也没这样盼过呀！……

【杨宁先又控制不住地哭了起来。

杨　娜　（哭喊着跑来）爸爸！……

婉　婷　宁先……该高兴啊！你盼望的这一天终于来了，塞罕坝终于能长出树来了！

杨宁先　是啊，沉睡了一百多年的荒沙野岭，就要变成一片绿色，危害人类多年的自然生态就要重新得到修复，今天，我们这一代务林人做到了。

【灯暗。

# 第三场

【已是20世纪70年代中期，一个中秋的夜晚。

【山上，窝棚外。

【佟保中吹着口琴，歌曲《我的祖国》的韵律徐徐传来。

【任晓君提着月饼、水果走来，她跟着口琴，哼唱着。

佟保中　任晓君？！

任晓君　佟场长……

佟保中　叫佟保中！

任晓君　祝贺你升任我们分场场长……

佟保中　晓君，今天是中秋节，你跑到山上来做什么？

任晓君　我来陪你赏月……

佟保中　晓君，听说，你母亲来林场了？

任晓君　你也听说了！……她给我找工作了，让我回城；她还给我找对象了，让我去相亲！说要是都不答应，刚刚恢复高考，就让我去考大学！她老人家忘了她闺女都多大了！

佟保中　那咋办？

任晓君　你说呢？……

佟保中　我也不知道……

任晓君　我把她带到林子里，我跟她说，您闺女就是这里的一棵树，扎下根了！……今儿个一早，我就送她回城了！

佟保中　晓君，我还真佩服你，高中毕业毅然来到塞罕坝，一个女孩子，在冷水里育苗，在大雪中伐木……对，我最难忘的是，每年春天，你都带着姑娘们在粪坑里倒粪……

【突然任晓君大笑了起来。

任晓君　倒粪！……刚来的时候，我就寻思着开上拖拉机，谁承想让我们去倒粪。一天下来，只能在沟塘子里洗洗手，想换洗衣服，连水都没

34

有，浑身上下整天臭烘烘的……人们都躲着我们！

**佟保中**　没错，想谈恋爱的小伙子，都不愿往你们跟前凑乎。

【二人大笑。任晓君突然收住了满脸的笑容，盯着佟保中走过去，坐到中间的凳子上。

**佟保中**　你老盯着我看干啥？

**任晓君**　保中哥，你心里装着一个女人……

**佟保中**　谁？

**任晓君**　我！……

**佟保中**　晓君……

**任晓君**　保中哥，我要嫁给你……我知道嫂子已经走了十年了，你们是大学同学，她患有心脏病，毕业后医院说她的身体不适合来塞罕坝……分别几年，你们难得见上一面……

**佟保中**　她是心脏病，突然去世的……晓君，谢谢你对我的理解，今天你要不把这些话说出来，我还真不好意思捅破这层窗户纸。我永远不会忘记，你刚来林场不久，在我最难的时候，你毅然要把不满一岁的佟刚抱到城里，交给母亲照顾；我也不会忘记，佟刚小的时候，每当节假日，你都要跑到一百多里远的县城用你那微薄的工资给他买奶粉，买吃的……后来孩子大了，你又帮他换洗衣服，给他复习功课……这些，我永远忘不了。可是晓君，对于你，我不仅是感激，你说得对，整整十年了，我多少次下决心要跟你表白，可当面对你的时候，我又没有勇气说出口……

**任晓君**　保中哥，十年了，只有我最了解你。记得来林场的第一个中秋，我病了，全身烧得发抖，是你背着我走了两个多小时的山路，来到总场卫生所。天上飘着雪花，身边没有亲人，我哭了，是你吹着口琴把我送进梦里……马蹄坑会战，树苗要从20里的山下运到山顶，40度的陡坡连马都上不去，当时雪水已经把你冻成冰葫芦，可你硬是

话剧《塞罕长歌》剧照四

一个人把一箱一箱的树苗背到了山顶……

**佟保中**　这都是塞罕坝人应该干的。

**任晓君**　这些年，又有多少个夜晚，只有一个窝棚里的油灯永远亮着，那是你在为孩子缝补衣裳……保中哥，这些年不管遇到多少困难，无论是成功、失败，你永远是那么乐观，好像从来没有后悔自己的选择……马蹄坑会战的那个夜晚，你站在党旗下，举起右手，成为我们当中第一个入党的人。我当时激动地哭了，我是羡慕，更是鞭策，因为我知道在我心里，永远有一个站直了的人！

**佟保中**　晓君！……

**任晓君**　保中哥，你看那圆圆的冰轮，给林海铺上了一层银色的光辉，那一棵棵松树，一棵棵白桦……在夜风中轻轻地摇曳，还有那晶莹的露珠一滴滴从树叶上滑落……

**佟保中**　咱塞罕坝简直太美了！

**任晓君**　会越来越美！……

　　　　【二人依偎在一起。

　　　　【这时，秦海生默默走来，张莉跟在后面。

**张　莉**　海生，要哭，你就痛痛快快地哭出来吧！

**佟保中**　（疑惑地走近）张莉，出什么事情了？

**张　莉**　上午刚接到姐姐的电报，海生的母亲病逝了。

**佟保中**　（接过海生递来的书信）海生啊海生，你不该这么急着回来，该在家多陪伯母一些日子。

**秦海生**　可正赶上眼下三千亩的造林任务，只有一个月的种树季节，场子里一个人恨不能顶三个人用，我着急呀！

**佟保中**　明天一早总场有下坝的汽车……

**秦海生**　不用了，姐姐说，她把后事都料理完了，让我放心。

【佟保中递给秦海生一杯水。

【正在这时，李斌、杨宁先、王慧等人提着月饼、水果等走来。

王　慧　保中哥，你看，谁来了？

李　斌　保中！……（热情地与众人握手）

佟保中　李场长、杨总！……

王　慧　今天中秋节，场长、杨总带着月饼、水果去分场看望大家，知道你在山上，我们就一起到这儿来了！

佟保中　那，我代表分场所有全体职工，感谢领导！

【李斌和杨宁先走近秦海生。

李　斌　海生，我知道，为了完成造林任务，你没有陪母亲到最后一刻！如今，林场的树长高了，成林了……所以这一棵棵树、一片片林子，也都有老人家的功劳，她不仅仅是你秦海生的母亲，也是我们塞罕坝务林人的母亲……

李　斌　（望着夜空）今天中秋节，你们看，一轮圆月，可我们甘愿"阴晴圆缺古难全"……

杨宁先　对，"古难全"。对于人生，也许是一种遗憾和残缺，可是我们这些务林人从来到塞罕坝的那一天起，就有一种心甘情愿的担当！

张　莉　可你们说，有多少人能理解我们，知道我们，懂得我们……也许只有你、我，还有我们的亲人，先不说当年我们住地窨子、马架子，吃黑莜面、啃咸菜……就说，我们这些大学生，刚一毕业就从全国的大城市来到这荒无人烟的塞外……

任晓君　老场长不在城里当局长，上山上来种树，还有杨工，是林业部的总工程师，举家从北京搬到塞外，还有保中，把不满一岁的孩子抱到山上来……

张　莉　还有你，放弃考大学，而且拒绝了母亲在城里安排好的工作……你们说，在别人的眼里，咱们是不是个傻子？场长，咱们是不是真的傻呀？

李　斌　（大笑）问得好！咱们是不是真的傻呀？……保中，你说呢？

佟保中　我只记得我的家乡是在山区，因为没有树，每年风沙吹得人睁不开眼睛，农田越来越少，所以，从我报考林业大学的那一天起，我的理想和抱负就是种树，盼着家乡能长出树来，盼着荒山秃岭变成绿色。那时，我连做梦都是种树、种树……今天，我们终于用自己的双手，把塞罕坝变成林海，实现了自己的人生价值，我们不仅不是傻子，我们为理想去战胜艰苦，这是幸福！

李　斌　说得好啊！我还记得马蹄坑会战那工夫，保中和海生在窝棚门口写了一副对联，上联是"一日三餐有味无味无所谓"……

秦海生　下联是"爬冰卧雪冷乎冻乎不在乎"……

　　　　【幕侧传来二嫂的声音，一边喊着，一边和韩大伯，还有儿子赵志走来。

二　嫂　横批"乐在其中"！

　　　　【众人大笑。

佟保中　二嫂，这么晚了，你咋上山来了？

二　嫂　值班！

众　　　（疑惑地）值班？……

赵　志　我娘说，这是我爹走后的第一个中秋节，爹当分场场长的时候，年年中秋，我娘都陪他来山上值班……

二　嫂　保中你就答应二嫂这个心愿吧！

佟保中　（激动地）二嫂！……

李　斌　二嫂啊，你是想孩子的爹了……

二　嫂　咋能不想啊！他当了十年分场场长，我给他生了两个孩子，老大他只抱过半个钟头，小的赵志他连抱都没抱过，他成天长在山上……有一天，赵志跑进屋告诉我："娘，咱家来客啦。"谁知，那个穿着棉衣、戴着皮帽的人推门进来，原来是他爹！……难怪孩子不认识……

【众笑。

二　嫂　那时候，他跟我说，等他退休了，把欠我的、欠孩子的都补回来……谁知他得了严重的风湿病，越来越严重，几个月前，走了……才五十岁……

李　斌　二嫂，谢谢你，你和老伴都是好样的，把一生的岁月都献给了塞罕坝……

二　嫂　我不后悔，他病重的时候，我们俩说好了，如果有来生的话，我们还要一起上山种树，累了，就坐在山坡上，看树，看水泡子，说说话，聊聊天……这不，儿子也长大了，让他们也不离开塞罕坝！

赵　志　娘，您放心，我在林场干一辈子！

【这时，人们发现不远的山上有人走动，韩大伯走来。

韩大伯　（望着远处）一棵棵树都活了，一片片林子都长起来了！……

任晓君　你们看，那是谁？

二　嫂　（走下山坡）那是山下北梁庄的老韩大伯。他呀，虽说不是林场的职工，可给林场种了一辈子树……他老韩大伯，您怎么来了？

韩大伯　二嫂、保中、李场长！……（分别跟二嫂、保中、李场长握手）你忘了，你家场长活着的工夫，每年中秋值班，（回头对场长）我都来山上跟他唠唠，顺便看看这片林子，（李场长扶韩大伯坐下）看看我老韩头亲手种过的树……

【这时，佟保中渐渐辨认出韩大伯。

李　斌　大伯，当初，让你们吃苦了，林场的花名册上还没有你们的名字，也许，今天许多人已经把你们忘记了，可是，每一片林子都有你们流下的汗水……功不可没！

韩大伯　应该的，应该的！……就说我们北梁庄人，祖祖辈辈生活在塞罕坝。
老辈人讲，当年皇上打猎的时候，七十二围，围围是树，后来采伐、
山火，小日本祸害……一棵树都没了。如今，做梦也没想到，塞罕坝
会变成今天这样！……我岁数大了，没几天了……不知为啥，心里总
惦记着这片林子，就是活一天，也要来看看……这辈子，没白活！

佟保中　是啊，我们这辈子没白活！也许，许多年以后，人们不再记得我们，
可是他们会永远看见塞罕坝上这一片绿色！

【音乐。

【灯暗。

# 序（二）

【字幕：1980年六七月间，一场严重的干旱降临到塞罕坝，十二万
亩的松林倒下了……

【林场的山坡上，旱死的松树，不时被人们从山上运往山下，有人
肩扛，有人装车……

【二嫂等人走来。

二　嫂　小难天天有，大难三六九，这场大旱，咱林场可真伤元气了，一说十
几万亩的松林旱死，甭说再种，就是把这些树运到山下……

赵　志　娘，你说，咱没白没黑已经折腾一个多月了吧，可你看看，这旱死的
林子，还是满山遍野……

【正在这时，英子边喊边上："杨总受伤了！"……

二　嫂　英子，你说啥，杨总受伤了？

英　子　没错，杨总工程师跟大家一起往山下运送树枝，一棵树倒下来，不小
心砸在杨总的身上……林场大夫说，可能是粉碎性骨折……

二　嫂　　（着急地）真是福无双至，祸不单行！那……咋办哪？

英　子　　正往医院送哪……

　　　　　【二嫂等人急急走去。

# 第四场

　　　　　【骄阳如火的七月。

　　　　　【林场，山上。

　　　　　【职工们望着一片片旱死的松林，落泪、着急、垂头丧气，还有人索性躺在那里，人们无心干活……

赵　志　　真是撵走狐狸又来了狼，从打咱们建林场就没消停过，雨淞、虫灾、雹灾、旱灾一茬接一茬……

二　嫂　　老天爷，你咋就……我们苦巴苦曳，多不容易啊！这树都长了二十年，就要成才了，呼啦倒下这么多，你说咋办？咋办啊？

　　　　　【二嫂哭了。

张　莉　　……海生，杨总的腿……听说伤得十分严重，他……还能站起来吗？

众　　　　是啊，杨总还能回来吗？

秦海生　　我哪儿知道啊……我比你们还着急！老场长病重住院，偏偏这工夫杨总又……

　　　　　【这时，职工甲等几人扔下工具，向一边走去。

职工甲　　这活没法干了。

秦海生　　站住！你们去干什么？

职工甲　　报告总场生产科长，我们去喝水……咋？不行吗？……

　　　　　【秦海生看了他们一眼，无奈蹲下。

职工甲　　科长，你看看，大伙哪有心思干活，一个个蔫头耷脑的……你再抬头看看，天上连一块云彩都没有，再这么旱下去，说不准还要旱死多少林子？

秦海生　那也不能说草鸡话！

职工甲　我也不愿说草鸡话，可眼下咋办？咋办呀？就是把旱死的林子都运下山，怎么补种？今年能补种吗？季节早过了，用什么树苗补种？……要是杨总能回来……可杨总那是粉碎性骨折，咱先不说在北京住院时间长不长，就是治好了，也回不了咱塞罕坝了！……

【正在这时，佟保中走来。

佟保中　同志们，海生，张莉，你们看，谁回来了？！

【这时，杨娜扶着挂着拐的杨宁先走来。

众　人　（惊疑地）杨总！杨总！……

秦海生　杨总，你怎么……出院了？！

杨宁先　出院了，出院了。

【二嫂走到杨娜跟前。

二　嫂　这漂亮姑娘……是杨娜吧！

杨　娜　二娘，我是杨娜。您忘了，我在北京读林业大学……

二　嫂　对，这姑娘多孝顺啊，是你陪着你爸爸回来的？

杨　娜　保中叔，张莉阿姨，是我爸爸下命令逼着我把他送回来的！

杨宁先　是我逼着她把我送回来的！保中啊，我就是挂着拐、坐着轮椅，也得回来，这么大旱灾……咱们得想办法减少损失，我躺在医院睡不着觉啊！

杨　娜　爸爸他整夜都不能合眼，昨天夜里，突然把我叫到床前说："娜娜，你是学林的，能知道一个林场十几万亩的树木被旱死，会是怎样的情景啊？一定会像塌天一样，我在这里都会看到职工们在流泪，在急得号啕大哭……"

杨宁先　作为总工程师，我有责任！我不能在林场需要我的时候，还躺在病

44

床上无动于衷！哪怕一分一秒……

杨　娜　我看见爸爸流泪了……与其说是他说服了我，不如说是他的精神感动了我，于是，我连夜找到医院，找到主治医生，找到院长，作为女儿，我给医院写了保证……天还没亮，爸爸就催我赶到了班车站……

佟保中　当我看见杨总，挂着这副拐杖从班车上下来的时候，我的心里难受极了，一个老专家，一个全国闻名的林场总工程师，为什么不在北京医院里多治疗些日子？为什么不顾及自己受伤的身体而要急着回到林场？杨总似乎猜透了我的心思，他笑了笑说："因为我是'林场职工'！"

杨宁先　对，"我是'林场职工'！"……这句话不是我说的，是当年老场长说的，大家不会忘记。前几年那场"雨凇"，林场五十万亩松林受到损害，老一代务林人没有倒下，逢强不低头，落难不掉价……灾后的第三天，老场长就来到工地上，当着全场职工的面，默默地从衣袋里拿出工作证，郑重地念道："中华人民共和国林业部塞罕坝林场"……然后激动地说，"这是什么？这是我们林场职工的责任！既然是责任，那就没说的，坝上汉子脚底宽，没有蹚不平的路，没有过不去的火焰山！"

佟保中　后来，整整三个冬春，老场长披着那件羊皮袄，和大家一起，风里来、雨里去、雪里走，五十万亩松林终于得救了。同志们，五十万亩……那是我们务林人用命换来的！……

杨宁先　为啥当年的老职工五十岁左右就走了？因为他们的生命在燃烧，因为他们永远没有忘记自己是"林场职工"！

佟保中　同志们，人倒了，可以站起来；树倒了，可以扶起来。只要我们务林人的信念不变，精神不倒，就没有战胜不了的困难！别说十几万亩，如果所有林子都旱死，那我们就再造一个塞罕坝！

众　　　对！再造一个塞罕坝！

杨宁先　保中啊，同志们，从现在起，不能超过一个月，组织全场职工，动
　　　　员家属，人扛车拉牲口驮，尽快把旱死的树，全部运下山来！

佟保中　杨总，我已经和周边的公社、生产大队联系好了，他们决定抽出劳
　　　　力，支援我们。

杨宁先　太好了！

佟保中　可是杨总，眼下，不是种树的季节，又没有合适的树苗……

杨　娜　保中叔，爸爸就是为这件事回来的……

杨宁先　保中，我想好了，这回，咱们改变一种栽种模式，试验"容器育
　　　　苗"……

佟保中　"容器育苗"？……

杨宁先　对，就是在容器里育苗，既能与季节争分夺秒，今年就实现全部补
　　　　种，又能确保成活率！

杨　娜　保中叔，为了研究"容器育苗"，爸爸在医院里查阅了大量资料，
　　　　这些资料是他让我从林业大学借来的……

佟保中　"容器育苗"……好，好！杨总，您回来得好！

杨宁先　海生，明天一早，带上几个技术员跟我出发，到各个分场苗圃，抓
　　　　紧育苗！

秦海生　好！……（欲走又返回）可是，杨总，您的腿还……

杨宁先　没关系！同志们，用不了多久，我们一定让这十几万亩林地，重新
　　　　披上绿色！

佟保中　好，杨总说得对，我们一定让这几十万亩林地重新披上绿色！同志
　　　　们！走！……

众　　　走！

　　　　【音乐。

　　　　【灯暗。

【任晓君匆匆跑来。

任晓君　保中！保中！……

佟保中　晓君，回来了，老场长的病怎么样了？

任晓君　老场长……

佟保中　老场长到底怎么了？

任晓君　老场长不行了……他说要回林场最后看看这片林子……

【音乐。

【灯暗。

【灯亮。

【林区的一条小路，秀兰推着病重的李斌慢慢走来。

李　斌　……对，我们是塞罕坝最早的务林人，每天早晨我都是顺着这条小路走进林子里，那新鲜的空气、流淌的小溪……还有，当太阳从密密的树冠中映衬出一缕缕金色时，你不知道，咱们的塞罕坝林子有多美……是啊，眼前的这条小路越来越漫长，那是多少务林人的脚步踏出来的！所以，这辈子，我不后悔。再难、再苦、再累……都值！值！……因为，有眼前这片林子就足够了……

【佟保中走近李斌。

李　斌　（落泪）说真的，我不愿意死，我还没干够，我还想种树……因为我舍不得离开这片林子……也许，我这个人，生命原本就是属于塞罕坝的，也许，我的前世就是这里的一棵树……保中啊，我只有一个心愿，我死后，你们一定把我埋在这片林子里……我永远是"林场职工"！

【众人默默哭泣。

【音乐。

【灯暗。

# 第五场

【80年代中期的一个冬天。

【林场山上，望火楼。

【佟刚放下望远镜，匆匆爬下望火楼，（看表）马上拨通电话："喂……喂，总场防火办公室吗？锥子山望火楼向你报告，没有火情，周围林区一切平安！（告诉佟刚大桃要来）是吗？！好……好，再见！"

【二桃带着榛子背水回来。

佟　刚　榛子，跟妈妈背水去了！……二桃，快歇会儿……

二　桃　好几个月没人来山上了……

佟　刚　二桃，这回，要来人了！

二　桃　谁？

佟　刚　刚才场里的电话里说你姐来了！

二　桃　（一惊）我姐？！我姐要来了？

佟　刚　说她昨天到县城，今天直接上坝，来咱望火楼。

二　桃　我都三四年没回市里，没看见家里人啦……（走向榛子）榛子，你大姨要来了，你大姨要来看咱们了！

【谁知，榛子突然向外跑去。

二　桃　榛子……榛子……

【二桃望着跑去的榛子，叹了一口气。

二　桃　五岁了，一直跟咱俩在山上，变得怕见人。这一说要来人，就往林子里边跑，如今，除了叫爸爸、妈妈……什么都不会说。

【正在这时，传来喊声："二桃！二桃！……"大桃气喘吁吁地

话剧《塞罕长歌》剧照五

　　　　　走来。

大　桃　二桃!……

二　桃　姐!……姐!……

大　桃　你们住的这叫什么地方呀!我要知道这么难走，我根本就不来!

佟　刚　姐，上锥子山望火楼压根就没道儿……再说，您怎么从北坡过
　　　　来的?

大　桃　我哪知道北坡、南坡，昨天从县里到镇上，今天一大早就直奔望火
　　　　楼，在山下好不容易碰上一个人，他说顺这条道儿虽然绕点儿远，
　　　　却用不着爬陡坡，谁知，山上根本就没道儿，一路都是钻柴火棵
　　　　子，整整走了一天……

佟　刚　南坡有条道，刚才二桃下山背水就顺那儿走的，七里长的陡坡，下
　　　　山一个钟头，上山得三个钟头……要不，咋叫锥子山呢!

大　桃　你们天天下山背水喝?……

二　桃　不，平时做饭就用雪水……

大　桃　用雪水？……二桃，你……

二　桃　阳面山坡的雪，干净着呢！从九月一直吃到来年五月，才有雨水喝……

大　桃　粮食呢？……蔬菜呢？……

佟　刚　粮食够吃，春天一化冻，就从山下朝上背，够吃一年的。蔬菜也有，山韭菜、野蒜苗、蕨菜……一年到头都断不了咸菜。

二　桃　姐，这吃的、住的、喝的都不算事……就是一年到头很少来个人……

大　桃　是啊，常年在这山上，你可是怎么熬过来的……榛子呢？几年不见长高了吧？

二　桃　五岁了，听说大姨要来，跑到林子里去了！

　　　　【佟刚去找榛子。

大　桃　咋，榛子不欢迎大姨？

二　桃　不是……常年在山上，怕见人。

　　　　【佟刚拉着榛子走来。

佟　刚　（对榛子）看，大姨来了！……

大　桃　榛子！哎呀，都长这么大了！来，看大姨从城里给你带啥好玩具……

　　　　【大桃将玩具给榛子。

大　桃　叫大姨！

二　桃　叫大姨！……

　　　　【榛子不语，有些害怕。

榛　子　"妈……"

　　　　【榛子不语。

大　桃　（不解地）这……榛子是怎么回事啊？不会叫大姨？……是不是……

50

二　桃　姐！……你不知道，这望火楼上，一年四季很少来人，平时就我们仨，常年封闭在山上……想多见个人，只有拿出相片看看，实在忍不住寂寞，就冲着林子喊一会儿……大人这样，可孩子呢？孩子咋办？……榛子从小就长在树林子里，和树、和鸟、和林子里的小动物待在一起……就怕见生人。这不都五岁了……只会叫爸，叫妈……

大　桃　孩子都五岁了，就只会叫爸叫妈……你们俩咋这么糊涂啊！你们俩想过没有，这样下去，孩子会变成啥样，孩子长大了怎么办？你们俩在山上吃苦可以，但不能耽误了孩子……

【二桃、佟刚不语。

佟　刚　姐，我和二桃也在想办法。

大　桃　孩子都五岁了，有啥办法……

【大桃站起来，走近二桃。

大　桃　佟刚、二桃，我这次来，就想劝你俩离开林场！今天一看榛子这样，你们这就离开望火楼了，跟我下山！

佟　刚　姐……

大　桃　如今已经改革开放了，只要你们离开林场，回到城里，不仅比在这挣得多，更要紧的让榛子换个环境，过两年在城里上学，接受良好教育……

佟　刚　姐，我不能走，我爹还在林场，我不能离开他老人家……

大　桃　你不离开他老人家可以，可榛子怎么办？

二　桃　（思考）佟刚，要不我去场部找找榛子他爷爷，商量商量？……

大　桃　（疑惑地）榛子的爷爷？……

二　桃　姐，你见过，佟保中，如今是总场副场长了，我想让他跟我们分场领导说说，给我们换个工作……

佟　刚　啥？跟我爹说，说啥？说咱俩都下山，离开望火楼？！

二　桃　咱又不是怕吃苦，榛子变成这样，他当爷爷的不着急呀……

佟　刚　不行！这不是为难我爹吗？……行了，行了，姐大老远来的，一定又累又饿，快去做饭吧。

【二桃不理。

大　桃　你们俩这是怎么啦？

二　桃　姐，我这么说吧，三天前我就想给同学打个电话，给榛子买件新衣裳，姐，你看榛子穿的，还是去年的旧衣裳。你看咱眼前这片林子，一天天长大了，长高了……一个季节一个颜色……可一见咱榛子呢，还赶不上这树，夏天穿春天的衣裳。到了冬天还是去年的旧棉袄……

大　桃　佟刚，打个电话怎么了？！

佟　刚　姐！这是专门报告火情的电话！……

二　桃　我就用一次又怎么啦？……

佟　刚　一次也不行，我问你，要是你正打电话的时候刚好林子着火了可怎么办？再说这火情的电话，上级天天都要检查测试，永远要保证电话畅通。姐，这是火情专用电话，真不能为了私事打电话！

大　桃　佟刚，心可真细。

二　桃　没错，气得我都三天没跟他说话了……姐，我也想通了，要说佟刚也是为了工作。佟刚可积极了，年年被评为模范，奖状一大摞……告诉你，佟刚要入党了！

佟　刚　不，不，正在申请……

大　桃　怪不得把望火楼当成使命！

【这时，佟保中走来。

佟保中　哎呀，这位记者同志说得太好了！没错，把望火楼当成使命！这就是我们塞罕坝务林人心里所想的。记者同志，像这样的望火楼，我们林场还有八九个，你一定都走走，都看看！

【众人大笑。

大　桃　　大伯! ……

二　桃　　爹，是我姐大桃! ……专门来看我们的。

　　　　　【佟保中仔细辨认……

佟保中　　哎呀……是大桃! 榛子的大姨……（大笑）怪我……弄错了……
　　　　　好，好，戚来东家福，难得一见! 佟刚……

佟　刚　　爹，您放心，前几天，我还逮了一只兔子……

佟保中　　咱林子里的蘑菇可香了，还有黄花、蕨菜……

佟　刚　　都是现成的。

　　　　　【突然，佟保中看见榛子，亲热地走到跟前。

佟保中　　榛子，榛子! ……看爷爷给你带啥好吃的……

　　　　　【佟保中拿出一袋饼干递给榛子，榛子欲接。

佟保中　　叫爷爷! ……叫爷爷! ……

佟　刚　　爷爷……

榛　子　　（一愣）爸……爸……

佟保中　　（摇摇头）……叫爷爷!

榛　子　　妈……妈……

佟保中　　（心痛地）这! ……

　　　　　【音乐。

大　桃　　大伯，孩子都五岁了，还只会叫爹叫妈……您不知道吗?

佟保中　　知道，半年前他们才告诉我，从此，榛子就成了我心里的痛。连做
　　　　　梦都盼啊，盼着榛子能叫我一声爷爷! 大桃，这次我来，就是要把
　　　　　榛子接走，给他换个环境……

　　　　　【大桃思考，突然走近佟保中。

大　桃　　不! 大伯，您工作那么忙，再说，林场的条件……这样，我把榛子
　　　　　带走吧，带到城里，过两年该上学了，不能把孩子耽误了……

53

二　桃　太好了！跟着大姨去市里？（高兴地）佟刚，你说呢？

佟　刚　那敢情好！只是，姐，给你添负担了……

大　桃　这不是也为了我妹妹吗？让榛子在城里念小学、中学，将来还一定让他考上大学！

佟保中　大桃，谢谢你，我们所有的务林人都谢谢你！……只是，大桃……

大　桃　大伯，您说……

佟保中　将来榛子真要是考大学……就让他上林业大学！

大　桃　还学种树？

佟保中　对，还学种树！

大　桃　还上塞罕坝？

佟　刚　我爹早就说了，我们祖孙三代都上塞罕坝！

大　桃　怪不得人们说，你们献了青春献终身，献了终身献子孙……

佟保中　这辈子就是为了这片绿色。

大　桃　（忽然想起）哎，大伯，榛子要上学了，您给他起个大名吧！

二　桃　对，对，榛子，让爷爷给你改个上学的名儿。

佟保中　（思考）……从小长在林子里，就叫佟小林！

佟　刚　"佟小林！"爹，好听，好听！

　　　　【众人围着榛子喊"佟小林！"

佟保中　对了，佟刚，今天我上山来还要告诉你一件喜事！

佟　刚　喜事？！

佟保中　大喜事！

佟　刚　爹，啥大喜事？

佟保中　佟刚，总场党委已经批准你加入中国共产党了！

众　　　（惊喜地）佟刚入党了？

佟　刚　我现在就是共产党员了？！

佟保中　对，儿子，你是共产党员了！……昨天我高兴得一宿都没合眼，有一肚子话要跟你念叨念叨！走，我们爷俩去林子里转转……

【佟保中与佟刚走进树林。

佟保中　佟刚，爹一直想问问儿子：你跟着爹一直守在塞罕坝，你后悔不后悔？

佟　刚　爹，您有啥话儿子听着……

佟保中　（摇摇头）可这辈子，爹总觉得对不住你……当初，你娘没了，不满一岁，爹就把你抱到塞罕坝，跟爹住窝棚、马架子，冷一口、热一口，吃苦受罪，打小没享过一天福……后来，爹又没供你继续升学，中学毕业，就留你在林场当了工人。你还是个孩子，爹亲眼看见你上山一身汗，下山两腿泥……再后来，你结婚了，爹又打发你们夫妻俩上了望火楼。爹知道山上的生活苦，长年累月下不了山……如今，榛子又……你真没埋怨过你爹，没后悔过？……

佟　刚　爹，我不是没想过……林场有多苦，望火楼有多寂寞，二桃心里多委屈，榛子现在还只会叫爸叫妈……我当爹的能不着急吗？……可是爹，当初您大学毕业，离开城市，离开家，离开生病的娘，来到塞罕坝，您后悔了吗？……还有老场长、杨总和那么多叔叔、阿姨，在这里种了一辈子树，老场长把骨头都埋在这里……他们后悔了吗？

佟保中　儿子，有些事，已经刻在心里，你永远都不该忘记。

佟　刚　小时候，在老场长家，秀兰阿姨为了让我吃饱，常常饿着，有一天我亲眼看见她晕倒在院子里……还有，一个大雪天，晓君阿姨进城给我买奶粉，半路上摔下山坡，浑身是伤……

佟保中　你还记着你七岁那年，从家里跑出来，在林子里迷了路，三更半夜全林场的叔叔阿姨，举着火把，找了你整整一宿……

佟　刚　最后从沟塘子里把我找到了……秀兰阿姨紧紧抱着我号啕大哭……

佟保中　全场职工都哭了……

佟　刚　爹，我从小是塞罕坝人养大的，我的命也是塞罕坝人救活的。甭说
　　　　在这儿待一辈子，就是两辈子、三辈子，我佟刚也不后悔！

佟保中　（激动地）儿子！
　　　　好儿子，够格，像一个共产党员！

【音乐。

【灯暗。

# 序（三）

【字幕：久久为功，玉汝玉成，经过三代务林人的艰苦创业，塞罕
坝一百一十二万亩的浩瀚林海，终于迎来了五十五年后的春天。如
今，塞罕坝的绿水青山，真正变成了金山银山。

【2010年佟小林从林业大学毕业，和同学们一起来到塞罕坝林场。

【塞罕坝绿水青山，绵延起伏，无边绿意，如诗如画。

【佟小林等一群大学生背着行囊来到这里。

小　王　佟小林，快走啊……

佟小林　来啦……

女　甲　（惊叹地）绿水青山，太美了！佟小林，这就是我们要来的塞罕坝
　　　　林场？

佟小林　对，五十年前这里还是黄沙遮天日，飞鸟无栖树，是三百多名创业
　　　　者和一代又一代务林人，用自己的青春和汗水，把这百万亩荒漠沙
　　　　地，变成如今浩瀚的林海……

女　乙　同学们，作为刚刚毕业的大学生，我建议，咱们每个人都从这片林

海里，捡拾一粒种子，把我们的理想和精神，播种到我们未来的人生中去！

眼　镜　我们要用生态文明的理念，再接再厉，在塞罕坝上实现第二次创业！

佟小林　美丽的高岭梦中牵挂，那一道道山梁一道道坡，林为情思风作马！

众　　　在远方，自天涯，魂牵梦绕塞罕坝……

【音乐。

【灯暗。

# 第六场

【2013年春、夏之间。

【佟小林带领石质阳坡攻坚造林战斗队在石质阳坡上艰难地种树。

【回来的路上互相讨论着。

小　王　你们说都两年了，三次试种都没有成功，可以得出结论——石质阳坡上真的不能种树！

眼　镜　小林场长，开头我也支持你，在石质阳坡上实现二次创业！可一次两次失败了，还又没完没了地试验。再说，咱们大学毕业，刚刚分配到这儿，咋就非啃这块硬骨头呢？

女　甲　不是小林非啃这块硬骨头，什么叫二次创业？懂吗？就是要在塞罕坝能种树的地方都种上树。小林想得对，如果石质阳坡真的试验成功，那塞罕坝就能增加十万亩新绿……

眼　镜　可结果呢？试验两年，一点儿收获没有吧？本来两年前来到塞罕坝，我真的觉得挺好的，前辈人艰苦创业换来了百万亩的青山绿水……

女　乙　眼镜，我听懂了，前人种树，后人乘凉，你是光乘凉，不创业！

小　王　你说咋创业？塞罕坝一百几十万亩地，几乎都种上树了，有肉的骨头人家也啃了。

大个鹏　没错，就剩下十万亩石质阳坡，可土层不过五厘米，底下全是石头，老百姓说啥，高粱秆儿盖房子，不是那块料！

佟小林　……当初建场的时候，这坝上一棵树都没有……试种，失败，再试种，再失败……

【办公室内舒纹正在看着石质阳坡的剖面图。

舒　纹　可是三十年后的今天，我们应当去选择更美的人生风景！

女　甲　舒纹嫂子，咋，连家都没回，就上山来了，一定是想小林场长了？……

【众人笑。

舒　纹　石质阳坡攻坚造林，你们都睡在工地上了，我不到这儿找你们，去哪儿找？

小　王　嫂子，什么时候调回塞罕坝啊？

女　乙　瞎说啥，嫂子在省林科院，研究生，怎么能回塞罕坝？是不是，嫂子？……

舒　纹　我找小林有点儿事。

众　　　走，咱们走吧！

【众人走去。

舒　纹　石质阳坡的试验还是失败了？

佟小林　失败是成功之母！……（想起地）哎，舒纹，不知你看到没有？一家外国的报纸说，在全球森林覆盖率普遍减少的情况下，中国的塞罕坝还在不断地提高森林覆盖率……所以，这塞罕坝的二次创业……

58

舒　纹　（打断他）小林，今天，咱们先不谈这些。我急着从省城回来是要告诉你一个好消息，我们省林科院要建立一个生态发展研究所。我的导师非常关心咱们，他亲自找了院领导，推荐把你调过去……

佟小林　调我去？

舒　纹　而且还建议让你当召集人……

佟小林　我行吗？……

舒　纹　小林，这可是千载难逢的机会，多少人求之不得……我怕夜长梦多，答应导师最近你就去林科院报到！

佟小林　（吃惊地）报到？！

舒　纹　对！

佟小林　你答应人家了？

舒　纹　我跟导师说，我能做主，而且，小林，我已经安排好车了，明天一早咱们就离开塞罕坝！

佟小林　你凭什么答应，凭什么替我做主！……

舒　纹　（一惊）这么好的机会，我当然要答应，当然为你做主！

佟小林　我不去！

舒　纹　你必须去！……如果还要这个家……

【音乐。

佟小林　舒纹，咱俩结婚几年了，你该了解我，为啥大学一毕业，我就毫不犹豫来到塞罕坝，因为我离不开这块土地！

舒　纹　你能不能活的真实一点儿，现实一点儿？现实一点儿！……

佟小林　我知道在石头上种树很难，可这就是我们这一代务林人的使命，我要对这片土地有一个回报！

舒　纹　省林科院是科研单位，有大量的文献资料，有全国闻名的专家、学者……

佟小林　舒纹……

舒　纹　在那里有条件立项，可以出国考察，我们的成果能与世界先进的理念接轨……

佟小林　舒纹……

舒　纹　（生气地）你眼睛里不能只有塞罕坝！

【电话铃声响起，佟小林快步走上……

佟小林　喂？

杨　娜　你是佟小林吗？

佟小林　我是！

杨　娜　我是杨娜，你应该叫我阿姨，

佟小林　杨娜阿姨……

杨　娜　我调令已经下来了，很快就能回到塞罕坝……

佟小林　您调回来了？

杨　娜　对！……你等着，回见！

佟小林　回见……

佟小林　舒纹，不管你愿不愿意听，我现在就给你讲一个塞罕坝上老护林员的故事。夫妻俩在望火楼上已经三十多年了，夏天，雨水就着干粮，冬天一口煎饼一口雪，三十年，在他们手里没丢过一棵树，没发生过一次火灾……去年腊月二十三，我去给他们送年货，两个老人都病了，我要背他们下山，他们执意不肯。是啊，春节是人们团圆的日子，可这两位老人却在望火楼上，守着严寒，守着寂寞，守着眼前的这片林子……那天我们在山上过的小年。我问他们，一辈子了，有啥愿望吗？我说："等春天来了，送你们二老去城里看看？"他们摇了摇头，趴到我耳朵上说："哪儿也不去，就想天天守着这些树，一辈子也不离开这儿！"就在前几天，我又去看他们的时候，由于风湿、腰疼……我远远看见，两个人互相搀扶着，一瘸一拐地登上望火楼……是啊，三十年夫妻俩从没有耽误一次巡望的时间……这，就是我的父亲、母亲！……回来的路上，我突然发现旁边的树长得很茂盛、很挺实，青青的、绿绿的……这不正是他们生命中的绿色吗？

【音乐中，舒纹望了一眼佟小林，没有说话。

舒　纹　小林，你的故事很感人……

【舒纹拎起皮箱往山下跑去。

佟小林　舒纹，你去哪儿？……舒纹！

【正在这时，佟保中、任晓君携杨娜等林场新老员工走来。

杨　娜　小林……

佟小林　杨娜阿姨！

杨　娜　小林，所有的老务林人都来林场了。

佟小林　爷爷！……奶奶！……

佟保中　小林，你还不知道呢，是杨总给你杨娜阿姨写信，让她来帮助你们在石质阳坡上种树！

佟小林　爷爷我知道了……

佟保中　还有，你杨娜阿姨已经决定调回到咱们林场了！

佟小林　这个我也知道了……

女　甲　杨阿姨，您不在北京了？

杨　娜　不在北京了！

小　王　不在林科院了？

杨　娜　不在林科院了。

眼　镜　也不当博士了？

佟保中　回咱塞罕坝当博士！

【众人高兴，热烈鼓掌。

佟小林　杨娜阿姨，林科院可是科研单位，而我们这里只是上山、挖坑、种树……

**佟保中** （高兴）不，小林，咱塞罕坝可不仅仅是挖坑种树，也不仅仅是为北京、天津挡住风沙，五十年，我们能把满目疮痍的塞罕坝变回绿水青山，能把已经破坏的生存环境进行人工修复，让人类和自然环境永远和谐相处，这是一场关乎生态文明的伟大试验！

**杨　娜** 所以，作为科研工作者，哪里需要，我们的岗位就在哪里，今天，我来到塞罕坝，到老一辈曾经洒过汗水的地方，是要亲自参加这一场生态文明、绿色发展的伟大实践！小林，你们选择在石质阳坡上种树，尽管还没有成功，可是你们提供的数据、试种方案，还有选择的树种，都非常有价值！我已经和佟叔叔商量过了，决定在石质阳坡上试种樟子松！

**佟小林** 樟子松？……它原来就生长在大兴安岭……

**杨　娜** 对！耐高寒，根子长，扎得深，不怕旱！如果我们能找到一种适合它生存的栽培技术，就能在石质阳坡上生长！

**佟保中** 小林，我看杨娜这个方案可行！我一直在想，在石质阳坡上种树，如果我们挖深坑、取石头、填客土、种容器苗、地膜保墒、草帘防风……我看这樟子松啊，能成！

**任晓君** 到时候，我还负责育苗……

**佟保中** 对，小林，别看你爷爷我老了，可种了一辈子树，如今，你们要二次创业在石质阳坡上种树，我们也要贡献一份力量，在我们塞罕坝的石质阳坡上继续我们的"绿色人生"！

**众** 好！

**佟小林** 太好了！爷爷、奶奶、杨娜阿姨……有你们的支持，我相信，我们十万亩的石质阳坡，一定会长出树来，塞罕坝新时代的二次创业，一定会取得成功！

【歌声：

思绪拂过如诗如画

美丽的高岭梦中牵挂

生命的绿色慢慢升腾

你们的血肉浸入风沙

那一道道山梁一道道坡

林为情思风作马

在远方　自天涯

魂牵梦绕塞罕坝

【灯暗。

# 尾　声

【塞罕坝林场场部。这里和当年比起来，已然焕然一新。

【这时，赵志扶着二嫂，还有秦海生、张莉夫妇，杨总夫妇等走来。他们望着已经被布置一新的场部，几乎认不出来了。

秦海生　没错，没错！二嫂，这就是当年的场部，原来的马架子是在那儿……

赵　志　娘，您不认识了吧？……

【二嫂望着这里的一切变化，十分激动……

二　嫂　（回忆地）是这儿，是这儿……那天，刮着白毛风，我给埋在雪窝里的佟保中搓雪……那天，老场长和杨总带着全家妻儿老小上坝……那天，对，也是在这儿，我们看了电影《上甘岭》……

【佟保中等人走来。

众　　　　二嫂！

佟保中　　二嫂！

二　嫂　　保中！

佟保中　　二嫂，大伙儿盼您回来！

二　嫂　　回来，回来！……保中，二嫂已经来林场两天了！

佟保中　　（一怔）来两天了？……二嫂啊二嫂，你咋不吱一声，是看我佟保中脱袍退位不当场长了，还是怕我们不给二嫂包饺子？

赵　志　　佟伯伯，是我拉着我娘，还有秦叔叔一家，把林场的每一片林子、每一个望火楼都又走一走，转一转！

秦海生　　变了！变了！真没想到啊……保中啊，过去望火楼是木架子，晚上点着小油灯……如今，三层小洋楼，自动化视频监控，还有电视、网络……

二　嫂　　还有，真是做梦也没想到，那石质阳坡上硬是种出树来了，原来的荒山秃岭，都变成一眼望不到边的林子了……听说林场的年轻人都是大学生，二次创业，他们立功了！可就是，都不认识……

佟保中　　二嫂，这是我孙子佟小林，如今是分场场长了！

佟小林　　奶奶，我是榛子！……

　　　　【正在这时，二桃、佟刚匆匆走来。

二　桃　　小林！小林！你们快看看，谁来了！

　　　　【舒纹背着包走来。

众　　　　舒纹？……

舒　纹　　小林！……爷爷、奶奶……今天舒纹正式向塞罕坝林场报到！

　　　　【众人热烈鼓掌欢迎。

舒　纹　　爷爷奶奶，我这次回来，不走了！杨娜阿姨说得对，哪里有需要，我们科研人员就该在哪里扎根。如今，我们国家正在进一步推动生态文明，提出要实现两碳目标，所以，作为林科院，还有林场，都要探索碳汇造林，为将来实现碳中和贡献力量！杨总、杨阿姨，这次研究院非常支持我回到塞罕坝研究这个课题！

**杨宁先** 好！好！我双手赞成舒纹的选择！实施碳汇造林，就是要发挥更大的生态效益。如今我们的林场每一立方米的林木，可以吸收二氧化碳1.93吨，释放氧气1.62吨，这就叫"碳汇"！这不仅是我们对国家的支持，也是对世界气候改变的贡献！舒纹，回来得好！

**众** 好！（大家鼓掌）

**佟小林** （走向舒纹）舒纹，欢迎你回来！从现在起，咱们和杨娜阿姨，以及所有的务林人一道，让生态文明的理念在塞罕坝深深地扎下根子！……今天，我们终于懂了，塞罕坝三代务林人牢记使命、艰苦创业，种下的不仅仅是一片林海，更是一种精神、一种理念，所以，我们年轻人来到塞罕坝这个美丽的高岭，就是走进新时代这座精神文明和生态文明的高地！（大家鼓掌）

**佟保中** 小林说得好！今天，正赶上大家都回到林场，那咱们就一起看看《塞罕坝》的电影，看看我们塞罕坝人的今天！

【放映电影《塞罕坝》。

【影片中出现塞罕坝获"地球卫士奖"等情景。

【字幕：2017年12月5日，联合国环境规划署宣布中国塞罕坝林场建设者获2017年联合国环境最高荣誉——"地球卫士奖"。

【字幕：2021年2月25日，全国脱贫攻坚表彰大会上，塞罕坝机械林场荣获"全国脱贫攻坚楷模"称号。

【字幕：2021年9月28日，塞罕坝机械林场荣获联合国防治荒漠化领域最高荣誉——"土地生命奖"。

【字幕：2021年8月23日，习近平总书记来到塞罕坝机械林场考察调研，并发表了重要讲话。

【这时，佟保中走到一边。

佟保中　种树……就像养育孩子一样，除草、治虫、浇水、修枝、间伐……塞罕坝三代务林人伴着这些树，走了整整五十五年，树长大了，长高了，长直了……人老了，背驼了，腰弯了……可我没有想到还有今天，没想到我们务林人还能赶上这样的好机遇，生态文明，绿色发展，"绿水青山就是金山银山"……

【主题歌起：

　　　　把爱交给青山　今生无悔无怨

　　　　把爱交给绿水　久久为功不变

　　　　牢记使命　听从党的召唤

　　　　艰苦创业　建设绿色家园

　　　　塞罕长歌行

　　　　铭刻在生命的年轮间……

【主题歌声中，字幕：

　　　　中共中央总书记、国家主席、中央军委主席习近平对河北塞罕坝林场建设者事迹作出批示：55年来，河北塞罕坝林场的建设者们听从党的召唤，在"黄沙遮天日，飞鸟无栖树"的荒漠沙地上艰苦奋斗、甘于奉献，创造了荒原变林海的人间奇迹，用实际行动诠释了绿水青山就是金山银山的理念，铸就了牢记使命、艰苦创业、绿色发展的塞罕坝精神。他们的事迹感人至深，是推进生态文明建设的一个生动范例。

【灯暗。

——全剧终

# 李保国

河北
梆子
现代戏

编剧：杜忠　郭虹伶

总编剧：孙德民

创排演出：河北省河北梆子剧院

**获奖情况：**

2017年获中宣部第十四届精神文明建设"五个一工程"优秀作品奖、河北省第十二届精神文明建设 "五个一工程"特别奖、2019年获第十六届中国文化艺术政府奖 "文华大奖"。

# 主题歌

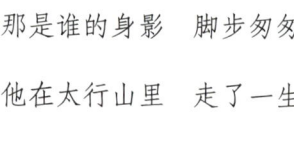

那是谁的身影　脚步匆匆

他在太行山里　走了一生

······

见不得乡亲们还在受穷

撑着带病的身躯

汗洒盛夏　血浸寒冬

那是一片贫瘠的土地

他用知识绘成风景

那是一双双焦灼的眼睛

他用生命换来笑容

为什么他眼里总含着泪水

一份牵挂一片真情

# 人物表

李保国　男　河北农业大学教授

郭素萍　女　河北农业大学教授，李保国妻子

李东奇　男　李保国的儿子

杨茂林　男　岗底村书记

杨来福　男　岗底村村民，人称"二诸葛"

梁晓燕　女　河北农大研究生

王丽红　女　河北农大博士生

赵　刚　男　河北农大研究生

赵　丽　女　河北农大研究生

华　子　男　岗底村农民，农大进修生

奶　奶　女　岗底村村民，华子的奶奶

金　生　男　岗底村村民，华子的二叔

三　叔　男　河东村村主任

山　根　男　河东村村民

二　混　男　河东村村民

其　他　护士、研究生、村民若干

孙德民戏剧作品选（2012—2024）

李保国同志35年如一日，坚持全心全意为人民服务的宗旨，长期奋战在扶贫攻坚和科技创新第一线，把毕生精力投入到山区生态建设和科技富民事业之中，用自己的模范行动彰显了共产党员的优秀品格，事迹感人至深。李保国同志堪称新时期共产党人的楷模，知识分子的优秀代表，太行山上的新愚公。广大党员、干部和教育、科技工作者要学习李保国同志心系群众、扎实苦干、奋发作为、无私奉献的高尚精神，自觉为人民服务、为人民造福，努力做出无愧于时代的业绩。

——习近平

# 序　幕

【音乐。

【主题歌起：

　　那是谁的身影 脚步匆匆

　　他在太行山里 走了一生

　　那是一片贫瘠的土地

　　他用知识绘成风景

　　那是一双双焦灼的眼睛

　　他用生命换来笑容

　　见不得乡亲们还在受穷

　　撑着带病的身躯

　　汗洒盛夏　血浸寒冬

　　……

【歌声中，舞台深处，李保国带着学生，在崎岖的山路上艰难地行走着。

【歌声中，李保国与群众一起为果树剪枝……

【歌声中，李保国的汽车奔驰在太行山上。

【灯暗。

# 一

【1996年的夏天。

【岗底村。

【一群准备离乡打工的男人和女人，望着村里，有些恋恋不舍。

【杨来福手提行李走来。

杨来福　都来了，走!

众　　　……走?

群众甲　来福大哥，您是长辈，又当过果树把式，见多识广，您说，咱岗底村真的没救了?

众　　　是啊，真没救了?

杨来福　但凡有救，我杨来福也不离开岗底! 庄稼淹了，山上的果树连根都冲跑了，剩下满山片麻岩……如今岗底村，瞎子闹眼睛——没治了! ……你们到底走不走?

众　　　走……走。

【众人欲走，杨茂林急上。

杨茂林　都站住!

【杨茂林拦住众人。

杨茂林　杨来福，一定是你这个"二诸葛"出的馊主意!

杨来福　穿得起十年破，挨不起一年饿。杨支书，咱岗底本来就是出了名的穷村，加上这场大水把啥都给冲没了，我们出外打工找饭碗，也是为你这个支书分忧，为咱岗底解难，是不是呀?

众　　　是呀!

杨茂林　乡亲们!

　　　　（唱）　灾后岗底要重建

　　　　　　　　此时怎能离家园

杨来福　（唱）　老婆孩子要吃饭

众　　　（唱）　油盐酱醋都要钱

杨茂林　（唱）　咱是土生土长的庄稼汉

理应将救灾重任担在肩

杨来福　（唱）　你支书能找来救命的饭碗

　　　　　　　　我保证不离岗底不出山

众　　　（唱）　大话不能当吃饭

　　　　　　　　没真招就别把路拦

杨来福　走！

杨茂林　等等，当然有真招儿！

众　　　真招儿？

杨茂林　（掏出一张烟纸盒）你们看！

杨来福　这是什么？

众　　　一个破烟纸盒……

华　子　我知道，这是一个叫李保国的教授写的，就是几天前，跟着省里的科技救灾组一块来的。那天，他见杨书记双手捂着脸，放声大哭，他就在烟盒上写了这个……

杨茂林　（念）"需要果树管理技术，我可以帮忙……李保国。"

杨来福　李保国？！李保国是谁啊？

杨茂林　河北农大的教授。

杨来福　教授？哈哈哈……

杨茂林　笑啥？

杨来福　一个穿着西服、戴着眼镜的教授，只能在教室里耍耍嘴皮子，还果树管理，咱满山片麻岩，压根长不好果树！

众　　　就是。

杨茂林　乡亲们，你们知道前南峪吧……

众　　　知道。

杨茂林　那个村过去啥样，知道不？

众　　　知道！

杨茂林　现在呢？现在人家可是大变样了！就是这个李保国教授，在前南峪
　　　　扎根十多年，搞小流域水土养护。如今，前南峪土厚了，水多了，
　　　　山上的片麻岩变成了一座座果园！

杨来福　照你这么说，他还成神仙了？

华　子　前南峪人就管他叫财神！

杨茂林　（下决心地）咱们岗底就请他来！李教授说了，只要答应三个月内
　　　　把冲坏的路修好，他一定来！

杨来福　修路？三个月……你寻思着这是憋泡尿的事，冲坏的路，一年也修
　　　　不出来！

众　　　就是！

杨茂林　二诸葛，这是李教授在摸咱们的底，看看咱们是不是真想干事！

杨来福　等等！杨支书，就算是修路，可眼下，乡亲们吃啥，喝啥，怎
　　　　么修？

杨茂林　来福哥，县里知道咱岗底灾情重，不仅给咱一部分救灾款，而且，
　　　　还决定以工代赈，支持咱们重建家园！

众　　　（高兴地）这是真的？

杨茂林　当然是真的。乡亲们，明天一早跟我上山修路，让李教授也看看咱
　　　　岗底人，血性汉子脚底宽，绝不是打谷茬子的！

众　　　对，绝不是打谷茬子的！

杨茂林　都回吧，回吧。

　　　　【众人走去。

杨茂林　李保国，李教授，你可要说话算话呀！

　　　　【灯暗。


　　　　【灯亮。

　　　　【李保国幕后唱："洪灾后，来岗底，翻山越岭……"

【李保国、郭素萍和梁晓燕、王丽红等走上。

李保国　（唱）　又一次进太行心潮难平

郭素萍　保国！

李保国　素萍！

　　　　（接唱）　但只见山石裸露没了绿色

　　　　　　　　　当年的根据地依然贫穷

　　　　　　　　　这情景看在眼里心中痛

　　　　　　　　　必须让这巍巍的太行

　　　　　　　　　革命的老区　受苦的乡亲

　　　　　　　　　脱贫致富变颜容……

　　　　（白）　　素萍，上一次我跟科技扶贫组来考察，我就发现，岗底的
气候、光照和水文条件适合种优质的苹果！

梁晓燕　可是，老师……（拿着一块石头）您看，这满山的石头都是片麻
　　　　岩……

郭素萍　同学们，这里的片麻岩和前南峪一样，你们李老师有一整套的治理
　　　　经验。开山挖沟，聚土聚水……保国，你是说也要在岗底培育优质
　　　　苹果？

李保国　对，培育高科技、无公害的苹果，而且，让他成为岗底的支柱
　　　　产业！

　　　　（唱）　刮倒篱笆撞响钟

　　　　　　　　要让山里人过上好光景

　　　　　　　　培育苹果新品牌

　　　　　　　　课题组在岗底扎寨安营

郭素萍　扎寨安营？

李保国　对，在这儿扎寨安营！

郭素萍　保国，你……

河北梆子现代戏《李保国》剧照一

河北梆子现代戏《李保国》剧照二

李保国　晓燕、丽红，你们再去察看一下周围的山势，看看土壤，找找水源⋯⋯

　　　　【梁晓燕等下。

郭素萍　保国，这儿离保定这么远，儿子东奇正面临着考高中，在这儿扎寨安营，那儿子怎么办？

李保国　让他转到附近的内丘县城上学。我已经让学校给他联系好了。

郭素萍　（一惊，激动地）什么？你⋯⋯保国，当年在前南峪，刚刚一岁多的儿子东奇就跟着咱们在乡下，一住就是四年，吃了多少苦⋯⋯保国咱不能再对不起儿子了！

李保国　孩子是可怜⋯⋯素萍，家里的事我都听你的，可这回⋯⋯没来得及和你商量⋯⋯

　　　　【正在这时，杨来福走来。

杨来福　这叫什么事啊，真是中邪了！

李保国　老乡，谁中邪了？

杨来福　还有谁，我们支书杨茂林！（打量）哎，哪个村的，是村干部？

李保国　纱帽翅比韭菜叶还窄⋯⋯

杨来福　一看，扑棱棵子命，土里刨食的，（笑）咱乡下人讲的就是个实在，瞎子逮蝈蝈还得先听听呢，我们那个支书倒好，信了一个叫什么李保国的教授瞎煽乎，说只要村里三个月把路修好，他就来帮我们培育优质苹果，这不是胡扯吗？我们岗底满山的石头，啥都不长，他能用一把荞麦皮，榨出二两油来，你信吗？

李保国　你信不信？

杨来福　上坟烧报纸，糊弄鬼呀！不瞒你说，我杨来福种了一辈子果树，岗底村的头号儿把式，可年年苹果下树，比核桃大不了多少，是咱笨吗？不！是岗底的片麻岩压根儿长不好果树⋯⋯这个李保国不是能耐吗？好，我杨来福看着，他真要在这儿种出优质苹果，我脑袋朝下绕着村转三圈儿！

李保国　（笑）你这话有点儿打不住秤砣了……

杨来福　你不信？就是当着李保国，我也敢叫板！这不，都快累死了，我们支书硬逼着大伙半个月就把路给修好了，我倒要见识见识这个李保国，他怎么能让我们这块没有雨的云彩下雨！（欲走）

【学生们走来。

梁晓燕　李老师，村里的杨书记接咱们来了！

【杨茂林、华子等匆匆上，群众亦陆续走来。

杨茂林　李教授！李教授……可把你们盼来了！

杨来福　（一惊）啊？你……你就是李保国教授？

李保国　原装货，不带假！（大笑）

杨来福　看走眼了，他这身行头还真带点儿欺骗性。（急下）

杨茂林　李教授，这是我们村有名的"二诸葛"，鬼点子多，一准儿又和您胡说八道了。

李保国　不，他倒跟我说你杨支书了。

杨茂林　说我什么？

李保国　说你，三个月的修路任务，你硬带着大伙，半个月就完成了。

杨茂林　我是盼着你们早点儿来呀。

李保国　好，我就冲你真心实意、雷厉风行，我们河北农大课题组，从今天起，就在岗底扎寨安营！

杨茂林　（一惊）扎寨安营？！

李保国　对。

梁晓燕　李老师带领我们要在岗底开山造地，治理片麻岩，依靠科学技术，栽植出叫得响、卖大价钱的优质苹果。

杨茂林　栽植出叫得响、卖大价钱的优质苹果？我杨茂林不是在做梦吧……

郭素萍　杨书记，为了让岗底早日脱贫，李老师已经决定，把家就安在咱岗底村，把正在保定上中学的儿子转到内丘县上学！

杨茂林　（感动地）我的好教授！……

　　　　（唱）　扎寨安营　我的李教授

　　　　　　　杨茂林七尺汉子热泪流

　　　　　　　何所求　为岗底抛家舍子

　　　　　　　这样的大恩德

　　　　　　　我给二位老师磕个响头

　　　　【杨茂林欲跪，被李保国拦住。

李保国　杨书记。不过，杨书记，我这个人，碌碡滚山——石（实）打石（实）。有句话说在前头，你必须答应我一个条件……

杨茂林　条件？！

李保国　对，赶哪的集，服哪儿的斗，开山、造地、培育果树，每一道工序都必须听我的！否则……（望了一眼杨茂林）我这个人，脾气犟，你听说过吗？有人给我起外号——杠头！

　　　　【众笑。

杨茂林　中，中！大王管小王，小王管黑桃尖，岗底只要能长出优质苹果，一切都听"杠头"您的！

　　　　【众又大笑！

李保国　好，从今天起，咱们就登顶看风景，开山放炮，聚土聚水，让这千里片麻岩，变成苹果园！

　　　　【顿时，山上炮声，浓烟滚滚。

　　　　【舞蹈、音乐。

　　　　【灯暗。

# 二

【三年以后。

【岗底村苹果园。

【村里喇叭传来李保国的声音："乡亲们，我再把幼果套袋的方法、要领给大家重讲一遍，这苹果套袋呀……"

【华子高兴地走来。

华　子（唱）　惊蛰一犁土，岗底出奇迹

　　　　　　　满山片麻岩变成果园十几里

　　　　　　　乡亲们乐得合不拢嘴

　　　　　　　是李教授给俺心里泡了蜜

　　　（白）　还有一件更高兴的事……（喊）奶奶！……

【奶奶、金生走来，梁晓燕随上。

华　子　奶奶、二叔，告诉你们个好消息！

奶　奶　啥好消息，华子？

【李保国、郭素萍走来。

华　子　李老师推荐我去农大进修的事，郭老师已经给我联系好了，晓燕姐，明天我就要去报到了。

梁晓燕　真的？奶奶，恭喜您，华子要上大学进修了。

华　子　我做梦都没想到……（转身）李老师、郭老师，谢谢你们。

奶　奶　李教授，郭老师……好人，大好人哪！

　　　（唱）　华子三岁成遗孤

　　　　　　　打小没有享过福

　　　　　　　照看一个老奶奶

　　　　　　　拉拽一个笨二叔

　　　　　家贫穷中学没毕业

　　　　　亏欠孩子误了前途

　　　　　不曾想来了个李教授

　　　　　苦命娃也能进城去读书

郭素萍　华子，到了学校一定要好好地学。

金　生　娘，华子走了，我咋整？

奶　奶　有点儿出息！还想拖累华子一辈子不成，都快四十的人啦，就不想
　　　　　着学点儿本事，养活自己。

李保国　金生，你先跟着晓燕学苹果套袋吧。

金　生　我笨……

梁晓燕　你不笨，我一定教会你。

华　子　晓燕姐是研究生，一准能教会你。

　　　　　【群众甲急上。

群众甲　李教授，您快去看看，一套袋，这果柄就断……

李保国　素萍，走，看看去。

　　　　　【李保国等随群众甲下。

奶　奶　华子，奶奶帮你收拾收拾，明天好进城。（下）

梁晓燕　（拦住金生）金生叔，（将套袋递给金生）来……

　　　　　【二人走近苹果树。

梁晓燕　金生叔，把纸袋打开……

　　　　　【这时，杨来福等人上。

梁晓燕　跟着我的动作，套在小果子上，看我的手……

金　生　哎。

梁晓燕　轻一点儿……

金　生　坏了，我把果柄碰断了！

　　　　　【杨来福拾起掉在地上的幼果。

**杨来福** 你们看看，刚结的小果子，一套袋，不都得碰掉了，这简直是糟蹋年景……

**金　生** 我笨……（跑了下去）

**杨来福** 我当了一辈子果园把式，没听说过苹果套袋！小梁老师，今天，我和大家来，就是跟你们说一声，这苹果套袋，我们不做了！

**梁晓燕** （着急地）不做？不行！这"富岗"苹果是已经注册的新品种，必须按李老师规定的一百二十八道工序办！不错，过去是从没有过给苹果套袋，可这是引进的新技术，来福叔，套了袋的苹果防虫害、没污染，而且品质好，长的个儿还大……

**杨来福** 大，还能大过西瓜？

**梁晓燕** 你，你不讲理！

**杨来福** 我是看明白了，人家是带着学生……叫什么课题组，在咱岗底搞试验呢！

【杨茂林搬着套袋箱子走来。

**杨茂林** 胡说，杨来福，我可告诉你，李教授的套袋技术是科学，是给咱培育优质苹果，咱不能打着灯笼走瞎道。再说，你杨来福那点儿把式，早老掉牙了，所以，必须听李教授的！这些套袋箱子，我都搬来了，每个人必须领纸袋，领多少，说！

【众人不语。

**杨茂林** 都成没嘴葫芦了？……乡亲们，这些套袋可是李教授花好几万块钱给咱岗底买的，那是人家自己的课题经费！人家为啥呀？人家为啥呀？杨来福，你说说！

**杨来福** 这不明摆着，无利不起早，等到秋后得成倍偿还呗。

**梁晓燕** 来福叔，你！……这果袋你爱套不套，可你不能污蔑我们的老师！你们都已经看在眼里了，为了岗底，李老师把家搬到村里，把儿子从保定转学到内丘。他带着病，一把一把地吃药，没白没黑地干，

82

天天在地里啃凉馒头……他傻呀，他为了什么，他为了什么呀？

杨来福 （嘟囔地）他为什么我哪儿知道？

杨茂林 （气急地）住嘴！杨来福，你这块熟红薯，甩到墙上还真成橛了！

梁晓燕 杨支书，既然这样，我们无话可说，等李老师回来，我们马上走，离开岗底！（欲走）

【李保国走来。

李保国 晓燕，我说过，不培育出优质的"富岗"苹果，不让乡亲们过上好日子，我是不会走的！

众 李教授……

郭素萍 乡亲们，来福兄弟……

　　（唱） 咱要把优质苹果来培育

　　　　　 改变观念才能创奇迹

　　　　　 让科技走进咱的新农村

　　　　　 庄稼人才能迎来新天地

杨来福 （唱） 郭老师一席话虽然有道理

　　　　　 归根到底还是咱农民没底气

　　　　　 你们在城里端的是铁饭碗

　　　　　 旱涝保收不用急

　　　　　 咱农民的饭碗是土做的

　　　　　 遭点风雨化成泥

　　　　　 咱赢得起来输不起

　　　　　 一步走错饿肚皮

众 （唱） 咱赢得起来输不起

　　　　　 一步走错饿肚皮

杨来福 李教授、郭老师，我这个人直肠马肚，就说这果树本来就是好一年赖一季，它跟种庄稼一样，四季交替，风雨有时，你们倒好，这又剪枝、又疏果，刚防了病虫害，这又要套袋，等到秋后果树真要挂不住果咋办？

**众** 是呀。

**杨来福** 李教授，对不起……（扔下套袋走去）

【众人也纷纷扔下套袋走去。

**杨茂林** （慢慢走到李保国身边）李教授，都怪我没做好工作，岗底人觉悟低！您放心，家有千口，主事一人，我支部书记支持套袋！我这就召集他们开会，我就不信，铁豆子下油锅，油盐不进！

【杨茂林欲走，李保国拦住。

**李保国** 杨书记……

（唱） 此事不能怪怨你

更不能抱怨农民觉悟低

乡亲们谁不想做个好梦

可炕凉炕热还不托底

赢得起来输不起

一步走错要饿肚皮

这是他们的心里话

看到实惠方能解惑化忧虑

（白） 杨书记。

（唱） 先租你一百棵果树

由我单独来管理

到秋后效益归岗底

损失由我来补齐

**杨茂林** 不，不！李教授，这说啥也不行。您全是为了俺岗底，哪能让您这么办呢？

**李保国** 就这么办！杨书记，马上去落实。

杨茂林　不，李教授……

李保国　你忘了，一切听我李保国的！

杨茂林　（服从地点头）好吧！（走去）

梁晓燕　老师，刚才……您不生气吗？

李保国　（摇摇头）不，他们说得话糙理不糙。山里人常年贫穷，命中一升，不求一斗，他们还不懂得科学，不相信知识能改变贫穷，改变命运……所以，先做给他们看，再带他们干。这些年，无论是治理片麻岩，还是建果园，培育新品种……不就是这样一步步在改变他们的观念吗？

　　　　【郭素平和学生们都深深点头。

郭素萍　保国，我跟同学们挨家挨户地去做做工作。

李保国　好，我们分头去。

郭素萍　好。

　　　　【众人走去。

　　　　【这时，奶奶拉着金生走来。

金　生　李教授……

李保国　金生？……大娘！

金　生　李教授，我娘骂我了。

李保国　为啥呀？

金　生　骂我没出息……李教授，您说，我能变得不笨吗？李教授，您就教我套袋吧，别嫌我手脚慢，我好好学，我一定能学会！

李保国　好！金生，我一定教会你。

金　生　好！

　　　　【李保国爬到树上。

　　　　【歌声起：

　　　　　　果树是课桌

河北梆子现代戏《李保国》剧照三

课堂在山场

学生是农民

教授爬树上……

【村民们走来，感动地望着李保国，大家开始给苹果套袋。

【一束光下，李保国教金生套袋，村民陆陆续续走上。

【音乐。

【灯暗。

# 三

【一个月后。

【课题组住处。

【赵丽等人拿着课题提纲走来。

赵　丽　晓燕！……

　　　　【梁晓燕走来。

赵　丽　晓燕，李老师回学校讲课，今天回来吗？

梁晓燕　一准回来。

赵　丽　（对身边的同学）怎么样？我没猜错吧。多亏我……晓燕，给技术
　　　　员培训的讲课提纲，我已经写完了。

众　　　我们也写完了。

梁晓燕　你们哪，怕挨老师训吧……没错，李老师昨天夜里还来电话说，今
　　　　天回来就要检查咱们的讲课提纲……

　　　　【众笑。

　　　　【正在这时，泪水潸然的王丽红走来。

梁晓燕　丽红，你怎么啦？你哭什么？……是不是你父亲的病又犯了？

众　　　丽红姐。

【李保国、郭素萍走来。

李保国　同学们！……

众　　　李老师、郭老师，你们回来了？

李保国　回来了，（看见丽红）丽红，我和郭老师正要找你呢。听说，你父亲又病了？

王丽红　哦，没有……

郭素萍　丽红，我跟你李老师都知道了，是昨天回学院上课，你一个老乡同学告诉我们的。

李保国　你父亲病得很重，急需去市医院做手术，可就是凑不够钱……（拿出银行卡）这张银行卡，你拿着……

王丽红　不，不，李老师……这钱我不能拿，坚决不能拿！上次我父亲到市里检查病，还是您给的钱……

郭素萍　丽红，听李老师的话。

王丽红　郭老师、李老师，你们自己舍不得吃，舍不得穿，省下钱来，都贴补给我们，可你们……郭老师，这几年，都没见您去过大商场，您穿的衣服都是打折的……可您也是女人，也是大学教授。李老师这件红色冲锋衣还是您在地摊上买的……

李保国　是吗？我都不记得了，我们都上了年纪，整天又钻山沟，穿啥都行。丽红，把钱拿上，回去尽快把你父亲的病治好。老人都不容易，特别是咱们家住在农村的老人，为了供我们进城读书，一辈子省吃俭用……俗话说：子欲孝，亲不待……

王丽红　老师，我……

郭素萍　丽红，把钱拿上，赶紧回去，万一耽搁了，会后悔一辈子的！
　　　　听话……（递银行卡）

梁晓燕　丽红，你就拿上吧。

众　　　拿上吧。

王丽红　（接过银行卡）老师，谢谢你们啦！（深深地鞠了一躬，走下）

郭素萍　快回去吧。

李保国　同学们，果树技术员的培训马上就要开始了，你们一定要认真准备
　　　　讲课提纲，我要亲自过目！……对，还有，你们的毕业论文，也要
　　　　抓紧时间，一定要结合我们的实践，选好题目！

众　　　好。

　　　　【众下。

　　　　【正在这时，杨茂林匆匆走来，后面跟着李东奇。

杨茂林　李教授——

李东奇　妈……

李保国

　　　　东奇！……东奇你怎么来了？

郭素萍

　　　　【东奇不语。

杨茂林　李老师，今儿个一大早，我去县城办事，遇见东奇的老师，他正要
　　　　给您打电话，说东奇跟同学打架了……

郭素萍　打架？！

杨茂林　对，我赶忙去中学看看东奇……正好，今儿个是周末，就把东奇领
　　　　回来了。

郭素萍　东奇，伤着没有，伤哪儿啦？

李保国　（生气地）怎么，你跟同学打架了？（欲发作）东奇！……

杨茂林　（急忙阻止）李老师，孩子……

李保国　杨书记，你去忙吧！

　　　　【杨茂林无奈地走去。

李保国 东奇，你已经长大了，怎么还跟同学打架？

郭素萍 （制止地）保国……

李保国 你知道爸爸妈妈每天有多忙吗？

（唱） 扎根太行担重任

要让乡亲早脱贫

治理荒山建果园

没白没黑 常常深夜伴星辰……

（白） 可你，还来添乱！……

郭素萍 保国！……东奇，爸爸妈妈真的很忙，其实，爸爸让你转学，就是
想让你离我们近一点儿，也好照顾你。

李东奇 （突然爆发）你们照顾我什么了？照顾我什么了？你们照顾我什么
了？！

郭素萍 东奇……

李东奇 爸、妈，你们真的很崇高啊，你们不断地跟学生讲知识改变命运，
知识改变命运，可正当我面临考高中那年，你们却让我转学到这
里，你们还怨我跟同学打架，你们知道，我一个人有多孤独吗？
（哭了）

李保国 （一怔）东奇……

李东奇 我真羡慕你们的学生，羡慕那些农民，甚至我还羡慕那些果树，你
们把温暖、呵护都给了他们，他们天天能看到你们的样子……那
天，同学过生日，他爸爸妈妈给他买了那么大的生日蛋糕，可我长
这么大，你们陪我过过生日吗？小时候，你们下班，我睡着了，等
我醒了，你们又走了……爸，妈，东奇想你们，你们知道吗？

（唱） 三个月难见你们身影

梦中哭醒心空空

不见妈 不见爸

孙德民戏剧作品选（2012—2024）

望着夜空数星星

更怕周末同学们回家去

剩下我一个人孤零零

郭素萍　东奇!

李东奇　妈!……

郭素萍　（唱）哪有爸妈不把儿女爱

哪有爹娘不懂儿女情

儿是爹娘的连心肉

怎奈是你爹你娘偏偏忙不停

多少回想来看儿抽不出空

多少回梦见我儿回到家中

多少回想儿子梦中哭醒

多少回梦中听见儿轻轻呼唤

爸爸妈妈叫连声

我的儿呀

欠儿的爱　爸爸妈妈记心底

到来日滴滴点点　点点滴滴

加倍偿还爱儿的情

李东奇　（委屈地）妈!……

郭素萍　儿子，都是妈妈不好。

李保国　东奇——（李保国拉住东奇，东奇甩开）

郭素萍　东奇，爸爸的犟脾气你是知道的，虽然他嘴上不说，可他心里一直

惦记着你，常常夜里躺在床上，翻来覆去睡不着……

李东奇　（含着眼泪扑倒在李保国怀里）爸——

李保国　儿子——

　　　　【一家三口拥抱在一起。

【音乐。

【灯暗。

# 四

【晨曦，雨后。

【岗底，课题组住处。

【王丽红等人走出，正遇梁晓燕拿着雨伞走来。

**梁晓燕** 丽红！李老师又一宿没睡！

**王丽红** 你说什么？

【远处，一束光起，雨伞下李保国正在马灯旁观察病虫害。

**梁晓燕** 最近果园里发现了病虫害。一连几天，他都在做病虫害地观察，他说，下雨天的夜里是红蜘蛛等害虫活动最频繁的时候……

**王丽红** 李老师就是这样，老百姓需要什么，他就研究什么，只是老师太辛苦了，该让咱们去做……

**梁晓燕** 连郭老师要替他，他都不答应，他说要亲自掌握第一手材料……

【音乐，众人激动地望着李保国的身影。

【李保国处灯渐暗。

【这时，赵刚拿着几封退稿信急急走来。

**赵　刚** 王丽红！……

**王丽红** 赵刚，有事儿？

**赵　刚** 你们看……（举信）退稿、退稿、退稿……还有你的（说着，把一两封信交给王丽红等）我们尽心竭力写的论文，都遭到了如此相同的命运，所以，我也在怀疑，咱们现在的论文题目，究竟有没有学术价值，为什么刊物都不给发表？

**王丽红** 其实我们写的文章，都是按李老师说的，结合生产实践，有宝贵的实用价值……

**赵　刚** 没错，我想，我们扎根太行山，帮助农民脱贫致富，是有意义，我们从实践中确定论文题目——农民需要，老百姓欢迎。可是学术刊物需要的是学术价值，需要论文和当今尖端的理念接轨……

**王丽红** 是啊，我们目前的选题发表太难了……

**赵　刚** 所以，我想，我们的毕业论文就是写了，刊物不给发表，怎么办？

**梁晓燕** 可是李老师的许多论文，都是结合实践，比如《太行山片麻岩的综合开发治理》《太行山板栗的集约化栽培》等等，不都在期刊发表了吗？而且还在全国、全省获得了科学技术进步奖。

**赵　刚** 可那是李保国呀，博士生导师、知识渊博的教授！我们是谁呀？

【沉默。

**一学生** 所以，我的论文一直没有动笔……你们呢？

【众人摇摇头。

【这时李保国、郭素萍走来。

**李保国** 怎么回事，都还没动笔？……梁晓燕，你的毕业论文不是写关于果树地膜覆盖的内容吗？王丽红，你的论文不是想颠覆传统的果树修剪时间吗？多好的题目！

郭素萍　是呀，还有其他人的选题，那可是咱们从实践中不断摸索出来的新

东西，多有价值呀！你们为什么还没写呢？

李保国　你们怎么不说话？

【众人依然不语。

郭素萍　你们怎么啦？

梁晓燕　老师，不是我们不说，是……

孙德民戏剧作品选（2012—2024）

河北梆子现代戏《李保国》剧照四

李保国　是什么？

赵　刚　我说！老师，我说了，您可别生气……您经常说，我们写论文要接
　　　　地气。我们的选题，能让太行山绿，能让那里的农民富起来……

李保国　对，对！

赵　刚　可是，人家却说……

众　　　（唱）　接地气的课题　上不了层次

　　　　　　　　脱贫致富的论文　没有学术价值

　　　　　　　　既不是高精尖　更没有前沿意识

　　　　　　　　报纸期刊不会登　我们白费力气

李保国　什么，上不了层次，没有学术价值？！不对，说得不对！让贫困的
　　　　乡亲不再受苦，让几亿农民过上小康的日子，这是立天下的大事！
　　　　如今，山里人还在弯着腰，种着那一块块墙上挂着的地，还在过着
　　　　种一葫芦收一瓢的日子。我们不该着急吗？不该为改变他们的贫穷
　　　　日子去担当吗？……所以，同学们，我们不能把眼睛只盯着刊物，
　　　　我们要把眼光盯住农民！……老百姓有句土话，萝卜白菜，各有所
　　　　爱，我想过，这辈子，我李保国成不了大专家，也不想攀登科学上
　　　　的珠穆朗玛，只要服好务，让老百姓不再受穷，我就心满意足了。
　　　　就是为这个，我要让李保国变成农民，把更多的农民变成李保国。
　　　　也就是让教授、科技工作者懂得农民、贴近农民，让农民成为有知
　　　　识、懂科技的专家，这个转变该是多么大的一篇论文啊！

　　　　（唱）　一篇论文

　　　　　　　　为了一个可喜的改变

　　　　　　　　一篇论文

　　　　　　　　为了富裕的太行山

　　　　　　　　字字句句　都是农民的致富路

　　　　　　　　章章篇篇　都和农民来结缘

开花结果　是父老乡亲的期盼

春华秋实　让农民露出笑脸

太行山长　我的论文有多长

太行山宽　我的论文就有多宽

大论文是一幅太行画卷

好论文就应该写在农民心里边

把论文写在大地上

把论文写在这雄伟壮丽

巍峨多姿　美丽富饶太行山

**李保国**　同学们，这就是我们农大正在走的太行山道路，我们要像接力赛一样，一棒一棒跑下去，一代一代传下去！我们就是要把论文写在太行山上，写在祖国大地上，写在几亿农民的心里！

**众**　把论文写在这太行山上，把论文写在祖国大地上，把论文写在几亿农民的心里！

【众人簇拥在李保国、郭素萍身边，望着巍巍太行，遐想万千。

【音乐。

【灯暗。

# 五

【音乐。

【灯亮。

【大屏幕上，李保国的汽车在太行山逶迤的山路上奔驰。

【一束束灯光下，四面八方的山里人都在期盼李保国的到来。

"李教授，我是绿岭的高志男，试制纯天然核桃乳的设备和原料已

97

孙德民戏剧作品选（2012—2024）

经准备好了，就等您早点过来做实验了！"

"李教授，我是葫芦峪的，我们这儿'山水林田路'的综合治理，就等着您来做规划哪！"

"李教授，我是南和的，试种红树莓的项目，我们已经准备好了。您什么时候带我们去东三省考察啊？"

"我是秦皇岛的……"

"我是临城的……"

"我是井陉的……"

"李教授，我是平山李家庄的，我们的果树培训班已经办起来了，就等您过来讲课了！"

……

【主题歌：

    那是谁的身影　脚步匆匆

    他在太行山里　走了一生

    见不得乡亲们还在受穷

    撑着带病的身躯

    汗洒盛夏　血浸寒冬

【灯暗。

【灯亮。

【医院病房。

**郭素萍**　保国，你该好好歇歇了，这几个月，秦皇岛、承德、保定……你没白没黑地跑，你都是累病的……

**郭素萍**　快躺下，你不能再这样到处跑了，好好休息……

**李保国**　素萍，你跟大夫好好说说，让我出院吧。

**大　夫**　李教授，您不能出院。您的病十分严重，不但患有重度糖尿病，还

有严重的疲劳性冠心病，您的血管已经狭窄到，连做心脏支架的可能性都没有了。所以，必须卧床休息。（走出）

郭素萍　保国，你听到了吧，你的病真的很严重。

【正在这时，杨来福穿着西装，提着一个篮子走来。

杨来福　李老师！……

李保国　（辨认地）你？……杨来福？……

杨来福　是我、是我……

李保国　哎呀，来福，你这身行头……

郭素萍　我还以为是我们学院的教授呢？

【三人笑。

李保国　来福，你一准是去北京机场，今天的航班出国！

杨来福　对、对，您给我的机票！听说您病了，我咋也得站下看看您……（从篮子里取出食品）您看，眼下山里没啥好吃的，老伴半夜起来给您烙了几张黏饼子……

郭素萍　来福兄弟，快坐下。

杨来福　不了，坐个方便车，捎脚到北京，人家还在门口等着呢……

　　　　李老师，今天我来，还有一句藏在心里的话，一直想对您说：李教授，我杨来福充其量就是个山沟里的土把式，可您自己出钱给我买了飞机票，郭老师又给我置办了这身西装……李教授，您才是岗底的大功臣，可今天让我漂洋过海出国享福。

郭素萍　来福兄弟，你不是去享福，李老师让你这个果园的老把式出国学习新技术，回来当老师！

李保国　没错，来福，往后，你就是岗底，也是太行山不走的李保国！

杨来福　李老师，您想让我变成您，我杨来福下辈子也赶不上您李保国呀！

【三人大笑。

李保国　行了，来福，既然有车等你，快走吧，只是，我不能亲自送你了……

杨来福　不，不！……李老师、郭老师……（鞠躬）

　　　　【杨来福走去。

　　　　【这时，桌上响起了急促的电话铃声。

　　　　【郭素萍接电话。

郭素萍　杨书记？……什么，你们那儿下雪了？

　　　　【李保国一惊，抢过电话。

　　　　【此时，大屏幕上狂风飞雪。舞台一角，一束光下，杨茂林在打

　　　　电话。

杨茂林　李教授吗？

李保国　杨书记，我是李保国。

杨茂林　李教授，这大春天的，咋突然下起雪来了？越下越大，咱那果树刚

　　　　刚长出花骨朵，转眼全给盖住了。

李保国　大雪覆盖面积很大吗？

杨茂林　覆盖面积非常大呀，从东到西……听老人们说，这叫倒春寒。

李保国　没错，雪下一条线，霜冻三月天，是倒春寒！

杨茂林　李教授，您得想个法子！

　　　　【李保国望了望窗外，沉思片刻。

李保国　（对电话）听着，你马上组织大家往山上搬木柴、运秸秆、清除树

　　　　上的积雪，点燃柴草熏烟，烟越大越好，马上行动！

杨茂林　我马上去。

　　　　【李保国说完，一屁股坐在沙发上，手捂胸口。

郭素萍　保国，别急别急，我去叫大夫！

李保国　（阻止）不用。

郭素萍　先吃两片药……（拿药）

李保国　我哪有时间吃药！（站起欲走）

郭素萍　保国，你要去哪儿?

李保国　邢台!

　　　　【郭素萍大惊。

郭素萍　你不能去!

李保国　十年不遇的倒春寒，对果树危害最大，再加上降雪的面积大，我担
　　　　心，整个西部山区的果树全都……

郭素萍　保国，咱一处一处地打电话不行吗?

李保国　不行，我必须亲自到现场察看灾情。

郭素萍　保国，您还住着院哪……

李保国　素萍，如果抢救不及时，措施不得力，也许三两天、一天、几个小
　　　　时，就会造成无法挽回的损失……

郭素萍　保国，咱也得要命啊……

河北梆子现代戏《李保国》剧照五

李保国　……如果那一片片果树真的都毁了，农民这一年的收成就全完了，我这个专家、教授还有什么用啊！（跑去）

郭素萍　保国！（追下）

【音乐。

【灯暗。

【音乐。

【灯亮。

【深夜，村口。

【李保国与郭素萍急急地走来。

李保国　（焦急地）老乡，前边出啥事了？

【三叔、山根、二混等人上。

山　根　几辆大卡车撞在一起了，把道路堵得严严实实……老乡，今晚上一准走不了啦！

李保国　走不了啦？

三　叔　老乡，别着急。怕过路的冻着、饿着，有热水、方便面，山根，快，给二位泡碗方便面暖和暖和……

李保国　不用……

山　根　这是我们村主任。

【当三叔欲将大衣给李保国披上时，他突然愕住了。

三　叔　……李保国教授……这不是李保国教授吗？

【众人一惊，急忙走近。

众　　（激动地）对、对，没错，李教授！

【几个人激动地与李保国握手。

【这时，村里有人陆续提着灯笼走来。

李保国　你们？……

三　叔　河东村的! 李教授——

（唱）　那一年苹果树得了根腐病

　　　　您连夜开车来到河东

　　　　三天三夜没睡觉

　　　　一棵树一棵树打药治病

　　　　乡亲们看着都心疼

　　　　秋后树上挂满了果

　　　　全村人心里点亮一盏灯

　　　　咱河东人心里有杆秤

　　　　知恩报恩　一辈子忘不了您的那片情……

众　　　是呀!

【正在这时，手机铃响。

李保国　（接电话）……对对，杨书记，要快……全村动员，争取时间，连夜运秸秆儿，果园周围的烟越大越好……

三　叔　你们这是要去哪儿?

郭素萍　去邢台，那儿下大雪了，上万亩的果园遭受了倒春寒，这不，李老师要连夜赶到邢台，亲自指挥救灾。

三　叔　这是争分夺秒的大事呀! 可又偏偏遇上堵车……

众　　　这可咋办?……

二　混　着急也白塔，只有等明天……

【三叔等人着急地走来走去。

三　叔　（突然）有了，有办法了?

众　　　有啥办法呀?

三　叔　推墙!

众　　　推墙?

三　叔　对，把我家临街的那面墙推倒，让李教授的车从那绕过去。

103

孙德民戏剧作品选（2012—2024）

山　根　对呀，三叔，咱两家院墙挨着，一块儿推倒，让李教授的车宽宽绰绰从那儿过去!

李保国　老乡，不行不行，怎么能为了我推倒你们的院墙呢?

三　叔　李教授，咱们可是一家人啊! 再说，三更半夜的，您为谁呀，是为咱老百姓呀! 李教授，你把老百姓当亲人，咱老百姓也把您当亲人呀……乡亲们，推墙!

李保国　不行——老乡，不行——

【众人急下。

【轰隆一声，传来墙倒的声音。

【伴唱:

　　　墙倒下轰然一声

　　　无怨无悔只为情

　　　人与人心与心　相依相连热泪涌

　　　太行的老百姓呀　我的农民弟兄

李保国　（二人挥手转身下场）

【蜿蜒的红灯笼，乡亲们为李保国送行。

【灯暗。


【灯亮。

【大屏幕上，漫天大雪，远处山上点起一堆堆篝火。

【李保国、郭素萍在风雪交加的大山里艰难地爬行……


【大喇叭里传来一个响亮的声音: "乡亲们，告诉大家一个好消息，李教授连夜从保定赶来了! ……"

李保国　乡亲们，只要我们战胜这场倒春寒，咱们的富岗苹果，明年就进入盛果期了，明年就是大丰收! ……

【音乐。

【灯暗。

# 六

【除夕。

【保定，李保国家。

【李保国、郭素萍二人，风尘仆仆，提着行囊走上。

李保国　（唱）　迎着朝阳车轮转

郭素萍　（唱）　彩霞染透太行山

李保国　（唱）　往年春节山里过

郭素萍　（唱）　今年回家吃大餐

【二人进屋。

郭素萍　保国，开了一天的车，累坏了吧，快坐下歇会儿。保国，每年过年咱们都在山里，今年添了个小孙子，咱们回保定全家过一个团圆年。今天是腊月二十九。所以，咱俩得好好商量商量今年这个年咋过？

李保国　对，今天是腊月二十九，明天就是除夕。

郭素萍　没错。

李保国　把儿子一家都接过来，让咱那小孙子早点儿来，让爷爷、奶奶抱抱小孙子。……晚上，咱们全家吃顿丰盛的年夜饭。

郭素萍　好，明天一早我就去超市。保国，你都想吃啥？拉个单子。

李保国　素萍，你说咱给小孙子买点儿啥？

郭素萍　我早就想好了，给他买两套贝贝童装，还有磨牙玩具。

李保国　好！好！……（笑）

郭素萍　保国，我也想了，一年到头了，你也该添件新衣服了，给你买件红羽绒服，红红火火过大年！

李保国　你哪？

郭素萍　我就不用了。

李保国　你也买一件，今年买个正规厂家的，不要总跑地摊了。

　　　　【二人大笑。

　　　　【这时，隐隐传来鞭炮声，郭素萍手机响。

郭素萍　（接电话）学校……梁晓燕！……晓燕，对，我跟你李老师刚到家，什么？你们的博士论文都发表了，出版社还给咱出了专刊，叫作"太行山的道路"……太好了，太好了！我一定告诉你李老师……李老师好，可高兴了，就惦记着抱小孙子哪！什么……多住些日子？不行，李老师说，过了年马上回岗底，富岗公司要扩大经营规模，还有技术培训，都要着手……对！……咋，这么早就拜年？什么，今天就是除夕？……今年没有三十……好，好，也祝你们新春快乐！

　　　　【郭素萍呆呆地站在那里。

李保国　今年没有三十？

郭素萍　没有三十。

李保国　今天就是除夕？

郭素萍　今天就是除夕……

郭素萍　唉！都怪我……本来，盼着过年，能够回家，给你，还有儿子、儿媳妇、孙子做上一顿丰盛的年夜饭，好好地过个除夕，可谁知……

李保国　素萍，你等着，车上有！

　　　　【李保国匆匆走去，拿着两盒方便面走来，他兴致勃勃地打开，泡面。郭素萍潸然泪下。

　　　　【伴唱：

相看无言语　鞭炮闹声喧

两碗方便面　夫妻过大年

郭素萍　（唱）　风里来雨里去人生过半

咱夫妻相濡以沫几十年

受苦累天天奔波无悔无怨

实心疼我的保国啊

你咸菜一块馒头一个是一餐

盼望着过年为你做顿好饭

补一补身体解一解馋

谁承想年夜饭成了方便面

都怪我匆忙大意不周全

（白）　保国，真对不起，都怪我……

李保国　素萍……

（唱）　凝望着妻子疲惫的脸

为我操劳白发添

素萍啊

要道歉该是我道歉

是保国拖累你受苦颠连

新婚刚把家门进

你跟我就去太行山

工作生活你照顾

里里外外双肩担

搬家装修靠给你

儿子成家你周旋

你两次手术我没陪伴

同事代我把字签

素萍啊

李保国此生对得起天和地

唯独亏欠你的没偿还

没偿还……

郭素萍　（激动地）保国，不说了，什么都不说了……

李保国　素萍，这辈子，我就想干点儿事，干成点儿事，干成点儿对老百姓有益的事。就因为这个，有许多不该遗憾的遗憾，还非要留下遗憾，有许多不该牺牲的牺牲，还必须做出牺牲……

郭素萍　保国，我觉得，虽然有许多的失去，却是难得的幸福！

李保国　素萍，你说得对，来，为我们的幸福干杯！

郭素萍　好，干杯！干！

【突然，李保国有些心事沉重。

郭素萍　保国，你怎么啦？

李保国　素萍，只是……我们对不起儿子！我们俩都是大学教授，我们带了那么多的硕士生、博士生，可我们自己的儿子却没能考上大学……

郭素萍　是我们耽误了孩子。

【正在这时，李东奇提着餐盒走来。

李东奇　爸、妈！……

郭素萍　（一怔）东奇？

李东奇　我一猜，就知道，我那糊涂的老爸、老妈忘了今天是除夕……

【李保国、郭素萍笑了。

李东奇　所以，我们包了饺子，买了酒，给你们送来年夜饭！

李保国　我那小孙子怎么没来呀？

李东奇　他们在后面哪！

李东奇　（打开饭盒）爸、妈，快，趁热吃……你们怎么不吃呀？

二　人　吃、吃……

李东奇　（倒酒）来来来，爸、妈，儿子敬你们二老一杯！（举杯）

　　　　　【这时，李保国夫妇已经泪水盈眶。

李保国　不，东奇，今天这酒……应该是老爸跟你喝杯道歉酒……

　　　　这些年……

李东奇　爸，不说了，如今，儿子成人高考已经毕业，也圆了我的大学梦，

　　　　爸、妈，你们该为我高兴才对！

郭素萍　高兴——高兴——

李东奇　爸、妈——

郭素萍　儿子！

李东奇　过去，是儿子不懂你们，有过怨恨。现在，儿子长大了，前些日子

　　　　我走进太行山扶贫，我了解了农民，更懂得了你们！儿子为你们骄

　　　　傲！爸、妈，今天儿子敬您二老一杯！（跪下）

郭素萍　（激动地）东奇！（扶起东奇）

李东奇　妈！

李保国　儿子！

李东奇　爸！

李保国　儿子！

三　人　（举杯）干！

　　　　　【此时，大屏幕上，鞭炮齐鸣，礼花漫天，传来一阵阵喊声——那

　　　　是太行山和各地的人们热情地给李保国夫妇拜年。

众　　　李教授。过年好！

　　　　　【音乐。

　　　　　【灯暗。

# 七

【秋天。

【果园、村口。

【华子拿着小喇叭边喊边上。

华　子　乡亲们，咱们采摘苹果，一定要按照规程进行，不能有一点儿伤损。否则，会影响售价。

【杨来福上。

华　子　哎，来福叔，出国学习回来了？

杨来福　回来了！华子，我真得好好感谢李教授，人家自己出钱推荐我漂洋过海出国学习种果树，还真是不学知识，不懂得科学技术，咱山里人就得受一辈子穷，这叫什么？这叫科技兴农！

华　子　（故意地）呵，行呀，孙悟空上趟西天——还成真佛了！来福叔真有点儿像李保国教授了！

杨来福　（笑了）去你的吧，我下辈子也赶不上李教授呀！

华　子　来福叔，我记着，当初你可没少给李教授出难题。还叫板，李保国要能救得了岗底村，我给他头朝下，绕着村转三圈儿……

杨来福　你？！臭小子……快别哪壶不开提哪壶了。后来见着李教授，我头都不敢抬，还是人家李教授说："来福呀，也别头朝下了，你就围着苹果树转三圈吧！"

【二人大笑。

杨来福　华子，咱这苹果今年的价码……

华　子　价码？保密！

杨来福　这价码还保密？

华　子　说出来怕吓着来福叔……听杨书记说今年最好的苹果，能卖到一百块！

**杨来福** 一斤？

**华　子** 一个！

**杨来福** （一惊）一百块一个？

**华　子** 没错，"富岗苹果"——名牌！市场上供不应求……来福叔，咱岗底人不想发财都不行了！

**杨来福** 这都是托李教授的福。……

　　　　【这时，金生提着一篮苹果匆匆走来。

**杨来福** 金生！

**华　子** 二叔！

**杨来福** 金生，这是你家园子的苹果？

**金　生** 是，是……都是李教授手把手教我侍弄的。

**华　子** 来福叔，如今剪枝、疏果、治害虫、套袋……我二叔都学会了！

**金　生** （从口袋里掏出一个红本本递给杨来福）你看这个……

**杨来福** （接过）果树技术员？！

**华　子** 没错，我二叔已经是果树技术员了！来福叔，您刚回来，还不知道吧？咱岗底已经有二百多人拿到这个证书了。

　　　　【音乐起：果树是课桌……

**金　生** 这都多亏李教授，为教会我这个笨人，他把心都操碎了……

　　　　我真舍不得他……（难过地欲落泪）

**杨来福** 金生，你咋啦？

**金　生** 我舍不得李教授，可他……今天就要走了！

**杨来福** （一惊）离开岗底？！

**华　子** 今天就走？

**杨来福** 不行，不能让李教授走，一定留他多住些日子。

　　　　【三人急急走去。

【杨茂林追着李保国上。

李保国　老杨……你这是干啥呀，拉拉扯扯？

杨茂林　李教授，今天不走不行吗？

李保国　不行，我还要去绿岭，去葫芦峪……我又不是不回来了。

杨茂林　李教授，咱岗底真舍不得您走！……李教授，咱岗底当年，有雨遍地流，无雨渴死牛，如今，满山的果园，都是您亲手建起来的，不假吧？"富岗公司"也是您一手扶植成支柱产业，这也不假吧？现在富岗苹果卖上了大价钱，而且公司收益已经过亿，这都不假吧？既然你非走不可，有件事，您必须答应我！

李保国　说吧。

杨茂林　公司决定了，送你一个干股！

李保国　（笑）俗话说，人要一句话，佛靠一炷香。有你刚才这几句话，我李保国就没白来岗底。别的，免！

杨茂林　不，李教授……

李保国　杨书记，以后不要再提这样的事，我要是为了挣钱，就不来太行山，也不来岗底了！（欲走）

杨茂林　（拦住）李教授，今儿个您不答应也得答应！

李保国　我说不行就不行！

杨茂林　李教授，这些年，我事事都听您的。今儿个，您听我一回行吗？

李保国　杨书记，知道啥叫"杠头"吗？非像熟了的核桃——找砸！（笑）

杨茂林　（阻拦）李教授，您让我杨茂林说什么好啊……行！股份的事咱不提了，（掏出钱）这两千块钱，你别误会，这是我自己的，无论如何你得收下，就当给孩子买件衣服还不行吗？

李保国　（生气地）杨茂林书记！……（径直走去）

【杨茂林突然大声喊了起来。

112

杨茂林　李保国要走啦！李教授要离开岗底啦！

李保国　老杨……

　　　　【李保国终于被群众拦了回来。

众　　　　李教授！……

奶　奶　李教授，你怎么说走就走啊？

李保国　大娘，我还会回来看您，看岗底的乡亲们。

奶　奶　回来，一定要回来，你们走了，大娘想你们哪！

　　　　（唱）　大娘我真心谢恩人

　　　　　　　　一捧小米给你补补身

金　生　李教授！

　　　　（唱）　这苹果是您亲手教我种

杨来福　李教授！

　　　　（唱）　几块红薯怎能报大恩

　　　　【这时，众人都端着礼物走上前来。

众　　　（唱）　你把心掏给太行八百里

　　　　　　　　你把情送给岗底贫穷人

　　　　　　　　山有情人有情情都在心里

　　　　　　　　俺认你是咱最铁最亲的好乡亲

　　　　【李保国望了望礼物，给乡亲们深深鞠了一躬，转身欲走。

众　　　　李教授……

杨茂林　好兄弟！……这些山货是乡亲们的一点儿心意，李教授，你就收
　　　　下吧。

众　　　　收下吧！

奶　奶　李教授，今天，你真要空着手离开岗底，我们心里头过意不去啊！

众　　　　是啊。

李保国　大娘，我不能收。

【李保国又欲走。

【杨来福走上前。

杨来福 李教授，看来，您真的就这么走了……是啊，您见不得老百姓受苦受穷。搭着工资，带着病，进了太行山，做规划、搞科研，帮着那么多地界开山造地建果园……如今，太行山绿了，山上的苹果红了。咱"富岗苹果"还卖了大价钱……可你"唏唏"一笑，空着两手，连一个苹果都舍不得拿就走了……这是为啥，为啥呀？

李保国 来福兄弟，许多人也这样问我，是啊，我究竟为啥呀？

（唱） 我并非不通情理心愚笨

李保国也是一个平常人

娘早逝跟随奶奶艰难度日

乡亲们一瓢一碗 一布一衫

恩如泉水 情如火盆

一辈子怎敢忘本……

一缕春风暖

多年的梦成真

党培养我上大学当了教授

更让我成为一名共产党人

我知道进太行会吃苦

我知道扎根深山 朝夕奔波

无名无利 愧对亲人

还将一副重担压在身

我知道穷困山村盼脱贫

我知道共产党人右手举起

无怨无悔要为人民

进大山圆了我报效乡亲梦

更为这英雄的太行拔掉穷根

如果说我为乡亲们出点力

更该说太行山让我成为有用的人

只要乡亲们不再吃苦

李保国永远献出一颗心

情愿把农民变成我

把我变成一个老农民

众　　　李教授！……

杨茂林　　李教授，说一千道一万，不管咋说，东西不收，您不能走！

众　　　对，不能走，不能走，不能走……

【杨茂林说完，举起一篮苹果递到李保国面前。

【李保国思考片刻。

李保国　　好吧。我李保国就把这篮苹果带上。杨书记，我要把你们的优质苹果，把岗底人的一份心意，送给至今还贫困的太行山村，让他们也学习岗底，走科技脱贫的路，早一天过上富裕的日子！

【李保国依依惜别地走去。

【音乐。

【灯暗。

# 尾　声

【主题歌声中，屏幕上那辆汽车依然奔驰在太行山上。

【车内传出人们的对话。

郭素萍　　保国，你该多休息几天……

李保国　　不，该做的事情太多太多，葫芦峪的开发规划，南和红树莓的推

孙德民戏剧作品选（2012—2024）

广……还有要把绿岭、岗底的产业扶贫模式和生态旅游推广到整个太行山去。……

梁晓燕　老师，我们都跟不上您了！

李保国　跟不上也得跟！

【汽车继续行进。

【少顷。

【郭素萍大声喊叫。

郭素萍　保国！你怎么啦？

【突然，汽车戛然而止。

郭素萍　保国！

梁晓燕　老师！……

郭素萍　保国！……

梁晓燕　老师！……

众　　李教授！

【音乐强起，沉痛而凝重。

【字幕：2016年4月10日，李保国教授因心脏病突发，不幸在保定逝世，享年五十八岁。

【灯亮。

【愁雾中，人们从四面八方赶来。村民们，还有他的学生……眼含泪水，默默地缅怀着、追念着他们的恩人、恩师……

【画外音：

中共中央总书记、国家主席、中央军委主席习近平对李保国同志先进事迹作出批示：李保国同志堪称新时期共产党人的楷模，知识分子的优秀代表，太行山上的新愚公。广大党员、干部和教育、科技工作者要学习李保国同志心系群众、扎实苦干、奋发作为、无私奉献的高尚精神，自觉为人民服务、为人民造福，努力做出无愧于时代的业绩。

【主题歌：

    那是谁的身影　脚步匆匆

    他在太行山里　走了一生

    那是一双双焦灼的眼睛

    他用生命换来笑容

    那是一片贫瘠的土地

    他用知识绘成风景

    那是一双双焦灼的眼睛

    他用生命换来笑容

    为什么他眼里总含着泪水

    一份牵挂一片真情……

【歌声中，李保国的那辆汽车仍奔驰在太行山上。

——全剧终

# 雾蒙山 话剧

编剧：孙德民

创排演出：河北省承德话剧团

**获奖情况：**

2012年荣获中宣部第十二届精神文明建设"五个一工程"优秀作品奖，2013年参加第十届中国艺术节荣获文化部第十四届"文华优秀剧目奖"，2014年入选2011—2012年度国家舞台艺术精品工程重点资助剧目，2014年被列为国家艺术基金传播交流推广资助项目。

# 人物表

张春山　男　雾蒙山村支部书记

张　松　男　春山爹，雾蒙山已故村支书

春山娘　女　春山的娘，村民

青　妹　女　春山的妹妹，村民

王　红　女　春山妻子，村民

韩　东　男　雾蒙山原生产大队长（村主任）

韩贵成　男　韩东的儿子，村民

大　菊　女　韩贵成的妻子，村民

赵大有　男　原地主子弟，村民

赵　华　女　赵大有的妹妹，县林业局技术员

王明贺　男　王红的爹，老支委

高金荣　女　村妇女主任

其　他　大柱、三叔、男女群众若干

# 序 幕

【七十年代末。秋。

【雾蒙山村。

【春山娘被春山、王红、青妹簇拥着向前走来——

【后面跟着王明贺等群众。

春　山　娘，抬杠的都齐了，就等您一句话了！该起灵了……

春山娘　——你爹他当了一辈子干部，连公家一个米粒、一根秫秸都没沾……我后悔呀，后悔没给他做身新衣裳！

王　红　娘，爹乐意穿那件对襟的。

春山娘　是啊，那件对襟上衣已经陪他大半辈子了！——春山，起灵！

春　山　起灵！

一群众　起灵！

一群众　起灵！

合　　　起灵！（边说边左右摇晃）

【赵大有、韩东等人一拥而上！

赵大有　等等！（春山等群众走到舞台右侧）

韩东等　站住！

春山娘　赵大有？韩东？……

春山等　你们要干什么？！

赵大有　天阴百日总有一日晴，那老阳儿还老在你们一家人头顶上转悠啊，当年欠的那笔账可还没算哪！

韩东等　那笔账得算！

春山娘　（一惊）你们……想截灵？

121

大有等　对！截灵！

【春山等群众往上走一点。

春山娘　缺德损寿啊！咱雾蒙山祖祖辈辈没有过……

王明贺　（上前一小步求他们）赵大有，都是乡亲，抓起灰来也比土热啊！

王红等　比土热啊！

赵大有　（打断地）当初，他张松把我整得家破人亡，咋就没想想乡亲啊！

【春山等一团群众低头。

韩东等　咋没想啊？！

赵　华　哥，你听我一句话，跟我回去！

赵大有　你别管！

赵　华　哥，跟我回去。（拉赵大有）

赵大有　（挣脱）妹子！我咽不下这口气呀！

赵　华　都是几年前的事了！

赵大有　就是过去一百年，我也忘不了！……你嫂子是咋死的，你嫂子是为啥死的？你嫂子被张松逼的喝农药自杀……我能忘吗？！

赵　华　现在不是说这些事的时候！再说，张松大伯已经死了……

韩　东　张松死了，他儿子还在！

大有等　对，他儿子还在！

【春山等群众微动。

春山娘　韩东，你说什么？！

赵大有　张松死了，他儿子张春山还在！

【春山等群众转身看另外群众。

韩东等　对，张春山还在！

【韩东等群众转身看另外群众。

春山娘　你们要干什么？

【春山等群众上前一步。

122

春山等　你们要干什么？

　　【韩东等群众上前一步。

赵大有　张春山，在你爹出灵之前，跪下！给我们磕头认错！

韩东等　跪下！磕头认错！

韩　东　替你爹赔礼道歉！

大有等　赔礼道歉！

王　红　春山！

春　山　（春山上前）赵大有，难道当年那些事儿都怪我爹吗？再说，他已
　　　　经闭上眼睛了！……我真不明白，你们为什么还不放过他？！

赵大有　父债子还！

韩东等　父债子还！

春　山　这不公平！

王红等　不公平！

赵大有　好，不跪，我就让你停灵三天！

韩东等　停灵三天！

春　山　你敢！（怒目对视）

王红等　你敢！（冲到春山身后）

赵大有　闪开！

韩东等　闪开！

　　【两伙人上前对峙——定格。

　　【青妹哭，慢慢跪下——

　　【音乐下来，春山转身背起行李卷儿，走向舞台中央——

春　山　娘、王红、青妹，（群众松下来）我答应过爹要离开雾蒙山，（看
　　　　着春山分成两拨）爹知道，没了他咱们一家子在这没有好日子过，
　　　　等我在城里闯出点名堂，就把你们都接出去。

　　【所有人听到春山说话，慢慢松开，看着春山慢慢后退分成两拨，

所有人把头低下。春山说完话转身往后走，火车声起，群众抬头往前拥站定停留片刻，两拨群众往中间聚拢，所有人看火车的方向，低头，突然感觉对方，对峙，两拨群众分开渐渐后退，蹒跚地散去。青妹纵身向舞台后方走去，赵华感觉青妹，转身下场。转场。

【雾蒙山村，村民聚会的地方。

【村民们散坐一片，均低头沉闷不语——

【主持会议的妇女主任高金荣急得火烧火燎——

**高金荣** ……咋，都成没嘴的葫芦了，有屁就快点儿放，用不着憋着。（站起）人家春山打省城一回来，就从县里帮咱们跑下来了板栗园项目，在村支书选举的时候跟大家伙也都详细说过了，先把咱北山上那四百亩大寨田建成板栗园，三年之后，结出的板栗就能让咱雾蒙山由穷变富！这你们也都是认可了的，要不咋都齐刷刷地把票投给了人家春山？这会儿咋都哑巴了？（公鸡叫，村民微动）地是自个的地，都别卖呆，别蝎子掉裤裆——爱咋蛰就咋蛰。同意不同意，都说说！

【众人依然不语。

**高金荣** （急了）哑巴了，你们这些老爷们儿，能耐呢？平时管东管西管天管地，今天倒让我一个妇女主任来主持大局啦？这又不是养孩子！（众人大笑）哎，大柱子，你不是说除了不会养孩子，你啥都会吗？咋今儿个连话都不会说了？

【众人大笑。

**高金荣** 要我说，就该支持春山，要不是为了咱雾蒙山，人家还在城里挣钱呢！昨儿个在干部会上，春山有好多主意呢，（村民抬头看高金荣注意听）组织富余劳力进城，建立果品加工厂……

春　　山　（打断地）金荣嫂子，咱们还是说板栗园的事吧！

高金荣　对，对！哎，贵成，你说说，同意不同意？

韩贵成　我看这事……（韩东对韩成贵咳嗽了一声）我还是先听听。

高金荣　听啥？又不是瞎子逮蝈蝈……（对大柱子）大柱子，还是你先说。

大　　柱　我……真没啥说的。

高金荣　我就纳闷儿了，县里白给咱板栗苗，白帮咱把水引到山上，是不，春山？这不是天上掉馅饼吗？你们说说，那四百亩大寨田，有人顾不过来，把地撂荒了，有人就从地里抠那几颗粮食，值不了几个钱。你们咋都……这是咋的了？

大　　柱　（坏坏地）要不，让韩东大叔先说……

【韩东瞪了大柱一眼，理也不理。

大　　柱　（挑事）哎，对，大有哥！……让大有哥说说。

【村民看赵大有。

赵大有　哎，你们都盯着我干啥？告诉你们，我赵大有压根儿就不认他那壶醋！

春　　山　大有哥！……

赵大有　张春山，你听好了，大寨田里我那块地，是撂荒了，我乐意！那是我承包的，三十年不变，我宁可撂它三十年荒，让我种板栗，等着雾蒙山尖上挂淤柴那天吧！

【韩东见状，欲离去。

高金荣　韩东大哥，你别走啊！

韩　　东　下台干部，碍眼！

高金荣　你说两句！

韩　　东　（欲走又返回）我是得说两句。张春山，你，你可别把雾蒙山毁了！俗话说，穿得起十年破，挨不起一年饿，大寨田都种上板栗，

125

雾蒙山吃什么?

【村民低头。

春　山　可韩东大叔,您知道,咱雾蒙山都是墙上挂着的地,好一季,赖一年,种一葫芦收一瓢,驴年马月也富不起来!

韩　东　我知道,你出去几年,本事大了,那也不能说话打不住秤砣!我种过板栗,那四百亩板栗园,不是憋泡尿的事……当初,你爹就爱说大话,一把荞麦皮也要榨出二两油来……

赵大有　就是,当初,你老子也是站在这儿,说大寨田是咱雾蒙山的"千秋大业",还在山上立了一块石碑,屡屡行行的人参观了几个月,为啥,为自个儿扬名挂号!如今,老猫房上睡,一辈传一辈,你又昂首挺胸,要建板栗园,叫啥?对,"形象工程",张春山,你也该立一块碑了吧?

高金荣　赵大有,你!

春　山　大有哥!你说错了,如今,春雨惊春,上级有新章程,跟我爹那工夫不一样!

高金荣　就是,猪往前拱,鸡往后刨,春山跟他爹,是两码事!

赵大有　谁信哪?……拔了萝卜栽上葱,一茬比一茬辣!我赵大有啥也不信了。那年,我在城里做两天瓦匠活,张松派人把我揪回来,说我反对学大寨,说我偷着进城搞资本主义,也是在这儿……整整三天把我批个胡秃子样……

【赵华推着载满了板栗园的独轮车上——

赵大有　第三天晚上回到家,媳妇已经……喝了农药了!她……生是吓的……张春山,就冲你爹,我一辈子都信不着你!(炸山石音乐一声)

【赵大有转身欲走,与会的村民们蠢蠢欲动——

赵　华　哥。

【春山和韩东先起,两个村民相继站起。

126

春　山　赵华？

赵大有　妹子？你这是……

赵　华　哥，我这个县林业局的技术员，你总该信得着吧？

【有的村民相继站起。

话剧《雾蒙山》剧照一

赵大有　妹子，这事你跟着瞎掺和啥？我赵大有……

赵　华　（打断）哥，这件事林业局的领导向我征求过技术性意见。哥，在咱雾蒙山搞板栗园是让咱村脱贫致富的好事，（剩下的村民相继站起）局领导让我负责，我可是打了包票的……（村民聚拢议论）

春　山　赵华……

赵大有　妹子！你糊涂哇！他老张家这爷俩儿当初咋对你……

赵　华　（打断）哥，这跟板栗园的事扯不上关系，我是为了咱村今后的发展。县里把板栗苗、化肥、全套的浇灌设备都准备好了，马上就给咱送来，这不，试种的优种板栗苗我都给拉回来了……

赵大有　妹子！

【赵大有愤然离去，众人看大有。

【赵华与春山相对无言。片刻，赵华欲走——

春　山　赵华，原来是你在暗中帮我跑下了板栗园的事，谢谢你，我……

赵　华　（背对着春山，冷冷地说）张支书，咱们都是在做自己分内的事，你别想太多了。

【赵华说罢离去——众人看赵华。

【张春山怔怔地站在那里。良久。

【张春山微微环顾，发现众人都在关注着自己，随即向他们摆了摆手——

**春　山**　今天的会就先到这儿吧，大伙都回吧。

**高金荣**　（附和着）回吧，回吧，都回吧——

【人们拿起自己的凳子渐渐离去，王红从另一侧看着春山慢走几步下。

# 第二场

【春山家。

【王红陪着春山娘坐在炕上，王明贺坐在角落里低头儿抽着烟——

**春山娘**　——娘早就想到会有今儿个，娘早就想到会有今儿个。开春儿，你从城里回来，你怎么说的来着？

**青　妹**　喀秋莎，喀秋莎，爹不让我上学……爹不让我上学……

**春山娘**　青妹！（转身）青妹！（王红转身安慰青妹）别哭啊！

**春　山**　——爹活着那工夫，伤了不少人，这么多年过去了，这疙瘩不能越系越紧不是？得在我们这一代身上把它给解了。

**春山娘**　现在你明白了吧，这些人跟你爹系的是至死也解不开的疙瘩，春山，听娘一句话，别干了！还是回城里打工去吧！

**王　红**　（站起到春山处）春山，春山，听娘的话吧。

**春　山**　（上前一步）我就这么走？真的就是个打谷茬子干闲活的？！

**王　红**　不，你再有本事，人家就是成心跟你过不去，人家跟咱家结下仇了！

**青山娘** （娘出声王红回坐到炕上）人怕淡，马怕绊，这些年，我们娘儿几个是打掉牙往肚子里咽，稻池该灌了，人家故意不给咱们放水，开山打柴了，就是不通知咱家，房后的宅基地，愣是让人家给圈走了……

**王　红** 逢年过节连最起码的亲戚也不登门了，那些让咱爹得罪过的人，更是盆里不找碗里找，见了咱家跟仇人一样……

你还想替咱爹还债，跟人家掏心窝子，人家作根儿就信不着你，没见赵大有恨不得一口连核儿都不吐把你吃了！……春山，这雾蒙山，你还没待够？！你明天就走。

**青　妹** 第一名……第一名……我自己考的第一名……（娘指指青妹无奈，王红安慰青妹）

**青山娘** 今儿个，这是刚开头，往后，指不定生出多少事来呢！春山哪，娘年纪大了，又有病，真指望你在外头多挣几个零花钱哪……

**王明贺** 春山不能走！

**王　红** 爹？！

**王明贺** 就冲今儿个这会，村支书，咱当定了！

**春山娘** 亲家！

**王明贺** 老嫂子，今天这会，明摆着，那赵大有、韩东是拿巴掌打春山的脸，成心搅啊！好，他们还别拍桌子吓唬猫。俗话说，卖油的朝提溜瓶的要钱，放心吧，只要我这个小本子还在，他们谁也跑不了！

【王明贺从怀中掏出一个小布包，打开布包取出一个小本子，站起，蹲下递给春山。

**王明贺** 春山哪！从打你当上村支书，我就惦记着给你。

**春　山** （接过）这是啥？

**王明贺** 别小瞧这个小本子上，我记了二十多年了！连你爹都不知道。（神秘地）你看看，从"文革"一直到你爹下台，凡是整过你爹的，我

129

都给他记下了……

春　山　（看小本子，笑了）记得这么详细？

王明贺　别看我上了一把年纪，咱可当过一回支委呀！跟着你爹干一溜遭，这良心不能让狗吃喽！有些事儿，光心里有数不行！得一笔一笔地记下来！

王　红　爹，您尽添乱……

王明贺　（站起把王红让出来）你懂啥呀？！你看看那帮人，一个个脸朝天，迈方步，洋棒得不行，屎壳郎都要变成唧唧鸟了！

春　山　爹，我得谢谢您老替我记了这么详细的一笔账……

王明贺　（有些得意）那可不？有了这笔账……（坐下）

春　山　（抢过话）有了这笔账……我张春山就能一个一个地把乡亲们心里的疙瘩给解开。

王明贺　（一惊）你说啥？！

春山娘　春山！

春　山　娘，当初我要接您老去城里您说啥都不去，现在……

春山娘　你爹就埋在这儿！我哪儿都不去！

春　山　那青妹呢？自打爹逼着她放弃了保送上大学的指标以后，她就大门不出二门不迈，从此见着啥都害怕，落下了个自闭的病！您年纪大啦，青妹又这样，王红她也就不敢离开你们娘儿俩半步！这些年，我一个人在城里打工，（站起）一想到你们娘儿仨在山里遭的这份儿罪，我就成宿成宿地睡不着觉。我这当儿子的、当哥哥的、当丈夫的，我不来替你们扛着，谁替你们扛？

春山娘　我们再苦再难也没像你似的，在他赵大有面前低声下气！你把你爹的脸都丢尽了！

【音乐起，八个农民从舞台另一侧背着箩筐沉重地上。

春　山　娘，（面向舞台前方）正是因为这些疙瘩解不开，他们对咱张家还有恨，才处处刁难咱们。这恨一天不消，疙瘩一天不解，就永远都有刁难！（蹲下对娘）娘，当初我心里也有恨，我恨他们截我爹的灵，恨他们墙倒众人推，恨他们让我流落他乡，有家不能回！可人心都是肉长的，（八个农民站定，注意春山）这么多年过去，我都能把仇恨放下，赵大有他们为啥不能？

春山娘　（打断，厉声道）春山，你要解这疙瘩，（找鞋）等你娘入了土吧！

【下场，王红、青妹、王明贺随下。

春　山　娘！

【青妹哭，八个农民继续往前走。

【春山走几步蹲下。

【接第三场赵大有从另一侧上，走几步站定，感觉到舞台另一侧的春山。春山起下，大有继续走，光起，背对观众看到妹子，回到堂屋坐下，狗叫。

# 第三场

【赵大有家。堂屋。

【赵华在灶台旁洗着衣服。

赵　华　哥，回来啦！

赵大有　妹子，我再跟你说一遍，板栗园的事儿，你不许管！

赵　华　我是县林业局的技术员，这是我做的项目。

赵大有　你的项目也不行，从今往后，不许跟张春山再有任何来往。（赵华停顿两秒，继续洗衣服）

赵大有　妹子，都奔四十的人啦，该结婚了，你这一辈子还没让他们老张家拖累够？

131

赵　华　哥！你就少操点儿心吧！

赵大有　你心里是不是还有他？

赵　华　哎呀，人家都结婚多少年了！

赵大有　那你为啥非要把这个板栗园的项目放这儿？

赵　华　哥，你别忘了，我也是雾蒙山长大的……

赵大有　（打断）妹子，你别忘了，他们老张家欠咱们的！打从他爹张松那儿就对不起你！……

【赵华慢洗。

赵大有　妹子，你心里就不恨那个老张松？不恨那个没心没肺的张春山？

赵　华　恨过！可这就是命！哥，眼下我已经不想那么多了，我只盼着能帮着村里头把板栗园的项目搞好，让你和乡亲们都富起来，到时候，你能给我再娶个嫂子回来……

【正在这时，韩东走来。

赵大有　妹子，从打你嫂子死了，这些年，哥心里牵挂的就是你了。咱爹妈死得早，一想起你，我心里就像堵了个大疙瘩，哥咽不了这口气！从我这儿，就绝不能让张春山顺当了！

韩　东　对！你要是不下水，就没人敢脱鞋！

赵　华　大舅！（见状）又喝多了！

韩　东　没喝多！给我倒点儿水。

赵　华　（拿板凳）坐这儿，哎，（边倒水边说）大舅，听说，大菊嫂子为了让您开心，专门给您又腾了间大房子？让您玩，让您乐？

韩　东　闲来无事，找个乐子。

赵　华　大舅，你还是管管我哥的事儿吧。

韩　东　啥事儿？

赵　华　娶媳妇儿的事儿呗。

韩　东　你哥这个事儿，大舅可不是不尽心，头两天我又跑了一趟，四十多里地呢！碰一鼻子灰不说，连顿饭都没管我！要说，女方条件是高了点儿，非要盖新房！唉，话说回来了，谁让你哥岁数大了呢？又是二婚！我看，你哥这事儿，等明年盖了房子再说吧。

【大有把瓢摔到缸上，韩东打酒喝。

【大菊抱着行李卷儿急急走来，韩贵成边喊边追上。

赵　华　大舅，你就不能少喝点儿酒？

韩　东　没喝多，都让你嫂子给搅了！

韩贵成　大菊！大菊！

大　菊　（见韩东）我就知道你猫到这儿来了，你不是把桌子给掀了吗？正好，我告诉你，你就别回这个家了！（说着将行李扔到韩东跟前）。

韩贵成　大菊。

大　菊　喊啥啊？（贵成无奈蹲下）想跟你爹走，我也把你行李搬来？！

赵　华　嫂子，这是咋的啦？

大　菊　（指韩东）问你大舅！

赵　华　大舅，咋的啦？

大　菊　（对韩东）说呀，咋不说了？（大有搬着凳子往后坐下，赵华走到大有的位置）我就看不上这种人！人闲住了，嘴闲不住！从打春山当了支书，就找碴跟人家唱对台戏，（边说边走到另一侧）把那良心都挟胳肢窝去了！人家春山没白没黑地干，可他，瞅啥啥不顺眼！我寻思，给他更出一间大房子，（边说边走到另一侧）让他没事儿在那打打牌，下下棋，省得跟着瞎掺和了，哎？这下倒好，更厉害了！整天闹一帮人就在棋牌室喝大酒、骂大街，捋着尾巴梢胡抢一气……（进屋对赵华）今儿个可倒好，把桌子掀了！好啊，你看着我不顺眼，我瞅着你更别扭，行李搬来了，你爱上哪儿上哪儿！（出门踢行李，对韩贵成）哎，你！（贵成站起）别装哑巴，

话剧《雾蒙山》剧照二

我说的是事实不？

**韩贵成**　是，（蹲下）是倒是，可……

**大　菊**　可什么可？

**韩贵成**　你也是，扔葫芦摔瓢的。

**大　菊**　咋的？还怪我，（进屋）你们说，那整天喝酒，筷子头都嗦细了，酒盅子都捏扁了，一个个四棱八瓣子嘴，顺嘴胡拉拉，末了儿，一帮人醉得丢裆甩裤的，（出门）啊，还怪我扔葫芦摔瓢？！

**赵大有**　大菊，不是我说你，人老了，心里不痛快，可毕竟不是两旁世人，他是你老公公……

**韩　东**　人敬有的，狗咬丑的，哼，还不是看我下台不当干部了……

**大　菊**　干部？！你可别提你当那个干部了，丢人，恶心！你都干啥了，你说说？

韩　东　我干工作了！

大　菊　啥，工作？（嘲讽地）当年，你当那大队长专往大姑娘小媳妇儿堆
　　　　儿里扎，谁一个大老爷儿们，就爱领着妇女干活儿，（边说边走到
　　　　另一侧）早战、夜战，最后跟人家富农的闺女战到高粱地去了！你
　　　　说，你哪儿像干部，成天盯着人家有坑儿的萝卜，我都跟着丢人！

赵　华　（制止地）嫂子！

大　菊　他不是说干工作了吗，我要不粗粉细粉地给他露露，他更蹬鼻子上
　　　　脸了！

赵大有　行了，大菊！哪儿有媳妇儿这么说老公公的？

赵　华　其实，我知道，嫂子是刀子嘴，豆腐心，再说我大舅喝酒可全是你
　　　　惯的。

大　菊　我才不惯那个呢？

赵　华　人家刚要端酒盅，你就麻利儿去给炒鸡蛋，酒瓶子还没见底，你又给灌两棒子预备着，怕喝酒地方小，为了让他开心，还专门给他腾了间房子——你说是不是你惯的？

【赵华说着笑起来，大菊也笑了。

赵大有　（对大菊）你让你公公上哪儿去，一会儿把行李扛回去！

【韩贵成拿起行李走两步停，看大菊。

大　菊　放那儿！

【贵成马上放回原处退回去，大菊走，感觉韩东，无奈跟下。

赵　华　哎呀，嫂子！

韩　东　唉，我咋摊上这么个……

赵　华　行了，大舅，够享福的，别总把晴天当阴天过。

赵大有　说到底，都是那老张松造的孽！整天拿伤人当饭吃！就大舅那点儿事，要搁现在算个啥呀？老伴儿去世了，总得再找一个吧？都是自由恋爱你情我愿的事儿，犯得着哪门子王法啦？至于吗？！

韩　东　是啊，又是被敌人拉下水，又是蜕化变质，天天弄到各生产队轮流批判，让我把脸都丢到裤裆里去了，连死的心我都有……

赵大有　整得太邪乎啦！

韩　东　打那儿以后，我韩东在雾蒙山就再没抬起头来，彻底崩套了！一来运动，我就成了出气的筒子找敲的锣！

赵大有　我就纳闷儿啦，张春山这小子咋就能当上村支书了呢？

韩　东　你出去打工去了，（边说边坐）你没在家你是没看见哪，那小子真会来事儿，绝了！心里有褶，面上平，今年开春一回来，他一点儿想当村支书的声色都没有。那阵子，咱们村里看电视困难，不知啥时候，他学会鼓捣电视了，于是挨家挨户安电视。没钱的，他给垫上；白天出去干活儿的，他半夜给装；出外打工的，啥时候回来啥时候给接线。佛烧一炷香，人要一颗心。你看，这不是明摆着收买人心吗？大伙一看上电视，都说张春山人好，为人厚道，还有人说，他心里装着群众。

赵　华　大舅，你安电视了吗？

韩　东　安了。

赵　华　你也让人家给收买了？

【赵华大笑。

赵大有　（埋怨地）大舅，平时你可是走一百步，绕九十九个弯儿的主儿，这回让人家给绕了。难怪，嘴里抹了人家的蜜，还能咬人家手指头？！

赵　华　大舅，要不，你就先在我们家住几天。

【村民从两侧上。

韩　东　不，我今儿个来，是找你哥有事儿！大有哇，把你大舅也带出去打工吧！

赵大有　（笑）大舅，您都多大岁数了！……春上开雷一身汗，上秋来霜一脚泥，您受不了！再说，给人家老板打工，赶哪儿的集，服哪儿的斗，您那炮仗脾气，一点就着，还不整天憋气窝火的。您呀，还是安安生生在家享清福吧！

韩　东　我享个屁！你看，这家里外头的……马善被人骑，人善被人欺！

【村民议论背对观众。

赵　华　大舅，要我说，都怪你自己挺不起个儿来，您可是村里的老干部！……

韩　东　我想把自个儿当根葱，可谁拿你蘸酱啊！

赵大有　大舅，走，我送你回家。

【赵大有拿起韩东的行李——春山上。

韩　东　（欲走又停）哎，大有，我听说，张春山正在打你的主意……

赵大有　干啥？

137

春　山　韩东大叔，您老的消息可真灵通啊！（村民露脸看前面关注角色）

【韩东看到春山不理，拿着行李卷到一旁蹲下。

赵大有　张春山，你打我啥主意？

春　山　组织富余劳力进城，你大有哥门路多，想请你这尊神把大伙带出去……

赵大有　你做梦！（走回屋里）……我杵碾子杵磨如今不杵你了！

春　山　大有哥！

赵大有　出去！

【春山走到门口。

赵　华　哥，这是工作上的事儿。

春　山　赵华，你哥他委屈这么多年了，发多大火，我都会听着，让他骂几句顺顺气也好……要是骂我几句能让你痛快点儿，你也骂吧。

【赵华一时无语——

赵大有　你少来这套！你爹说得对，咱们永远是栗子黑榛子白！没啥好说的，出去！出去！

【赵大有欲推春山被赵华拦住。

赵　华　哥！

【音乐起。

【突然，赵华晕厥。

春　山　赵华……

赵大有　妹子……

韩　东　华儿，这是咋的啦？

# 第四场

【月余之后。

138

【韩东家。

【不远处传来韩东嘶喊的河北梆子高腔儿——

大　菊　（故意地）谁在吼啊？赶上狼叫唤啦！

韩贵成　咱爹今儿个过六十六大寿，心里头高兴。

大　菊　怪声怪调的，我咋听着像耍膘的。

　　　　【大菊欲走——

韩贵成　大菊，你去哪儿？

大　菊　我想去哪儿就去哪儿。

韩贵成　（阻止）大菊！大菊……（坐下）

大　菊　今儿个春山他娘也是大寿，不该去呀？

韩贵成　该去，该去！春山他娘是你大姨，可这头儿还是你老公公哪！

大　菊　我一看他心里都别扭！

韩贵成　就是，（大菊坐）大菊，其实你挺通情达理的，你看上回接爹来，
　　　　街坊们都说，看人家贵成的媳妇儿，那叫一个……

大　菊　那叫一个孝顺，那叫一个懂事儿！是吧？

韩贵成　就是！

大　菊　呸！（笑）还真把自个儿当盘菜了！要不是春山为这事儿找过我，
　　　　你爹他甭想回来！

韩贵成　就是嘛……大菊，和你商量商量行不？

大　菊　啥事？

韩贵成　你待会儿再走行不？

大　菊　干啥？

韩贵成　一会儿上礼的戚一多，忙不过来！

大　菊　（笑）忙不过来？你去看看，到现在来了几个？（进屋）

　　　　【韩贵成坐下叹气——

　　　　【韩东兴致盎然地哼着河北梆子回来——

139

【韩贵成听到爹的声音快跑欲回屋——

韩　东　　贵成!

韩贵成　　（慢慢回来）爹!

韩　东　　（高兴地）贵成啊,你爷爷活着的时候就说,啥快?光阴最快!

韩贵成　　就是嘛!一茬茬高粱一茬茬豆,日出日落白了头,人这一辈子有几个六十六,就一个!

韩贵成　　就是嘛!

韩　东　　今儿个你爹要跟雾蒙山的老少爷们儿好好地喝他几杯!

韩贵成　　就是嘛!

韩　东　　贵成,上礼的戚都来了?

韩贵成　　（小声地）爹,没几个人来。

韩　东　　到底多少?

韩贵成　　这还不到一桌。

韩　东　　（一惊）还不到一桌?!

　　　　　　【韩贵成没有回答。

　　　　　　【韩东轻轻推开屋门,向里望了一眼,呆呆地站着——

韩贵成　　就是嘛。

　　　　　　【韩东慢慢转过身,颓然地坐下。

韩　东　　你按我写的名单都通知到啦?

韩贵成　　就是嘛,一个没落。

韩　东　　他们不是答应来吗?

韩贵成　　就是嘛,说得钉帮铁牢!

韩　东　　那为什么不来?

韩贵成　　就是嘛,我也不知道啊……（坐下）

韩　东　　我在位的时候,对他们都不薄啊……

韩贵成　　就是嘛。

韩　东　　人总得讲点儿良心啊。

韩贵成　　就是嘛。

韩　东　　（想起地）咱自家的亲戚来了吗？

　　　　　【韩贵成没有回答。

韩　东　　你姑夫？

　　　　　【韩贵成摇摇头。

韩　东　　你二舅呢？

　　　　　【韩贵成依然摇摇头。

韩　东　　你三叔？

　　　　　【韩贵成还是摇摇头。

韩　东　　（气急地）连我白个亲弟弟都没来？！贵成，你现在马上去，给我
　　　　　一家一家地找！一个一个地请！

韩贵成　　爹……

韩　东　　让大菊跟你一块儿去！

韩贵成　　（为难地）大菊还有事儿。

韩　东　　她有什么事儿？

韩贵成　　春山他娘今儿个也是六十六大寿！

话剧《雾蒙山》剧照三

孙德民戏剧作品选（2012—2024）

韩　东　春山他娘？！

【张春山家鞭炮声——

韩贵成　就是！

【上前几步感觉春山家的鞭炮声，蔫蔫地走回，蹲下。

【韩贵成的三叔匆匆赶来——

三　叔　大哥！

【韩东没有理睬。

韩贵成　三叔，您咋才来？

三　叔　一大早，你三婶就拉着我去春山家，二三百号人，桌子都摆到院儿外面去了。

【韩东仍然不说话。

韩贵成　（见状）三叔，您先进屋吧。

三　叔　（望了一眼韩东）哎，哎。

【走进屋，大菊出："三叔来啦，有水先喝着。"

韩　东　（慨叹地）这是服哪儿的管，赶哪儿的集呀！韩东，你真砢碜！你到底没斗过张松呀！

大　菊　肥猪拱门，那是天意！（说完，向院儿外走去）

韩贵成　大菊！

韩　东　站住！你要去哪儿？

大　菊　你管得着吗？（走去）

韩　东　你？！

韩贵成　大菊，大菊！（追下）

【韩东上前几步。

韩　东　张松啊，全村的人都去给你老伴上礼做寿，你又得意了！——哼！大旱不过五月十三，等我到阴曹地府再收拾你！

【韩东气得来回踱步——

142

【韩贵成上，后面跟着春山和大菊。

**韩贵成** 　爹，春山来了。

**春　山** 　大叔，我给您祝寿来了！

【韩东走向一旁。

**韩贵成** 　爹，春山给您祝寿来了。

**春　山** 　大叔！

【韩东突然转过身来。

**韩　东** 　（气愤地）张春山，我知道你来干啥。你是来可怜我、笑话我！

来，看吧！看我屋里空着的酒席，看我韩东落魄的惨样儿……

**大　菊** 　……疯了！

**韩贵成** 　爹，春山是好心好意来看您。（把礼收下）

**韩　东** 　（对贵成）拿酒去！（贵成看大菊）

**大　菊** 　去啊！

【贵成去拿给韩东。

**韩　东** 　我整整忙活了一个月呀！这酒……我攒了三年，没舍得喝呀！

可……没人来呀！没人来呀，活到六十六，白活了！（咕咚咕咚喝

了几口酒）

**韩贵成** 　爹！

**春　山** 　大叔！

**韩　东** 　（走到春山面前喊）我这支破篓子到底没熬过你那柏木梢……这

回，你得意了吧，你高兴了！……（村民一个一个上，第一个人坐

下，第二个就上，背对观众）

**大　菊** 　你喊什么？不知好歹了，亏你当过干部，还是长辈，春山他娘也过

大寿，春山就是怕你冷落，心里不好过，还没给自个儿的娘磕头，

就先提着礼盒来看你……好心当成驴肝肺，你活瞎症了！

【韩东无语。春山把大菊拉过来。

春　山　　大叔，我是真心实意地给您祝寿来了。

韩　东　　我承受不起！

春　山　　（蹲下）大叔，我知道，这些年您心里不痛快、委屈地慌，一直跟我爹憋着气！您恨他也好，骂他也好，如今，他老人家已经没了，当初，做得不对的、批判您不当的，甚至伤害您的，今天我就替我爹给您赔个礼吧！

【春山说完，给韩东鞠了一躬。

韩贵成　　（阻止）春山，这是干啥？……爹，人家春山如今是支书，还……

春　山　　大叔，您跟我爹搭了一辈子班，就冲这，我也该来！您是长辈，在雾蒙山当了二三十年的干部，您是对村里有贡献的人，就冲这，我也该敬着您！（大菊给春山拿板凳）记得那年修大寨田，您和我爹三个冬春没下山。有一回，您的腿摔坏了，大夫非让您住院，等到了后半夜，您偷偷地从乡医院跑了出来，一瘸一拐地又上了工地……至今，我还记得，您裹着生羊皮，拄着根苦梨木棍子，从这个山头儿跑到那个山头儿……

韩　东　　这些……都没用了，没用了！

春　山　　大叔，您在生产上可是高手啊，十里八乡都数得着。那年种试验田，您领着种的玉米那么粗，高粱穗子沉甸甸地把秸秆都压弯了，连玉米垄上间种的大豆，产量都拿了全公社第一名啊！

韩贵成　　就是。

春　山　　那不是吹出来的，那是您带着大伙干出来的！

韩贵成　　就是嘛。

韩　东　　（对韩贵成）就是啥你就是？给春山倒杯水！（贵成进屋倒水）

韩贵成　　就是。

【村民回头关注角色。

春　山　　我爹生前没少在我们这些孩子跟前夸您……我爹临终前，含着眼泪念叨着想见您……

韩　东　他想见我……（回过头，背对观众）

春　山　他说，我和你韩东大叔搭了一辈子伙，虽说磕磕绊绊的，可不知为
　　　　啥，就是忘不了他！……

韩　东　他忘不了我……他真这么说的？

　　　　【春山点头，音乐起，大菊慢慢坐下，同时农民站起原地身体向右
　　　　转扭头关注角色。

　　　　【青妹走来。

青　妹　（怯生生地）哥！

　　　　【所有人都起身看青妹。

春　山　青妹，（到青妹跟前）你咋跑出来了？

　　　　【贵成从屋里端着水出来。

青　妹　（躲躲闪闪地）娘……生气了！……骂人……哥……回吧！……娘
　　　　生气了！……爹也生气了！……爹不让我上学！……（哭了）

春　山　（抚慰地）青妹，不怕！爹让上学，还让哥回头儿送你去上，哥把
　　　　学费都给你攒好了，上咱省城的大学！咱去学你最喜欢的俄语，好
　　　　不好？不怕……

　　　　【农民转身背对观众坐下。

韩　东　春山，春山，（春山回到韩东旁，大菊上前安慰青妹）青妹的病，
　　　　这么些年都没见个好么？

春　山　人少的时候，还轻一点儿。就是见不得人多，见到外人尤其怕得厉
　　　　害！……

　　　　【大菊带青妹回屋坐下。

韩　东　唉……这可是自己的亲闺女呀！我咋就到现在都看不明白呢？

春　山　韩东大叔，当年青妹上中学的时候，在咱们全公社的学生里头成绩
　　　　最好，这不是撒谎吧？

145

话剧《雾蒙山》剧照四

青　妹　（偎在春山怀里，冲着哥哥竖起拇指）第一名……第一名……我自己考的……第一名！

韩　东　（看着青妹，叹息着）是啊，我记得那年咱公社唯一一个工农兵大学的指标，开始就是给了她呀！我们谁都说不出半个"不"字！……

春　山　（回忆着）我们一家人乐得合不拢嘴儿，青妹高兴地几宿没睡着觉！

韩　东　可没过几天，你爹这个老偏头子就说，这个指标你们家青妹不要了，说她想在家务农，让我们再研究别人！

春　山　韩东大叔，青妹盼这个机会盼了这么久，说放弃就放弃，您老信吗？

韩　东　唉，谁都知道，是你爹逼着这孩子，把这个指标给让啦！

春　山　我爹硬是说公社把指标给青妹是看了他的面子，是对他的照顾！为这，青妹哭了好几天。再后来，什么民办教师、工厂招工，就再也没有青妹的份儿……我爹下台以后，恨他的人把火都撒在我们身上！有一回，青妹走在街上，有人用棍子挑着狗屎甩到她的脸上，恶狠狠地说："替你爹尝尝吧！"（青妹哭）

　　【贵成坐下。

韩　东　（到青妹跟前）孩子，这罪不该你来受哇……

　　【村民转头关注角色。

春　山　韩东大叔，这一切都是为了啥？就因为我们是张松的子女？

　　　　　【村民转头背对观众。

韩　东　（感动地）春山哪！别说了，敲鼓的瞒不住打锣的，你爹是个啥人，我还不知道，当了一辈子干部，你们家……除了满墙的奖状，就是那个盛米的纸箱子……

春　山　我记得，那时候，给我爹抓药的钱还是从信用社借的款……那天早上，我爹已经不行了，他挣扎着告诉我娘，身上那件穿了半辈子的对襟儿衣裳，一准儿让他穿走……

　　　　　【春山说不下去了……

　　　　　【韩东走到春山跟前……

韩　东　春山，青妹，回吧，回去给你娘做寿。

春　山　不，大叔，今儿个侄子一准儿陪您，一会儿我还得敬您几杯酒呢！

韩　东　春山！

　　　　　【韩东一家人感动地不知说什么好……

　　　　　【春山走近韩东……

春　山　大叔哇，有一天夜里，娘跟我说，（村民相继慢慢站起从右侧转身拿起小板凳慢慢往前走）庄稼人的命就是一个字——"愁"！没地愁地，有地愁种，种了愁苗儿，苗儿长了愁穗儿，穗儿满了愁收，收了又愁卖！如今，这些都不愁了，就是心里那些疙疙瘩瘩的事儿，让人一辈子都不痛快！其实，娘心里的疙瘩是啥，我明白！大叔心里的委屈，我也清楚！对，天阴百日总有一日晴，大叔，从现在起，咱们不愁不行吗？

　　　　　【村民站定关注角色。

韩贵成　爹，春山说的这是掏心窝子的话。

　　　　　【音乐起。

　　　　　【突然，韩东起身，似乎在找什么东西——

孙德民戏剧作品选（2012—2024）

147

韩贵成　爹，您找什么？

韩　东　酒，酒！

韩贵成　不是在你手里呢吗？（韩东示意不是这瓶）

韩贵成　又咋了？

韩　东　赶明儿，买瓶"都山白"来！

　　　　【村民不解。

大　菊　这酒比"都山白"贵多了！

韩　东　你懂什么，春山他爹就愿意喝"都山白"！

韩　东　……张松大哥呀，我韩东还没去你那坟头儿上看过你呢！

　　　　【村民转头面向观众。

春　山　大叔！（往前走几步站定）

# 第五场

　　　　【当日。

　　　　【赵大有家堂屋。

　　　　【赵大有正在炉灶前生火，他不停地往锅底坑里添着毛柴。

　　　　【赵华从外面悄悄走进来——她从旅行包里掏出一个盒子，悄悄绕
　　　　到大有身后——

赵　华　哥！

赵大有　（一惊，转过来头）哎呀，妹子，你都多大啦？

赵　华　多大也是你妹子。咋啦？心里想着没过门儿的嫂子，就不要你亲妹
　　　　子啦？

赵大有　没过门儿的就不是你嫂子！（转念自语）唉，人家要新房，眼下哥
　　　　又没钱盖，你说拿啥娶人家过门儿呀？

赵　华　（在大有身旁蹲下）哥，别着急，盖房子的钱咱慢慢赚嘛！我就是

怕你这次进城打工光想着多赚钱盖房子，没日没夜不顾自己的身体！哥，你已经不是十七八的小伙子啦！（说着，将小盒子递给赵大有）给，这是个小电风扇，晚上工棚里热，有了它能睡得踏实点儿。

赵大有　妹子，哥的事儿你就别操心了，我这心里倒是挂着你咋办？你也不小啦，总不能一辈子都这么一个人过不是？（赵华站起走）以你的条件，嫁给谁咱也不算高攀！我就纳闷儿啦，你咋就没一个对上眼儿的呢？

【赵华坐。

赵　华　（笑）哥，你都知道我不愁嫁了还担心个啥？再说了，我自己的事儿，我心中有数！

赵大有　哼，有数？我心里才有数呢，自打爹妈没了，是我把你一手带大的，你心里想的啥，我能没数儿？你跟哥说实话，是不是心里还惦记着张春山？

赵　华　哥……

赵大有　妹子！他张春山当初是咋对你的？你还不长记性吗？你打着工作的旗号回来，暗地里帮助他张春山，你图的是个啥呀？难道咱们家祖祖辈辈都得受他老张家得气呀！咱老赵家和他老张家多大的仇你可不能忘啊！你嫂子是咋死的？（哽咽）你嫂子是为啥死的？（擦拭眼泪）

赵　华　（关切地）哥……

赵大有　（掩饰着）……烟呛的。

赵　华　哥，你说的事儿，我到啥时候都不会忘！我再说一遍，（站起）他张春山的事儿如今跟我没任何关系！我盼着你的心里能豁亮一点儿，能把那些不顺心的事儿忘掉，从此平平安安地过日子，我也能安心地走了。

赵大有　（扭过头儿盯着赵华）妹子，你说啥？你要去哪儿？你这话啥

149

意思？

赵　华　（掩饰着）哦，没什么，我……我要出趟远门儿。

赵大有　妹子，你不是又要去帮张春山干啥事儿吧？

赵　华　哥，我再跟你说一遍，板栗园的事儿是我的工作，我可不是为了存心帮他！（坐下）

赵大有　……妹子，是不是你的病有啥问题啦？

赵　华　嗨，没啥大不了的，老毛病了。

赵大有　不对！妹子，你从小可不跟哥撒谎！你跟哥说实话。

赵　华　没你想得那么严重。（沉寂片刻）哥呀，我这身上的病总能抓到个方子去治，可你心里的病就永远治不好吗？（出神地看着远处）这么多年，都活在仇恨里，不觉得累吗？哥，你能不能答应我，把从前的那一页翻过去，咱们也轻轻松松过过好日子？行吗？

赵大有　（痛苦地）妹子，你可让哥咋咽下这口气呀……

【春山和大菊来到门口——

大　菊　正好，哥俩儿都在。

赵　华　嫂子，来了。

大　菊　大有哥，我跟春山是来给你道喜的。看，春山还特意买来了酒菜……

赵大有　（冷冷地）我有啥喜事儿？

大　菊　大喜事儿！（对赵华）你那没过门儿嫂子答应啦，今年就跟你哥结婚！

赵　华　真的？哥！（到哥那里）

赵大有　那她……不要新房子啦？

大　菊　人家说把这老院儿收拾收拾就行！

赵　华　（高兴地抓住大菊）哎呀，嫂子，真得好好谢谢你，谢谢大舅！

大　菊　（笑）我跟你大舅哪有那么大面子，你们哥俩儿，好好谢人家春山吧！

大　菊　人家春山亲自往那儿跑了四趟，最后这次，下起了瓢泼大雨，春山到那儿都成了泥人儿了，人家感动地把春山让到炕上，端来好酒好菜，还说："头一回见村支书这么实心实意，没说的，就冲你，这婚事答应了，没有新房子，今年也结婚！"

赵大有　（冷冷地）我的事儿，用不着别人管！

大　菊　（气急地）赵大有，我可告诉你，别狗坐轿子——不识抬举。从我们老公公那论，我管你叫哥哥，可冲你刚才这么不近人情，死倔横丧，不损你两句，我大菊的嗓子眼儿就得堵个大疙瘩！咋着，如今，你赵大有还真像块儿烂红薯，甩到墙上成了橛儿了？！就说人走时气马走膘吧，咋着，水大不漫桥，连大王管小王，小王管黑桃A都忘了！人家春山是啥？是村支书！

赵大有　你还甭拍桌子吓唬猫，我又没请他来！

大　菊　赵大有，你还是人不是人啊？我可告诉你，泥人儿还有个土腥味儿！要是把我惹急了……哼，别看现在风平浪静的，指不定啥时候又来运动了，还得……

春　山　（制止住大菊）大菊嫂子！

大　菊　（说完自己也笑了对春山）不会再搞运动了。

春　山　这样吧，大菊嫂子，您先回去，我在这儿跟大有哥坐一会儿。

大　菊　中！我这个人就是，花开一喷儿，话说一阵儿，管他爱听不听！……赵华，我说话没把门儿的，别往心里去啊，我走了。

赵　华　大菊嫂子，我送你。

大　菊　好，让他俩单独在这儿唠唠！（故意冲着赵大有）让春山哪，好好地教育教育这个不懂事的！

【赵华送大菊下。村民从两侧拿板凳上。

【春山坐，倒上两杯酒——

151

春　山　（笑着）大有哥，你能早点儿成家，我打心眼儿里为你高兴！……
　　　　我不会喝酒，但是今天，我一定要敬大有哥一杯酒！

【赵大有不理春山，

春　山　我喝！（一饮而尽）

【村民坐下低头。

【春山又倒了一杯，再敬——

【赵大有依然不理睬。

【春山又一饮而尽——

【春山倒上第三杯酒！

【突然，赵大有把酒杯拿起泼向火堆。轰的一声，村民抬头。

赵大有　张春山，你有完没完？！

春　山　（突然起身，厉声地）赵大有，你有完没完？！

【村民站起。

赵大有　（愣住）你……

春　山　难道你愿意永远生活在过去的阴影里，永远这样苦下去吗？

【村民坐下。

赵大有　我……

春　山　我问你，咱们建板栗园，让雾蒙山走上富裕的道路好不好？

赵大有　（无语）……

春　山　富余劳动力进城打工，让大伙儿的腰包鼓起来，好不好？

赵大有　（抬头看了一眼春山）……

春　山　忘掉过去的恩恩怨怨，大家亲亲热热地过着和谐的日子，你说！好
　　　　不好？

【赵大有看着春山，说不出话来。

春　山　大有哥，我知道，你心里说好，可就是解不开过去的疙瘩。

赵大有　我宁愿一辈子不结婚，也不想领你张春山这个情！……张春山，你

152

话剧《雾蒙山》剧照五

掏心窝子说，你这么做是为了啥，你究竟为了啥呀？

春　山　为了咱雾蒙山不再世世代代活在仇恨里！大有哥，我离开雾蒙山十
　　　　多年了，为啥要回来？因为我心里不安！我总想起咱雾蒙山人的苦
　　　　日子，想起你受的那些委屈，想起死去的嫂子，想起那些曾经被我
　　　　爹伤害过的乡亲们……你们有理由恨我爹！（站起）可是大有哥，
　　　　你想想，历史的错儿能都让我爹一个人背吗？

　　　　【村民抬头站起。

春　山　我爹他到死也没弄明白，他一辈子听上级的话、按指示办，为了咱
　　　　雾蒙山辛辛苦苦、兢兢业业，到头来，咋还是一身的罪过？！（村
　　　　民议论坐下）大有哥，我不想逃避！我爹已经没了，我不能让那些
　　　　活着的人心里再苦下去！大有哥，这死疙瘩你越使劲儿它系得越

　　　　　紧！我今天来，就是想听你说说心里话！你咋埋怨，咋骂我，都
　　　　　行……

**赵大有**　你真想听？

**春　山**　咋埋怨。咋骂我都行！

　　　　　【村民议论。

**赵大有**　就说我妹子……

　　　　　【赵大有坐下。

**赵大有**　最苦的是我这个妹子……心里最委屈的也是我这个妹子！当初，你
　　　　　们好狠心啊！……你和她偷偷相好了半年多，说蹽就把她蹽了？你
　　　　　该结婚结婚，该挣钱挣钱，该过日子过日子！可我妹子心里是啥滋
　　　　　味儿你想过没有？她把自己关在屋子里，连着几天不吃不喝，没完
　　　　　没了地哭啊！她把所有的眼泪和所有的苦，都自己吞了……一个女
　　　　　孩子，窝心脚踹到心口上，能不憋闷吗？爹妈死得早，她心里的苦
　　　　　跟谁说呀？！一天、两天、一年、两年……你知道不知道，她至今
　　　　　坐下病啦！

　　　　　【农民站起，猫腰慢慢向前走看赵大有。

**春　山**　（痛苦地）大有哥！……

**赵大有**　从小儿，她一天福也没享着，上学连个新书包都没给她买过！如果
　　　　　她的病真的没法儿治了，如果她真的有个好歹……我可咋办？我可
　　　　　咋办呀？……我可以没老婆，我可以一辈子不再娶，可我不能没有
　　　　　这个妹子啊！

　　　　　【村民站定，赵大有蹲在地上号啕大哭，春山慢慢起身上前安慰赵
　　　　　大有，群众聚拢关注大有。

　　　　　【村民向后走，春山慢慢站起向前走几步拿出病例，往上场口走。

# 第六场

【春山站定看着病例很难受，赵华推着小车走来。老鸹叫，春山回头。

【赵华抬头看到春山，两人四目相对，转身推车走。

【春山追上——

春　山　赵华，（往前冲几步）赵华！

【赵华停住脚步，无语——

春　山　赵华，你病得这么重，为什么不告诉我？

赵　华　（冷冷地，拿过病例）我的病例怎么在你手上？

春　山　我是在你放到村委会的那摞儿材料中发现的。赵华，从今天起，板栗园的事你不要管了，马上去省城治病。

赵　华　我是要去省城看病的，不需要你村支书批准……（想起）……我的病情，希望你能替我保密，别让我哥知道。

春　山　你哥还不知道你病得这么重？

赵　华　他还不知道……他如果知道了，（怨愤地看着春山）他会受不了的……（四目相对）

春　山　赵华……你，（坦诚地直面赵华）你怎么知道我就受得了？

【两秒钟后，赵华回避开春山的目光，转身，回到独轮车旁。

春　山　我知道，我一辈子都对不起你……

赵　华　别说了！

春　山　当年，我爹他……

赵　华　张春山！不要说了！我不想听！（走几步背身）

春　山　赵华，我这次回来，就是要面对所有的事情，你哥，你大舅，还有所有当年被我爹伤过的人！我知道，我最难面对的，是你！如今，你病得这么重，更让我后悔当时的懦弱，我恨我不能面对自己的感

155

情，我恨我竟然能够伤害自己所爱的人……（蹲下）

赵　华　（泪流满面，难以自持地）张春山！不用你来可怜我！你可怜我有什么用？你现在来可怜我有什么用？！我最需要你的时候你到哪儿去了？人家笑话我被你张春山甩了的时候，你到哪儿去了？（转身）难道非要我得了这生死未卜的病，才能听到你跟我说这些话？……张春山，你好狠心、好绝情啊！我给你写了那么多信，你一封不回？！我辛辛苦苦考到镇里的农校，就是为了能够见到你，可你为了躲开我，竟然换了工作去了省城？！（走）这么多年，在别人眼里，我就是一个被你张春山甩了的女人，村里人戳我的脊梁骨，城里找不到你人影儿！天地那么大，咋就没有我赵华容身的地方？！（瘫坐在地上，春山站起）……我知道你结婚了，我盼着见你，不是要去破坏你的家，我是想把这些年受的委屈跟你说说，除了你，我还能跟谁说？！（赵华低头）……（春山走）（赵华抬头）十年前那天晚上，那一晚上的雨，一晚上的雷，一晚上的眼泪，（春山在赵华身后低头渐渐转身背对观众）除了你，我能跟谁说？！

【一声炸雷，春山向后快走两步，赵华猛地抬头，进入臆想，雨声大作——

赵　华　春山哥，（寻找春山，起身）春山哥，你不是亲口答应过我吗？你不是说要永远跟我好，永远不分开吗？

【张春山语塞。

赵　华　每当我们在一起的时候，我们都感到幸福、高兴……怎么，今天你说变就变了呢？

春　山　我咋跟你说呢，赵华……你为啥，为啥偏偏生在老赵家？为啥偏偏生在地主家？

赵　华　我……我有什么办法？我爷爷是地主，可我是清白的呀！

春　山　……我爹说咱们两家是属牛蹄子的，作根儿就是两瓣儿！

156

赵　华　春山哥，我生在地主家就不能跟你谈恋爱吗？

春　山　不行！我爹说……你是别有用心，想拉我下水！

赵　华　拉你下水？！我为啥要拉你下水？

春　山　因为我爹是支部书记！

【赵华愕然。

赵　华　春山哥，我是啥人，你还不知道？

春　山　你是好人……

【春山转身跑走开，赵华紧追不舍——

赵　华　春山哥，（上前）我求求你，求求你，你不能扔下我不管，不能啊！

春　山　（止步回身）我爹的脾气你知道，他死活不答应！昨天夜里整整训了我一宿，硬逼着我跟你一刀两断……赵华，对不起！……（欲走）

赵　华　春山哥！（跪下爬向张春山）

赵　华　春山哥，你……你已经亲了我，你不要我了，我可怎么办，我怎么办啊？！

春　山　赵华……

【一声炸雷，春山推开赵华转身一动不动，至少三秒进入现实——

春　山　赵华，这些年来，我一直在这样一个噩梦里活着，夜里常常被它折磨得睡不着觉，睡着了又被它惊醒！我给你写了一封又一封的信，可一封都不敢寄出去！我始终不敢面对你，但对你的愧疚像一把刀子一样时常地剐着我的心，让我终究不能一走了之，那样会让我一辈子瞧不起自己，让我一辈子生不如死。如今，我回来了，我不管你们咋数落我，我就想着多给你们做点儿啥，我希望你们好，希望你好！只要能让你好受些，哪怕一点点，我也心甘情愿！我想在我有生之年能够把欠你的都补偿给你！可没想到，没想到你现在病得这么重！赵华，你的病都是我造成的啊！是我张春山要了你的命啊！

【春山痛苦自责、忏悔着，难以自制——

赵　华　春山，你别这样……别这样行吗？……春山！

【赵华站起突然晕厥过去——

【春山站起扑上前，将赵华抱在怀里——

春　山　赵华……赵华！

【片刻，赵华悠悠醒来——

赵　华　春山……春山，我自己的病我自个儿清楚，就算遇到最坏的结果，我也不怕……我的命，早就和我的心一块儿交给你了。（拉过春山的手）……春山，其实我也分不清这些年，在我心里对你到底是恨还是爱？可是，当我不知不觉地帮你拿下板栗园项目的时候，我发觉……我心里对你——不是恨……

春　山　赵华……

赵　华　春山，我知道你回来要干什么，我明白，你受了不少的委屈，难为你了。

春　山　赵华，这些我都不在乎，我只要……

赵　华　（打断，平和地）春山，王红是个好妻子，这么多年她为你受了不少的苦，你要好好待她……也别让她嫉恨我。

【春山点了点头——

赵　华　（央求地）还有，十年了，我哥一直没咽下这口气，一想起我嫂子他就掉眼泪，常常一个人去她坟头儿上哭……春山，我哥心里头的疙瘩已经系了好多年，说了不少伤人的话，你，你别记恨他。

春　山　赵华，你放心，我一定不会再辜负你。

赵　华　春山，不论这次去医院是啥结果，你陪我去，好吗？

春　山　我一定陪你去，一定陪你去。赵华，咱去省城、去北京、跑遍全国咱也得把病治好！走，咱现在就走！

【赵华被春山搀扶着坐到小推车上，春山慢慢将小车推起，小车在山林里蹒跚着，穿行着——

【画外音响起。

赵　华　春山，还记得吗？那个时候，怕村里人看见，咱俩就偷偷约好了在村口相聚。

春　山　你总是推着这辆车在那儿等我，咱俩一起上南梁上割柴火。

赵　华　一出村，咱俩就像两只出了笼的小鸟，唱啊，跳啊。你推着车，我坐在上面，当时的感觉比现在坐在小轿车里还美啊！

春　山　所以我天天盼着能多推你一会儿！

赵　华　还记得吗？有一次你推着我快得像飞一样……

春　山　你喊着，慢点儿，慢点儿！

赵　华　可你就是不慢下来。

春　山　一不小心车翻了，把你摔到黄土沟里。

赵　华　你吓坏了！紧紧地抱着我，喊着……可是我就是不睁眼睛。

【村民从两侧上。

春　山　我急得都哭了！

赵　华　其实……我就想让你多抱我一会儿。

春　山　小时候那会儿多好啊！

【村民中间聚拢，王红出来。

【渐隐。

# 第七场

【山坡地。

【韩东端坐在张松墓碑前，将地上的两只酒杯斟满，开喝——光起，喝酒。张松背对观众在墓碑后蹲下。

韩　东　张松大哥，这杯酒咱老哥俩儿喝晚了，喝晚喽！这是你最喜欢喝的"都山白"！你说过，不喝"都山白"，感情上不来！那年，咱们老哥俩儿一块儿上任，你当支书，我当队长，年轻气盛啊！拿着"都山白"登上了南山梁顶，就在那棵老松树下，咱俩发了誓：不把雾蒙山变成富裕村，死不瞑目！说完，咱俩一人嗬了一瓶"都山白"。二十多年没在一起喝了，今个儿，我韩东诚心诚意地敬你一杯！（把酒举在那）

【张松声音响起："不喝都山白，感情上不来！是啊，二十多年没喝酒了，往事如酒啊！"】

韩　东　今儿个，咱哥俩儿只喝酒，不谈往事！

【张松站起："你害怕了，哈哈哈哈——"】

韩　东　笑啥呀？都是让你整的！

张　松　（边说边慢慢转过身来，小斜线到韩东跟前）吉人自有天相，恶人必有恶报。你说，咱哥俩儿这二十多年了，谁对，谁不对？

韩　东　当然是你不对！那些年，是你把我打翻在地，又踏上一只脚。

张　松　别忘了，你干的都是些见不得人的事儿！

韩　东　（韩东边说张松边从他身后绕到韩东面前）人前不撒尿，庙门不喊秃，老母猪还有个脸呢！你可好，让各生产队轮流批斗我，从村东头斗走到村西头，最难看的是在我脖子上挂了一双——破鞋！

张　松　都怨你屡教不改，挨着斗，还管不住你那玩意儿！（坐下）

韩　东　当时恨得我呀，真想把你剁碎了，晒干了，擀成面，再攘了。

韩　东　那时候阶级斗争的形式一天一个变，我终于得着机会了，你知道县里为啥调查你？为啥停你的职？让你靠边儿站？

张　松　为啥呀？

韩　东　（得意地）那是我"串联"了几个人，给县里写了封匿名信，把你告了！

张　松　告我什么？

【青妹、王红、春山娘等人上。

韩　东　贪污盗窃，多吃多占，打骂群众，男女作风。

张　松　私凭文书官凭印，你们有证据吗？

韩　东　证据？有证据就不写匿名信了，（笑）咋样，调查了有一年吧？

张　松　可不，最后说没事了。

韩　东　没事儿管啥，先让你尝尝靠边儿站的滋味儿！你老张松终于也变成棉花桃脑袋了，痛痛快快地让我捏鼓一回呀！哈哈哈哈，现在后悔不该整我了吧？

张　松　我后悔没把你整死！

韩　东　可到了，还是你先死啦！

张　松　我死了，你们也不让我痛痛快快地走！

韩　东　我恨你呀！

张　松　（抬头看韩东）我惦记你呀！

【音乐起。

韩　东　听说，你临终那会儿还想见我？

张　松　你那条伤了的腿，好点儿了吗？（青妹、王红、春山娘、王明贺、赵大有左右摇晃向前走）那年一冬天，裹着山羊皮，拄着苦梨棍子，你一瘸一拐地在工地上转悠，就像过电影儿，我一辈子也忘不了！为了咱雾蒙山，你没少出力呀！

韩　东　张松大哥，别管我嘴上咋说，心里头咋忌恨你，可这些年，你没一点儿歪的邪的，够个党员样儿，（青妹、王红、春山娘、王明贺、赵大有站定低头）拼了几十年命，掏心说，你没为自己个儿呀！

张　松　咱俩这酒喝晚了！

二　人　喝！（二人一饮而尽）

【韩东倒向台口——

161

春山娘 （上前一步）老头子，你活着那工夫，我不乐意跟你叨叨，怕你心理不宽绰、不痛快！好在现在你也不会生气了，（张松低头）不再埋怨我了！（春山娘低头）

王明贺 （上前一步）亲家呀，（张松抬头）春山当村支书这事儿是我鼓捣的！可我哪儿知道他当的是这么个窝囊支书哇？亲家，我可得把这事儿掰扯清楚，（张松低头）你可不能怪罪我呀！（王明贺低头）

王 红 （上前一步）爹呀，（张松抬头）有句话这么多年我一直都没敢问问你，春山当年和赵华都已经好上了，您为啥生生地给他俩拆散？（低头）

赵大有 （上前一步）老张松啊，有一句话，我憋了半辈子啦，我就想问问你，你当支书的时候，天天批、天天斗！你到底为了啥？你到底图个啥呀？（低头）

青 妹 （上前一步）爹！女儿求求你啦！你就让青妹去念大学吧！我根儿红苗正，思想好、纪律好、劳动好、学习好、身体好！爹，我是凭本事考的第一名啊！你为啥把指标给退回去了呢？

【张松站起，每个人把刚才说的重复一遍，谁说话谁抬头，声音越来越大。

张 松 吵什么？……一个一个说！（定住）

【音乐起。

【青妹突然哭了起来。

青 妹 我怕……（所有人看青妹）

张 松 怕啥呀？我是你爹！

众人合 （都用左手指一下张松）怕啥呀？他是你爹！

张 松 唉！（走到春山娘跟前）老婆子，你说得对！我不会生气、也不再埋怨你啦！（过墓碑对王明贺）亲家呀，我绝不冤枉一个好人！也绝不会放过一个坏人！（走到王红跟前）赵华是啥出身？地主！她跟春山套近乎、搞恋爱是别有用心、想拉春山下水！因为他是我这个支部书记的儿子！（走到青妹跟前）孩子，那个上学的指标必须退回去！因为你是我闺女，我这个村部书记是你爹！（张松跟谁说完话谁往前走坐下）

张　松　（走过墓碑对赵大有）大风不刮天不晴。不批判、不斗争怎么能天下太平？怎么能把生产搞上去？怎么能过上社会主义的好日子？

【后面村民站起。

赵大有　（对张松）那些年，你天天喊着："闯着走，斗着干，后面跟大批判！"乡亲们一个个提心吊胆的，谁还有心思搞生产？屁大个事儿，动不动就上纲上线！乡亲们一个个儿大气儿不敢出，小气儿不敢喘，一句真话都不敢说！这叫天下太平吗？雹砸庄稼倒，霜打人心寒！你折腾这么多年，乡亲们过上好日子了吗？（后面农民欲坐，听到张松说话，半蹲）

张　松　咱们雾蒙山，就是有一些个没有改造好的阶级异己分子、落后分子！咱们一天不把他们捋吧直了，就一天过不上好日子！（村民坐，低头，同时张松坐）

王　红　（想不通地）爹，这些年，春山虽然对我不错，可是他嘴上不说，我知道他心里始终还有赵华……他对不起赵华呀！爹，村儿里人都知道，赵华和春山是真心相好，她没想过要害谁呀！

张　松　知人知面不知心！亲不亲，阶级分！她啥出身？地主！地主跟咱贫下中农，是属牛蹄子的，根儿上就是两瓣子！咱跟老赵家，这辈子、下辈子，（吸气）祖祖辈辈永远是栗子黑，榛子白！（村民抬头）

春山娘　（痛苦地）老头子，青妹这孩子呀，脑子钻进去出不来啦！年年到了高考下榜的日子，就到村委会的黑板上去找自个儿名字，跑到邮政所去问有没有寄给她的通知书……老头子，青妹这孩子坐下病啦！

【春山娘说前几句的时候村民议论。

【音乐起，后面农民站起，拿着板凳往前走。

青　妹　喀秋莎、站、峻峭、岸、明媚、阳光……

张　松　（语重心长地）闺女呀，爹是雾蒙山的书记，爹不糊涂！也许咱老张家一辈子、两辈子，永远没这个机会了！可是我折腾来折腾去地想，是好事儿都揽在自己门下，乡亲们会咋看？……闺女呀，你爹我一辈子争强好胜，爹不想让人家戳脊梁骨！

青　妹　……你要是不当这个村支书多好啊！

合　　　（轻声地）……你要是不当这个村支书多好啊！（村民坐下）

张　松　（很凶地）我这个村支书是全体党员选举的，是上级组织批准任命的！我执行的是阶级斗争的路线和纲领，我是执行的是上级领导的指示！我不怕任何人说三道四！我这个村支书当得问心无愧！

王明贺　亲家呀，凡是给你气受的，我这儿都替你记着账呢？我支持春山当支书，就是想让他跟那些和你作过对的人好好算算账！

张　松　魔高一尺道高一丈！

春山娘　那个小本本儿可派了用场啦！凡是本儿上记下的，春山都主动上赶子去串门儿！上赶子给人家办事儿！

张　松　阶级立场可不能出问题！

赵大有　你儿子提着酒菜来敬我，替你给我赔礼道歉！容我把二十年的苦水都吐出来！我从来没这么痛快过！话，说了！憋了几年、十几年，憋了半辈子的气也出了！（大有笑）

【张松放声大笑。

张　松　天有多高，云有多厚，谁能看得透？

王明贺　打过你的，老孟家的二小子，摩托车让人家扣了，春山自己搭着路费，区县里交警队跑了几趟，把车给要回来了！

张　松　这哪儿还有点儿原则？

王　红　那个大老郑半夜三更来找春山，说他仨儿子都不养活他，老儿媳妇
　　　　还把他打啦！春山过去给说和了一宿，天亮才回来！

张　松　大老郑可没少给我下药儿，春山这是干啥呀？

春山娘　春山从城里一回来就说了，说你活着的时候，伤了不少人，欠了不
　　　　少的人情债！

合　　　他要父债子还！（所有人看张松）

张　松　胡闹！我欠谁的债了？

　　　　【赵大有等人（除了青妹）相继站起对张松说词。村民同时站起向
　　　　坐着的张松跟前凑。

赵大有　春山说了，认错才能改错！

王明贺　春山说了，还债才能交心！

王　红　春山说了，容大事儿才能成大事儿！

合　　　春山说了，要想富起来，就不能走过去的路！

　　　　【炸山石音效起，音乐起，韩东醉态慢慢爬起来——

韩　东　你琢磨啥呢？如今你儿子张春山——可比你强多了！

合　　　嗯！

张　松　谁说的？

韩　东　你不服？

合　　　嗯？

张　松　我不信！

韩　东　他不信？……（众大笑）

王　红　大寨田上不种粮食建板栗园，你能同意吗？

赵大有　把地包出去，壮劳力进城打工挣钱，你能答应吗？

王明贺　咱们的土地能转包、能雇人种，你敢想吗？

春山娘　咱山坡地上也要盖上一排一排的"新民居"，你能信吗？

村民甲　如今囤里、仓里的粮食打着滚儿吃！

村民乙　如今最穷的主儿，腰包里也掖个三头二百的！

村民丙　如今最寒碜的户儿，柜子里也有几件像样儿的新衣裳！

村民丁　如今咱雾蒙山的日子，跟早头喽比还真是翻了个个儿！

合　　　吃的、喝的、穿的、用的、攒的、花的……

春山娘　比你当支书那会儿——

合　　　强多啦！

张　松　惊蛰一犁土，春风地气通！节气已经到了？

韩　东　老哥哥呀，咱老哥俩儿打早就盼着雾蒙山能富起来，可咱干了一辈子，临了，临了，雾蒙山还是雾蒙山……如今人家春山打那主意跟咱是两股劲儿，咱是小驴拉磨光绕弯儿，人家一牵就是牛鼻子，劲儿用的是正地方！就像翻山搭梁，越沟跳坎儿，嗖嗖地朝前走！用老百姓的话说，那是头上三尺有神明，一条大道——

合　　　越走越亮堂！

韩　东　张松大哥，不服不行啊！

张　松　这么说，过去我是……

春山娘　批错啦！

赵大有　斗错啦！

韩　东　连那条道儿都走错啦！

张　松　那我儿子都做对啦？

合　　　春山做得对呀！

张　松　（拿起酒杯）喝酒前三杯，好戏后三回，虎父无犬子呀！

　　　　【众人开怀大笑——炸山石的声音三声，青妹边走边唱。音乐起。

　　　　【所有的人都注视着唱着歌走过的青妹。

青　妹　喀秋莎站在俊俏的岸上，歌声抛向明媚的春光……

　　　　【青妹渐渐远去，张松和韩东渐渐站起。

166

# 尾 声

【数日后。雾蒙山下。音乐起。

【舞台一侧一团人：春山娘、青妹在给大有缝着新婚的被子——

【落座，大有哥拿出一条鲜艳的红头巾——

赵大有　青妹，你看，好看不？

青　妹　（点点头笑了）好看……

赵大有　哥给你买的。今个儿哥娶亲，你一定戴上！

【大有将红头巾给青妹戴上。

青　妹　……大有哥！新房已经布置好了，又宽敞又漂亮！

赵大有　（一怔）新房？……我不是早就布置好了吗？

春山娘　傻小子，咱这山里有讲究，冬不暖，夏不凉，新媳妇不住西厢房……

王　红　大有哥，俺娘知道你们家正房没修，今儿个一早儿，就把自个儿的正房腾出来了，我们几个刚忙活完。（另一团人从另一侧上）

赵大有　（感激地）……大婶儿，这合适吗？

王　红　俺娘真跟给自个儿儿子娶媳妇一样！对你呀，比亲儿子还心疼呢！

春山娘　……是心疼，俩孩子打小没了爹娘，磕磕绊绊地吃了不少苦……大有，还有你妹妹赵华，大婶儿心里明白，委屈你们了！

赵大有　大婶儿！……

【韩东家。院内。

【大菊指使着贵成和韩东，剪着大红喜字儿，还有人在剥着花生，准备着喜宴的物品——

大　菊　爹，新房里的炕头儿可烧得热热乎乎的了，一会儿那漂亮的新媳妇可就娶回来了……（第三团群众从后面上）

167

| 韩贵成 | 对，顶花的黄瓜，谢花的藕，新娶的媳妇头一宿…… |
|---|---|

**大　菊**　（嗔怪地）去！……

**韩　东**　（笑）到那边还有不少讲究呢！先放鞭炮迎花轿，红毡地毯铺满道，吃上一顿出门饭，离娘肉要切一刀，梳头穿鞋搭盖头，唱上一句梆子调……最后，小舅子背着新娘走，再把斧子送上轿……

**众**　斧子？！

**韩　东**　这叫新娘坐"福"！

【众人大笑。这团人往后挪。

【赵大有家。堂屋。

【春山、高金荣、王明贺等准备着喜宴的物品——

【王红扶着赵华出——

**高金荣**　哎呀，赵华呀，刚做完手术你可别受了风啊！

**王　红**　我劝不住哇，听你们外面这么热闹，她就忍不住啦！

**赵　华**　我再不出来，这美事儿就全让春山抢着说啦！县里决定，在雾蒙山建设百里林果长廊……

**大柱子**　啥叫长廊？

**赵　华**　就是把雾蒙山方圆百里，建成全省最大的林果基地！

**众**　（惊喜地）真的？！

**王明贺**　这就对了！……大清朝开发塞外那功夫，咱雾蒙山就是皇庄，啥是皇庄？就是给皇上出水果的地方，每年中秋，十几辆大车，一走个把月，把鲜果直接运进皇上的避暑山庄。……想当年……

**高金荣**　（打断）老爷子，别想当年了，还是让春山说说现在吧！

**春　山**　乡亲们，咱们真是赶上好时候了！等婚礼一结束，大有哥就带上咱那百十号人的"雾蒙山建筑队"到城里去啦！等咱们各家各户的板栗园都结了果实，明年开春儿，再把林果长廊建起来，县里很快就把那柏油路修到咱雾蒙山，到那时候……

**大柱子** 到那时候，咱天天都娶媳妇儿！

【众人大笑。

【定格。

【春山从人群中站起……

【画外音响起：

**春　山** 爹，我没听您的话，（群众慢慢抬头看着春山）我回来了，因为我知道您老辛辛苦苦几十年是为了啥。您老放心，您没做完的事儿，儿子会替你做完。您看到了吗？乡亲们现在就像一家人一样，好日子离我们越来越近啦！

【歌声起：（村民相继站起）

好多年好多年的岭

好多年好多年的山

好多年好多年的羊肠小道

【所有人围着春山从左边转，艰难地往后推着小房子。

好多年围着大山转

一步一步这样近

一步一步又是那么远

祖祖辈辈走啊走

何时才走完

祖祖辈辈盼啊盼（相见）

人和（笑）天地宽（定格）

【最后所有人喘息，大笑，定格。张松上，看乡亲们，看观众，谢幕。

——全剧终

# 青松岭的好日子 话剧

编剧：孙德民

创排演出：河北省承德话剧团

**获奖情况：**

被列为国家艺术基金庆祝中国共产党成立100周年大型舞台剧和作品主题创作资助项目，2020年入选文化和旅游部"庆祝中国共产党成立100周年舞台艺术精品创作工程"重点扶持作品，2022年荣获中宣部第十六届精神文明建设"五个一工程"优秀作品奖，2023年入选文化和旅游部新时代舞台艺术优秀剧目展演作品。

# 人物表

| | | | |
|---|---|---|---|
| 秋　歌 | 女 | 27岁 | 省农业大学毕业考取村官，<br>任青松岭党支部副书记，当年车把式钱广的外孙女 |
| 立　春 | 男 | 30岁 | 青松岭淀粉厂厂长 |
| 王保忠 | 男 | 57岁 | 青松岭党支部书记 |
| 钱小雪 | 女 | 55岁 | 秋歌的母亲，钱广的女儿 |
| 立春娘 | 女 | 56岁 | 老妇女主任，立春的母亲 |
| 惊　蛰 | 男 | 46岁 | 村民，淀粉厂生产部主任 |
| 小福妻 | 女 | 40多岁 | 村民 |
| 霜　霜 | 女 | 10岁 | 孙小福女儿 |
| 孙小福 | 男 | 40多岁 | 村民 |
| 晓　芳 | 女 | 31岁 | 王保忠女儿 |
| 二满子 | 男 | 30多岁 | 村民，小福妻的弟弟 |
| 冬　来 | 男 | 40多岁 | 村民 |
| 芒　种 | 男 | 30多岁 | 村民 |
| 山梅嫂 | 女 | 40多岁 | 村民 |
| 其　他 | 村民若干 | | |

# 序　幕

【塞北，山路。

【秋歌提着拉杆箱走来，望着眼前的一切，难抑心潮起伏，不由得
想起当年的一首歌……

【歌声：

　　　长鞭哎一甩哎叭叭地响

　　　赶起大车出了庄

　　　劈开重重雾

　　　闯过道道堼

　　　要问大车哪里去哎

　　　沿着社会主义大道奔前方……

秋　歌　一听见这首歌，就想起了家乡青松岭。老人们常常念叨起当年发生
　　　　的那场夺鞭斗争，被撤换了车把式的钱广，还变成了漏划富农……
　　　　（突然大笑起来）你们猜钱广是谁？钱广……就是我姥爷！……没
　　　　想到吧，如今，大学毕业，我又回到了青松岭！你们一定和我一
　　　　样，都想知道，如今的青松岭变成什么样了，那咱们就一起去看
　　　　看……

【音乐。

孙德民戏剧作品选（2012—2024）

【下午。

【青松岭村口。

【支书王保忠、淀粉厂厂长立春和部分村民聚集在这里。

【晓芳急急走来。

晓芳爹　立春大兄弟，房子收拾好了，院里打扫得干干净净，保准让新来乍
　　　　到的书记满意！

惊　蛰　（疑惑地）书记？……那保忠大哥……咱青松岭有书记呀！

晓　芳　上级派的是副书记，大学生村官！

王保忠　对，对，乡里领导还专门打来电话，往后农村发展，要多依靠有文
　　　　化的年轻人……

惊　蛰　哎……要我说，老支书干得就不赖，还有咱淀粉厂厂长立春，这些
　　　　年，咱青松岭日子是坐着火箭敲锣打鼓——喜气冲天！咱是咋富裕
　　　　起来的，还不是他们带头办起了淀粉厂……哎，立春，咱淀粉厂到
　　　　底啥时候复产开工？

立　春　（心烦地）开工？……没日子！

众　　　（急切地）为啥呀？

立　春　环保设备不合格，人家不许开工！

晓　芳　要我说……

王保忠　（打断地）别说了！……

晓　芳　爹，上级说得对，你闻闻村里空气的味道，你看看村边那条河，都
　　　　变成黄色的了，还有，因为河水污染而荒芜的几百亩稻池……淀粉
　　　　厂必须解决环保设备！

立　春　说得轻巧，钱呢？……一套合格的设备要几十万、上百万！……

惊　蛰　可淀粉厂照这样停下去，大家伙儿去哪儿打工挣钱？说穿了，淀粉厂这棵大树倒了，青松岭家家没柴烧！

【这时，村民议论纷纷，甚至相互争论。

王保忠　行了，行了！……今儿个，为啥把大伙召集到村口，欢迎新来的村官……

芒　种　指望新来的……保忠叔，副书记纱帽翅……还没有你宽呢！

王保忠　你懂啥？人家是省里招录，县里分派下来的，跟上头说句话，还不是家雀扑棱房檐的事，比咱顶使！

立　春　保忠叔说得对，只要大伙别猪往前拱，鸡往后刨，一致要求新来的村官把淀粉厂保下来……

芒　种　可是人家初来乍到，跟咱青松岭没亲没故的……

【这时，突然晓芳指着远处喊道。

晓　芳　你们看，来了！

王保忠　（走在前面）……不对，不对！那不是秋歌吗？……

【秋歌提着拉杆箱走来。

【众人迎上前去。

秋　歌　保忠叔！……立春哥！……

立　春　（惊疑地）秋歌！……你……放假了？（向村外张望）一个人回来的？……

秋　歌　咋？……回家还要别人陪着？（大笑）保忠叔，立春哥，你们这是……

惊　蛰　我们是在欢迎县里新派来的副书记……

秋　歌　我就是上级派到咱青松岭的副书记！

众　　　（一惊）秋歌，你！……

【王保忠、立春与所有的村民都惊疑了，怔住了。

王保忠　秋歌，你！……大学毕业，怎么回村来了？……

孙德民戏剧作品选（2012—2024）

话剧《青松岭的好日子》剧照一

晓　芳　爹，人家秋歌研究生都毕业了！……秋歌，你咋没留城里找工作？

立　春　听说，你不是还想考博士呢吗？

秋　歌　没错！可是后来我改变主意不考博士，而报考了村官，我想用自己学到的知识，回到青松岭，为乡亲们办点事。

惊　蛰　这么说，你是一心巴火要回青松岭？……

秋　歌　对……怎么，不欢迎？！

【这时，有些群众热情地拥向秋歌，也有一些人投来疑惑的目光。

霜　霜　（跑上前）欢迎，欢迎秋歌姐姐！

王保忠　（热情地）欢迎！欢迎！……你看，从打晌午，乡亲们就聚在这儿，欢迎新来的村官。秋歌，既然你回到青松岭，自个儿的家乡，抓起灰来比土热，大叔就更放心了……只是眼下咱青松岭遇上了个难事……

秋　歌　淀粉厂？！

立　春　对，对！你都听说了？秋歌，咱村的淀粉厂是有污染，将来资金充足，咱再想法增添环保设备，防止污染……

王保忠　所以……本来你刚回村，不该难为你，可想你一准能跟县里递上话，想法儿保住咱村淀粉厂……

立　春　对，尽早复产开工！秋歌，你这是临危受命，俗话说，好汉护三村，明天我开车送你去县城！

众　　对！

【惊蛰等人甚至带头鼓起掌来。

秋　歌　不用了！

王保忠　为啥？

秋　歌　县里领导跟我说了……

立　春　又是整改？

秋　歌　不是！……

178

立　春　那是啥？

秋　歌　立即关停淀粉厂！

立　春　立即关停？

众　　　关停？！……

秋　歌　没错！保忠叔，立春哥，这次县里大力推动转型升级，下定决心要淘汰一批小、散、污的产业，还给老百姓绿水青山，让乡村振兴迈上新台阶！

立　春　那……秋歌，你答应了？

秋　歌　我还写了保证。

王保忠　还写了保证？！

立　春　你！……你就是……也该跟我们商量商量……

　　　【没有人说话，看得出有人思绪重重，有人根本想不通，也有人暗暗高兴。

　　　【一束束光下。

冬　来　你……还没进村，就背着大家伙，答应关停淀粉厂，这是吃庄害户！闹了归齐，你是冲着淀粉厂才回来的？！

惊　蛰　这哪儿是冲淀粉厂，断了大伙儿的财路，这是冲青松岭！当年的"钱广"又回来了，老钱家要杀回马枪了……

芒　种　俗话说，疙瘩宜解不宜结，总不能老猫房上睡，一辈传一辈。真要是属牛蹄子的，作根就想跟咱两瓣子，我还真不认这壶醋！

冬　来　放心！狗尾巴花成不了牡丹，青松岭还是老支书说了算！

山梅嫂　对，淀粉厂不能停。瞎子逮蝈蝈，还得听听呢！……

小福妻　还听？！值为污染，我们当家的都病成那样了……俗话说，私凭文书官凭印，我们就该听上级的！

　　　【灯亮。

冬　来　可淀粉厂真的关了，咱老少爷们吃啥？喝啥？……

惊　蛰　就是……大家伙儿听我说一句啊，钉鞋怕没掌，盖房怕没梁，拿不出新章程，甭想关停淀粉厂！

众　　　对，对！……

【说完，人们渐渐走去。

【王保忠和立春也走了。

晓　芳　秋歌，给你安排的房子，已经收拾好了，就在村部旁边……

秋　歌　不，晓芳姐，我回家住……

【这时，不远处的一束光下，钱小雪站在那里。

钱小雪　（急急走来）秋歌！……

秋　歌　妈！……

【秋歌主动抱住妈妈，晓芳悄悄走去。

秋　歌　妈，您怎么来了？

钱小雪　你刚进村，就有人给我捎话……秋歌啊秋歌，你为啥不留城里要回来当村官？这么大事，你咋不跟妈打声招呼？

秋　歌　我怕……

钱小雪　怕我不同意？你说对了，妈现在也不答应！我嘱咐了又嘱咐，大学毕业，考研，考博……考啥都行，妈供你，将来一定在城里找工作，就是去给人家打工，哪怕是去要饭也不该回到青松岭！……刚才，人家那些冷脸子都是冲着你，冲着咱们老钱家，妈看着都扎心……

秋　歌　那些陈芝麻烂谷子，甭管它！

钱小雪　你不管，人家管！……这么多年，妈是怎么熬过来的，泪水淹心……这不，为个淀粉厂，闹不好，就得把你吃了。再翻起老账，你还让妈活不活？……秋歌，听妈的话，马上走，回城！一天也不在青松岭，必须走！……

秋　歌　妈，您总该让女儿说句话吧！

180

【钱小雪不容分说，拉起女儿的箱子，径直向村外走去。

【秋歌看见母亲哭了，接过拉杆箱子。

秋　歌　妈，好，我走……

钱小雪　别忘了，有一天……回来接妈……（哭着扭身回村）

【灯暗。

【灯亮。

【秋歌拉着箱子，思绪重重……

【音乐，伴唱：

　　　　村路漫漫　往事还在蜿蜒

　　　　尽管岁月已经久远

　　　　落叶的季节早已过去

　　　　没有不会来临的春天

【秋歌站住了，她拉着箱子回到村街上，夜晚，家家大门紧闭，她只得坐在街旁的一块石头上……

【秋歌的画外音：

　　　　深夜，村落里是那么静谧，每家的房门都关得紧紧的，离我很远很远……我多想告诉他们，我是真心地选择回来，选择和他们在一起……

【突然，不远处的院内亮起了灯光，那是孙小福的家，小福妻走出。

秋　歌　小福婶子！

小福妻　（一惊）秋歌！……快进来，咋，你没回城？

【秋歌摇摇头。

小福妻　刚才我还去你们家，想看看你，你妈说，她让你回城了。

【二人进屋。

孙小福　秋歌来了？（咳嗽）

秋　歌　小福叔，您病了？

小福妻　哮喘……

秋　歌　我去拿药……（欲走）

小福妻　（阻止）不，霜霜和她舅舅去拿药了。……

孙小福　天天闻着这气味，憋得难受，一到晚上，躺都躺不下，喘不过气
　　　　来……村里得这种哮喘的人越来越多……

小福妻　就是，连立春他娘都住几次院了……你说也是，这些年淀粉厂是让
　　　　大家挣了几个钱，可从打得上病，天天吃药，不瞒你说，挣来的
　　　　钱，早都流走了……秋歌，今儿个村口的事，婶子都看到了……
　　　　唉，淀粉厂的事，难哪……

秋　歌　小福婶子，再难，咱也得解决！

小福妻　要说，立春也不容易，这些年没白没黑，闹个淀粉厂，也是为大伙
　　　　儿……如今，连媳妇都没找。是啊，要不是你上了大学，挺般配的
　　　　一对，还兴许散不了……

秋　歌　（笑了）谁说的，立春？……

【正在这时，二满子与霜霜走进。

二满子　姐，药取回来了……哎，秋歌！你来了……

秋　歌　二满叔！……不对，我该叫二满舅舅……

小福妻　对，对……你这个舅舅都三十大几了，还打着光棍呢！

秋　歌　咋，还没结婚？

霜　霜　秋歌姐，舅舅的新媳妇刚进村就跑了……

小福妻　还不是让淀粉厂闹的……去年，花了不少彩礼，好不容易说了个媳
　　　　妇，定亲那天，人家姑娘一闻村里的气味，豁出退了彩礼，也不往

182

青松岭嫁了……

二满子　秋歌，听你娘说过，等你大学毕业，就把她接进城里。如今，你又回来了，她乐意吗？

秋　歌　这不，都没让我进家门，就赶我回城……

霜　霜　秋歌姐，今晚你就在我家，跟我住！

小福妻　对，这几天你就住在这儿，秋歌，你不知道，我们老公公活着的时候说，当初，你姥爷赶大车，常给他捎卖啥榛子、蘑菇……后来你姥爷挨整，我们老公公心里还过意不去，常常嘱咐我和你小福叔关照你们家……（笑）咱两家还真有点儿特殊关系！……

【众笑。

二满子　姐，那我回去了！

【二满子离开。

秋　歌　霜霜，几年级了？

霜　霜　五年级。

秋　歌　在镇上读书？

霜　霜　是。

秋　歌　那每天要走很远的路……

霜　霜　赶过了年，我就不去了。

秋　歌　为啥？

霜　霜　爸爸有病，吃药花了很多钱，我不想念了，还能照顾爸爸……

秋　歌　你妈妈知道吗？

【霜霜摇摇头。

秋　歌　霜霜，爸爸的病会慢慢好起来的。再难你也要念书，只有靠知识，才能过上好日子，将来要读中学，念大学……有啥难处，姐姐帮你。

霜　霜　（露出笑容）秋歌姐，将来我想学唱歌！

秋　歌　你喜欢音乐?

【霜霜点点头，笑了。

霜　霜　秋歌姐，我给你唱一首咱青松岭吧!

（唱）　长鞭哎一甩哎叭叭地响哎

赶起那大车出了庄

劈开重重雾

闯过道道壑

要问大车哪里去哎

沿着社会主义大道奔前方……

【秋歌听着，似乎在想什么。

霜　霜　秋歌姐，我唱得不好听吗?

秋　歌　好听，真好听!……霜霜，你唱的那是当年的青松岭。有一天，姐
姐教你唱未来的青松岭，新时代的青松岭!

【音乐。

【灯暗。

二

【伴唱

不再是当年的岭

不再是当年的山

不再是清凌凌的河水

映着蓝蓝的天

【几天之后。

【立春家。

【二满子背着立春娘走来，晓芳和霜霜提着住院用品跟在后面。

立春娘　哎呀！快，快把我放下！可算是到家了。二满子，小芳，你们快歇歇，我可咋谢谢你们呀！

小　芳　婶子，我们应该的……

二满子　老嫂子，客气了不是！

立春娘　也真不巧，今儿个立春出差没在家，赶这个节骨眼儿出院，不找你们……路又难走……

二满子　老嫂子，把话说远了，这些年哪家有事您都操心帮衬，有病的，孩子进城念书的，去年，还帮我介绍对象……

立春娘　快别说了，还没帮成……

二满子　那不怪您，怪……

立春娘　怪淀粉厂，连我这病，还有霜霜她爸……

霜　霜　我爸我妈天天念叨，您截长补短地周济我们，还给我爸买药，送鸡蛋……

立春娘　噢，霜霜，你爸的病好些吗？

霜　霜　（摇摇头）还是不见好。

【正在这时，立春推着自行车急急走来。

立　春　娘，娘……咋提前出院了，您也不跟我说一声……娘，您是怎么回来的？

立春娘　这不，抄个近道，二满子背着回来的，还有晓芳、霜霜……

立　春　（感激地）二满叔，谢谢你！

【二满子没有理睬立春。

二满子　老嫂子，您好好养着，有事就招呼我，我们走了。

【说着，二满子拉起霜霜欲走，又返回。

二满子　立春，往后，别叫我叔了。你是淀粉厂厂长，我二满子就是个打谷

孙德民戏剧作品选（2012—2024）

茬子的，光棍一条，连媳妇都说不上，哪配当你的叔呀！

【音乐。

【二满子拉着霜霜走去。

晓　芳　立春兄弟，别怪二满叔，他说的是气话。

立春娘　立春，娘急着出院，就是想跟你说，关停淀粉厂那是上级定的，有
　　　　　章程，咱可不能拧着……

【立春不语，蹲到自行车前擦拭着。

晓　芳　大娘说得对，昨晚上我也劝我爹、立春大兄弟，听秋歌的，没错！

【立春依然不语。

立春娘　我们说的话，你听没听见啊？！

晓　芳　（突然悟出）欸，立春大兄弟，我刚纳过闷儿来……我问你，这辆
　　　　　自行车你骑了多少年了？

【立春不语。

立春娘　还是到镇上念中学那工夫买的，都十几年了，天天摆弄，出门从不
　　　　　离身……

晓　芳　（故意地）为啥呀？

立　春　你说为啥呀！

晓　芳　有感情呀！……大娘，我没说错吧？（笑）

立春娘　当娘的心里明白，这是个"念想"……那时候上学，秋歌天天坐在
　　　　　立春的车子上……

立　春　（阻止）娘！……

立春娘　好，不说了！

晓　芳　所以……对，立春大兄弟，是谁说的了，人生最怀念的是初恋！

【众笑。

立　春　可是，人家进村就关停淀粉厂，给我来个下马威！

【这时，王保忠走来，惊蛰紧紧跟在后面。

186

惊　蛰　老支书，到底咋办？你倒是说句话呀！

　　　　【王保忠依然不语。

王保忠　老嫂子您回来了？怎么样呀？

立春娘　好多了！

惊　蛰　老支书，你倒是说句话呀！那……立春，你打算怎么办？

　　　　【立春也不说话。

　　　　【少顷。

　　　　要我说，醋打哪儿酸，盐打哪儿咸，根子就在……你们听听是不是这
　　　　么个理儿……秋歌大学毕业，连研究生都毕业了，也不在城里找工
　　　　作，不接钱小雪进城享福，偏偏回到青松岭当村官，为啥？她傻呀？
　　　　要是没啥打算……

晓　芳　有啥打算？

惊　蛰　俗话说，变戏法儿瞒不过打锣的，秋歌心里是记着一笔账！……当
　　　　年，她姥爷钱广挨过整，钱小雪也跟着受了一辈子委屈。当娘的心
　　　　结，闺女能不铭心刻骨记一辈子吗？……

晓　芳　不对，秋歌不是这样的人！

立　春　可是……

惊　蛰　对，立春你说，你说说！

立　春　保忠叔，您想过没有，秋歌能在村里待多久？……有一天她走了，
　　　　青松岭咋办，她还会管吗？

惊　蛰　立春，你真算说对了！秋歌在城里有房子，早就安排好后路了！

　　　　【众人疑惑地望着惊蛰。

惊　蛰　你们不知道？当年钱广临终，给闺女小雪留下几个钱，让她往后在
　　　　城里买个住处，有一天好离开青松岭。听说，头两年房价便宜，小
　　　　雪就置办了两间……

晓　芳　这跟秋歌有啥关系呀？

187

惊　蛰　当然有关系，秋歌在城里已经有对象了！……（对立春）对不对？她不结婚了？她能在乡下成家立业吗？（走近立春娘）老姐姐，您说呢？……这么多年，您可是一步步走过来的……

立春娘　是啊，这么多年，我是一步步走过来的，在青松岭走了一辈子。可不知为啥，这几年，当初有些事，越想心里越不是滋味。就说秋歌她娘小雪，当初那是又端庄又聪明，可就值为她爹钱广，吃了多少挂落……想到这儿，我心里一直觉得愧疚。当初，我也是村里的干部，生生拆散了她和保忠的婚事，后来，她上学上不成，嫁人又命苦，年轻轻地守寡，她委屈了一辈子！还差点让一个好端端的女人寻了短见……说心里话，这些年，没见她串过一家门，连街坊邻居也难听她说上一句话……我们对不住小雪，对不住老钱家，至今想起来就后悔……可如今，秋歌回来，你们听她说过一句抱怨的话吗？……

　　　　【正在这时，秋歌走来。

秋　歌　大娘！……

立春娘　（热情地）秋歌！……

秋　歌　保忠叔，立春……你们都在呀！

　　　　【此时，立春又去擦拭自行车。

秋　歌　大娘，听说您刚出院，病好些了吗？……

立春娘　好多了！这姑娘越长越水灵。立春，快，给秋歌倒水！

秋　歌　不用，我自己来……（说着走到立春跟前）

　　　　【立春依然蹲在那里。

　　　　【秋歌望着自行车，忽然想起什么……

秋　歌　立春哥，这辆自行车？……

立　春　（望了一眼秋歌，冷冷地）还认识吗？

秋　歌　当然认识！上中学的时候，我可没少坐二等……

188

立　春　我以为你早就忘了呢!

秋　歌　（笑了笑）怎么,立春哥,你还在骑它?……

晓　芳　一步不离,给个汽车摩托都不换! 也不知是为啥,是喜欢车,还是惦记着人?……

　　　　【说完,与秋歌等笑了起来。

立　春　打住!

晓　芳　好,不说了。秋歌,你们说正事……

立春娘　那你们聊。晓芳,走,扶我进屋。

　　　　【晓芳、惊蛰扶立春娘走去。

秋　歌　保忠叔,立春哥,这几天,我把村子都转了,去了淀粉厂,还走遍了咱青松岭的沟沟岔岔……说心里话,我真没想到,淀粉厂的污染会是那么严重。那变黄的河水,还给下游的几个村带来严重的后果……看到河边那几百亩稻池已经荒芜,我真的心疼了……更何况,还不仅仅是污染。随着产业升级,青松岭这个小小的淀粉厂已经不能给村民带来更大的前景和希望……再这样下去,就是大家挣几个钱,土地没了,健康没了,前景没了,我们的根没了! 青松岭如何振兴,还会有好日子吗?

　　　　【秋歌内心十分激动,保忠、立春默然无语。

秋　歌　为了咱们能过上好日子,上级才号召我们要绿水青山……

立　春　（打断地）上级、上级……当初办淀粉厂也是上级说的,保忠叔,你说是不是?

王保忠　是,是,当初乡里要求村村上项目、办企业……看见别的村红红火火,我急得吃不下睡不着,嗓子眼儿憋出个大疙瘩,青松岭该咋办? 那工夫,真是穷小子想上供,又没猪头,又找不着庙门……后来,还多亏了立春……

立　春　我就是因为听上级的,宁可关了城里的运输社,回到村里,白手起家，顶着星星，啃着干粮，搭着钱，出着力，办起了淀粉厂，让村民就近卖土豆，进厂打工挣钱……

王保忠　那工夫，立春不愧是个党员，为全村发展挑起大梁，有了淀粉厂，村民富了，腰包鼓了……

秋　歌　后来，立春哥当劳模，上光荣榜，登报纸，拍电视，成了全县的改革先锋，青松岭也成了模范村……

惊　蛰　还有，前两年扶贫划杠，咱青松岭就是因为有淀粉厂，村民收入高，才没划成贫困村。

秋　歌　这些我都知道。

立　春　可如今，上级又说……

秋　歌　立春哥，你先别急，你说的都是实话，你做出的贡献，至今，乡亲们还都记在心里。可谁能想到它今天竟会产生这样严重的后果……

惊　蛰　哦……这回我听明白了，闹了归齐，当初立春建淀粉厂不光错了，还挺严重，给青松岭造成今天这样的后果！立春，你这个厂长可是木匠做枷，自作自受！

立　春　咋，炒豆大伙吃，炸锅一个人的事？！保忠叔，当初可是您请我回来的，这不假吧？！……如今，要关淀粉厂，您是村支书，您说吧！

　　　　【立春生气欲走，又返回。

立　春　还有，关了淀粉厂，青松岭怎么办？全村人吃啥？喝啥？……

秋　歌　所以，我们要乡村振兴……

立　春　振兴，振兴，说得好听，咋振兴？……我再问你，你……（欲说又止）

秋　歌　问哪！……

立　春　你能在青松岭振兴一辈子吗？……（说完急急走去）

王保忠　哎呀……（喊）立春！立春！……

惊　蛰　立春……

【王保忠与惊蛰追下。

秋　歌　立春哥！……

【秋歌没有追上立春，眼前的事情却让她陷入了深深的思考。

秋　歌　我不能怪他……就像生活中没有一条路会让你白走的，就像有些错误你不去犯，你根本不知道它会是错误！咱农村要发展，乡亲们要过上好日子，难免遇到坑坑洼洼，走过沟沟坎坎……需要摸索、尝试，该变化就得变化！这变化是朝前走，是进步。现在提出绿水青山，就是农村发展、农民富裕最好的一条路！……还有，立春是有一个心结在挡着他往前走……所以，我秋歌还有这点儿自信，他，一定会听我的！

【音乐。

【灯暗。

# 三

【伴唱：

晚风乱絮纷纷飞

一杯苦酒一生泪

万缕千丝无释处

谁为亲人润心扉

【次日。

【钱小雪家的院子里。

【淀粉厂生产主任惊蛰，还有冬来、芒种、山梅嫂等人已经来到院子里，秋歌热情让座接待。

秋　歌　惊蛰叔？你们……快坐！（又朝屋里喊）妈！惊蛰叔他们来了，快沏壶水来！……

【屋内没有回答。

秋　歌　（欲进屋）我去沏水！……

【众人阻止。

惊　蛰　不，别……我们不渴。

众　　　对，不渴，不渴……

秋　歌　惊蛰叔，你们找我有事？

山梅嫂　没事，没事……

冬　来　咋没事？！没事咱们干啥来了？惊蛰叔，你出的主意，你先说……

惊　蛰　我？……噢，对，对，那我带个头儿。秋歌，今儿个我们来呢，是想……给你提个意见……

秋　歌　提意见？好哇！快坐。惊蛰叔，您说……

惊　蛰　秋歌，你大学毕业，主动回家乡当村官，乡亲们打心眼儿里欢迎……

冬　来　哎呀，咱们直肠马肚行不行？淀粉厂！

惊　蛰　对，对，淀粉厂。那天，你说得不错，淀粉厂是有污染，要不上级为啥给咱停了。可秋歌，你是不知道，它给乡亲们带来多大好处，咱不能把良心挟在胳肢窝里！可你回来，就硬跟老支书和厂长对着干，也要把淀粉厂关喽不可，如今倒好，立春把责任全推到老支书身上，两个人也成牛蹄子两瓣子了……秋歌，你惊蛰叔给你提个醒，你是副书记，不能盘子里扎猛子——不知深浅……

冬　来　就是，你是青松岭的村官，不替乡亲们说情，咋还跟大家伙儿对着干……

芒　种　秋歌，有些事也甭藏着掖着，乡亲们心里都明白，当初钱广叔挨整

192

也好，你娘受委屈也好……你可不能值为那些恩怨，如今跟青松岭过不去，跟老支书过不去！

惊　蛰　你是听不见，乡亲们已经风言风语，说你回来是君子报仇，十年不晚……

【正在这时，突然，钱小雪从屋内冲出。

钱小雪　你胡说！……

秋　歌　妈，您……

惊　蛰　胡说？！小雪嫂子，正好我想问你，秋歌大学……对，研究生都毕业了，为啥偏又回到青松岭当村官？不是你的主意，她能回来吗？

钱小雪　（气急地）你！……造谣！（险些晕倒）

秋　歌　（扶着母亲）妈，您先进屋……

【秋歌送母亲进屋，返回。

秋　歌　（生气地）你们还想说什么？！

山梅嫂　秋歌，我们没有恶意，就是想让你跟上级反映反映，留住淀粉厂，哪能放着河水不济船，哪头炕凉，哪头炕热，别胳膊肘往外拐……

冬　来　对，对，再说，钱广叔早就平反了，都过这么多年了。说句贴心着骨的话，还记着那些隔年的衣服、隔夜的饭干吗？……

芒　种　我再说一句，不知你爱听不爱听，眼下你还只是个副书记。俗话说，豆芽菜长一房高也是菜。如今，当副手的，都是大姑娘拿钥匙——当家做不了主。青松岭还是一把手说了算！

惊　蛰　我看这样吧，秋歌，今天，我们也算群众吧，该说的话都撂这儿了。你这当村官的好好掂量掂量，至于淀粉厂关停不关停……

秋　歌　（打断地）淀粉厂必须关停！

【众人一惊。

惊　蛰　你说啥？……合着我们今天苦口婆心、掏心掏肺白说了？……

秋　歌　惊蛰叔，我相信你们说的是掏心掏肺的心里话，可这些……都不是我心里想的，也不是我娘心里想的……几十年了，甭说我没经历，就是真有什么陈芝麻烂谷子的事，我秋歌也没工夫去想它。惊蛰叔，我现在想说的是，你们今天来最该问我的一件事，你们忘了！

**众**　　啥事？

**秋　歌**　关停淀粉厂之后，咱青松岭该干什么？

**山梅嫂**　是啊，秋歌，那你想干什么？

**秋　歌**　我要在青松岭建一个蔬菜种苗的农业园！

**惊　蛰**　（一惊）什么，什么？……"农业园"？……

**秋　歌**　对，走绿色发展的路，振兴农村经济！

**惊　蛰**　（大笑）得，得……秋歌，我们都种了一辈子地，啃了一辈子土圪拉了，还要振兴……啥"农业园"？

话剧《青松岭的好日子》剧照二

秋　歌　惊蛰叔，你们听我说……

惊　蛰　我们不听！（对众）走！秋歌，甭说了，咱们再打开天窗说亮话，你当这村官，不就是要在乡下干出点儿成绩、镀镀金……回城弄个好工作。可关了淀粉厂，让大伙儿喝西北风啊！

众　　就是……

秋　歌　我不会走！

惊　蛰　谁信呀？我问你，你对象在城里，对吧？你妈在城里有房子，对吧？你不走？！上坟烧报纸——糊弄鬼呀！……

【众人走去。

【秋歌返回院内，见母亲钱小雪正坐在那里擦拭泪水。

秋　歌　妈，我知道您一准生气了……

钱小雪　秋歌，妈求你了，别再当这个村官了，离开这儿，妈和你一起走！

秋　歌　妈，您害怕了？用不着，我就不怕！听蝲蝲蛄叫，还不种庄稼了？既然我回来，我想的就不仅仅是淀粉厂……

钱小雪　秋歌，就是没有淀粉厂的事，妈也想跟你说，我一天也不想在这儿待了。今天，妈拿定主意了，和你一起离开青松岭！……

秋　歌　妈，就值为当年我姥爷的事……（给母亲倒了一杯水）那都过去多少年了！您听我说，如今，咱们国家已经进入了一个新的时代，过去那些沟沟坎坎的事，再也不会发生了，您说是吧，我姥爷平反了，当初做错的，也都纠正了。如今政策越来越好……所以，妈，听女儿的，别再为我姥爷的事，折腾自己……

钱小雪　不，秋歌，不光是为你姥爷，唉！你不知道妈心里的苦，在妈心里，青松岭是永远的痛啊！……

秋　歌　那是为保忠叔？

钱小雪　（吃惊）你咋知道？

秋　歌　记得我姥爷活着的时候，跟我念叨过几句。妈，您跟保忠书记到底咋回事啊？

【音乐。

钱小雪　……苦了一辈子，折磨了一辈子，不想说出来，也是一辈子！……小时候，村里人都夸我长得俊俏，在镇上读中学，年年是第一名。那时，我和王保忠是同学，从村子到镇上十几里山路，每天上下学我俩都一起走……

【定点灯光下，王保忠显现。

王保忠　（自言自语）不管刮风下雨，天天如此，每当过村边那条河，都是我背你过去……

钱小雪　慢慢地，我们俩……恋爱了……

王保忠　村里人都说，多般配的一对！

钱小雪　后来，村子里抓阶级斗争，我爹挨整，被夺了鞭杆子，还划了富农成分……

王保忠　我出身好，是团支书，村里的重点培养对象，因为跟你恋爱，村里领导批评，公社书记谈话，让我站稳立场，跟你一刀两断……分手！

钱小雪　你偷偷找过我几次……

王保忠　我……我怎么跟你开口啊？每次都想解释，可每次咱俩都是哭着……恋恋不舍……

钱小雪　可最终你还是离开了……我整整哭了三天三夜……后来，我不哭了，立志摆脱命运的不幸，我没白没黑地看书、复习……听说，公社推荐，就可以报考大学……

王保忠　我记得，那些日子，你天天往大队部跑，等着推荐结果……哪承想，人家是推荐工农兵学生，你因为成分不好，根本就没有你的名字……

钱小雪　天真的塌了，眼前唯一的路被堵死了，我绝望了，彻底绝望了！从那个时候起，我相信命了，相信自己的命就是这样苦，既然这样，我活着还干什么呢？……

王保忠　有一天，你喝了农药，跌跌撞撞向村外走去……

钱小雪　我不想死在家里，不想死在我爹跟前儿……

王保忠　谁知，在山上又遇到了正在砍柴的孙小福，他背你去了医院，你被救活了。

钱小雪　打那，我像变了一个人，每当下地干活，走过村街，我都低着头，不说一句话……忽然有一天，听说你要结婚了。乍一听说，不知为啥，又想到死……可转念一想，我得争口气，你结婚，我也结婚，你定在哪天，我也定在哪天！于是，放鞭炮，坐花轿……我争了脸，出了气……可热热闹闹的婚礼过去，我整整哭了一宿，哭了一宿啊……

王保忠　我知道，你那是在赌气！结果嫁了一个病汉子……而我娶的女人，头些年进城打工，后来丢下我和女儿晓芳跟着一个包工头走了，十几年没有音信，为了照顾晓芳，我一直过着单身的日子……

　　　　【灯暗，王保忠隐去。

　　　　【一束光下。

秋　歌　有时岁月就是这样无情，让人生会有许多错过，甚至连后悔都来不及……可是，在他们苍凉无奈的怨悔中，尘封在内心深处的记忆，至今都没有泯灭，也许有一天，还能换来真心相守……

　　　　【灯暗。

　　　　【灯亮。

钱小雪　后来，你爹病死了。妈妈让你改姓"钱"，成为钱家人，就是想让你永远记住妈妈的不幸遭遇……

　　　　【钱小雪哭了。

秋　歌　于是，您就起早睡晚，每天都要走十几里地挑着担子去集上卖菜，一分钱一分钱地攒，供我上了大学……

钱小雪　连做梦都盼着你大学毕业，能让妈走出这伤心一辈子的青松岭。秋歌，这是妈最后的盼望……（流泪）

秋　歌　妈……（哭了）妈！……我理解了，为什么那天我刚刚回到青松岭，您连家都没让我进，就连夜逼我回城……

钱小雪　秋歌，眼下淀粉厂动不得。立春当厂长，当初，我死活不同意你们俩在一起，如今，他能不记这个仇？再说，你看见了吧，关了淀粉厂要得罪多少人，你让妈往后的日子怎么过，还让妈活不活？

秋　歌　活！女儿要让您活得更好！妈，您听我的，过去的就让它过去，别总把晴天当阴天过！您看，太阳天天出来，而每天升起的都是崭新的……咱们家呢？如今，您闺女是研究生，又入了党，还当上村官。再说我姥爷，年八辈子就平反了。妈，您想过吗？当年我姥爷走的是个人发财的路。如今，咱们乡村振兴是要过上共同富裕的新生活！往后，您就看您闺女把学到的知识带回来，和大家一起办智慧农业，做新型农民，让青松岭走出一片新天地，家家户户过上好日子！……

【王保忠走上，犹豫欲走，被院内秋歌看见，迎上前去。

秋　歌　保忠叔，您这是……

王保忠　我……我是想找你……

秋　歌　那咋不进来呀？

王保忠　不……

【秋歌上前把王保忠拉进院内。

钱小雪　你？！走错门了吧？有事，你们去村委会！

秋　歌　妈，是我让保忠叔进来的！

王保忠　是啊，多年没登门了。小雪，我知道，这辈子，对不住你……

198

钱小雪　对不住！……有用吗？有用吗？……我已经泪水淹心了一辈子，你们又来为难秋歌……你给我出去！出去！……

秋　歌　（阻止）妈，我跟保忠叔有事！……（对王保忠）别怪我妈，保忠叔……（故意地）您……当初，可够狠的！……我去烧壶水。（进屋）

王保忠　我知道，你恨我……其实，小雪，后来，我几次都想偷偷跟你解释解释，那次你去卖菜，我追到集上，可你不理我，这事儿，至今都是我心上的一块病……唉，如今说啥都没用了，不过后来，钱广叔平反，秋歌上大学，还有她入党，都是我写的证明材料……

【钱小雪没有理睬王保忠，转身进屋。

【秋歌端水走出。

秋　歌　咎由自取！（笑）……保忠叔，找我有事？

王保忠　还不是为淀粉厂的事。秋歌，那天立春说的，你都听见了，办淀粉厂是我找的人家，如今扔葫芦摔瓢只能冲我来，你说，让我咋办？闹得我每天折饼子，压炕席，几天几夜没合眼，越寻思越成了糊涂庙里糊涂神……你说，一辈子我都跟着党走，听上级的话，如今淀粉厂的事咋成了棉袄袖子着火，自己抖搂不了……当初，那也是上级帮咱扶上墙，如今咋又撤梯子了呢？

秋　歌　（大笑）保忠叔，您这话不对，不是扶上墙，又撤梯子。您在农村当了这么多年干部，一定知道，咱农村，从打解放以后，在往前走的路上，风风雨雨几十年了，这当中，有多少沟沟坎坎……遇上沟沟坎坎咋办？俗话说，上了高山才知风大，蹚过大河才知浪急，没有这些沟沟坎坎，哪有今天的好日子，不迎风破浪哪能走进眼前的新时代……是啊，咱农村是这样走过来的，咱中华民族不也是这样走过来的吗？我们今天才明白"绿水青山就是金山银山"，要用绿水青山来引领农村经济的振兴，您说对不对？

王保忠　要说也是，回过头来，路走偏了，光想办厂挣钱，树没了、地扔了、人病了……哪儿像庄稼人过的日子啊！……

秋　歌　保忠叔，您和立春办乡镇企业，让农民富裕的想法没错。可是淀粉厂带来了污染，破坏了环境，再说，又上不了规模，已经走进死胡同了，不关停行吗？

王保忠　（点了点头）只是，秋歌，咱要关了淀粉厂，你说，咱青松岭可咋办哪？如今，上级又要求振兴乡村经济，干什么，怎么干？我心里一点儿底也没有……

秋　歌　保忠叔，我就想跟您说这事，在农业大学我是学园艺搞蔬菜的，研究生毕业之后，又在学校农场学习了不少东西，回村之前，我就有个想法，正想听听您和立春的意见……

王保忠　（着急地）啥想法？粗粉细粉你快给我露露！

秋　歌　保忠叔，那咱先吃饭，您喝上两盅，我慢慢跟您说！

【音乐。

【灯暗。

# 四

【伴唱：

　　羊肠小道围着大山转

　　走了一年又一年

　　如今要绘新风景

　　青松岭别有一重天

【几天以后。

【立春家。

【立春娘儿俩在家，立春心事重重，闷闷不乐。

立春娘　（埋怨地）咋，今儿个还不出门？整天躲在家里也不是事啊！要我说，淀粉厂该咋办就咋办……

立　春　您少磨叨两句行不行？……您说该咋办？淀粉厂有污染，我心里都明白，可要马上关停，土豆没销路，工人不挣钱，乡亲们靠啥致富，青松岭如何发展？

立春娘　哎……记得还是集体那工夫，万山大叔就说过，要好好整整青松岭的山，治治青松岭的水，可二三十年过去了，再看看咱现在的青松岭……

立　春　这……怪谁，怪我呀？……

立春娘　那就赶快找秋歌商量商量……

立　春　不想商量……

立春娘　为啥？

【立春不语。

立春娘　娘知道，你心里不痛快，拴着个结儿，可这就是命啊！当初，一心巴火跟秋歌好，后来呢？人家上了大学，那在城里找对象，也是天经地义啊！再说，当初秋歌娘不同意你们俩在一起，要说那也不怪秋歌娘，换谁也会这样，要怪你就怪我，是咱伤害过人家……

立　春　我谁也不怪！

立春娘　可你……为啥一直不想结婚，那提亲的都踢破门槛了吧，你就是不见不答应，谁也装不进你的心里……立春啊，三十了，这是娘心上的一块病啊！

【正在这时，晓芳走来。

晓　芳　大娘！……立春兄弟，你在家呀？！人家秋歌到处找你，打电话也不接……

立　春　我不想接！

晓　芳　立春兄弟，关停淀粉厂，我爹同意了！

立　春　什么？……保忠叔同意关淀粉厂，不会！

晓　芳　没错！昨晚上我爹去秋歌家，他们俩谈了大半宿……

立春娘　（一惊）晓芳，你说啥，你爹去小雪家了？！

晓　芳　还在那儿吃的饭，喝的酒……

立春娘　秋歌她娘也在？

晓　芳　我爹没说，就说关了淀粉厂之后，秋歌要在青松岭建一个什么"农业园"……对，正要找立春兄弟商量呢！

立　春　"农业园"？！什么"农业园"？……

晓　芳　我爹也没说清楚，就听他磨叨，还是秋歌念过大学，就是有见识，咱青松岭这回有奔头了……对，我爹也跟秋歌说了，淀粉厂你是厂长，又有股份，必须征得你的同意。

【正在这时，只听喊声："立春哥！……"秋歌走来。

【立春不顾立春娘与晓芳阻拦，急忙躲进屋内。

秋　歌　大娘！晓芳……

立春娘　哎……秋歌……

秋　歌　立春哥不在？

话剧《青松岭的好日子》剧照三

立春娘　（故意指着屋内）没在，没在……

晓　芳　（故意地）我也找他，立春大兄弟真的没在……

秋　歌　立春哥一准是躲着我，连电话都不接，不过，（冲屋内）他呀，躲过初一，躲不过十五！……

【众人笑。

【这时，立春娘突然一把拉过秋歌。

立春娘　秋歌，大娘问你，昨儿个，你保忠叔真的去你们家了？

秋　歌　（笑了）是我硬把保忠叔拉进去的！

立春娘　那你妈……

秋　歌　我妈呀……非要把保忠叔赶出去！……后来嘛，保忠叔一再解释，说了一大堆话都是自己的不是，认错诚恳，检讨深刻……（想起地）对，对，保忠叔还说，这些年连您想起当初都挺后悔的……

立春娘　对，对，是后悔……（感叹地）这就好，这就好！……我也早该过去……

秋　歌　大娘，不用！那些陈年旧事，早就翻篇了！

【众笑。

立春娘　秋歌，这些日子，让你操心了，为个淀粉厂，着急上火了吧，大娘劝你，甭跟立春生气，打小你们俩就在一起，你知道，他性子急，脾气倔，一时转不过弯来……

晓　芳　秋歌，立春躲着你，兴许是正在做思想斗争呢！

立春娘　（想起地）噢，秋歌，听说你有好主意了，要在咱青松岭建……

晓　芳　"农业园"！

秋　歌　（笑了）你们听谁说的？

晓　芳　我爹说的！秋歌，你快说说，啥是"农业园"？

立春娘　是啊，真要有好主意，我信立春也会动心，每回，我这哮喘病一犯，他都说，儿子对不起您，也对不起乡亲们。可不办这个淀粉厂，咱青松岭靠啥致富？

晓　芳　就是，就是……如今，正在搞乡村振兴！

秋　歌　不瞒你说，我就是为了这个，才回到青松岭的。

204

晓　芳　这么说，秋歌，你早就有打算了？

秋　歌　没错！

晓　芳　那你快说说，（冲屋内）我们好好听着！

秋　歌　大娘，晓芳姐，我上的是农业大学，我们学校有个著名的教授叫李保国，他也是农村出来的，他说，我们农业大学的学生，就应该改变家乡的贫穷，改变农村的落后，让我们的父母和乡亲们都过上好日子！他还说要让更多的农民有知识、懂科技，变成李保国……所以，他不顾自己有病，常年扎根在太行山的贫困山村，我就是在他的感召之下，回到家乡。他能在贫瘠的太行山种出苹果，我也要在青松岭的荒滩上有一番作为！就是为这个，我专门做了调查。目前我们国家正推行京津冀协同发展，您没见，每天有成千上万辆车往北京运蔬菜，它们来自许多大型蔬菜基地，还有周边地区数不清的大棚和菜园。我发现这些种蔬菜的地方，他们最缺什么？最缺蔬菜种苗！从外地买种苗，不适合当地的生长条件。大娘，咱青松岭就是块宝地！不光离北京、天津都不远，而且，气候、温度、光照、雨量最适合蔬菜生长。所以，我就想在咱青松岭建立一个蔬菜种苗农业园！

立春娘　种菜？！

晓　芳　不，是培育蔬菜种苗，对吧，秋歌？

秋　歌　对，我又到各地做了市场调查，许多蔬菜种苗部门和商业机构，都表示愿意做咱们的后盾，帮助种苗销售……

立春娘　我懂了，就是卖蔬菜苗子，啥茄子秧，辣椒秧……你还别说，这个主意你是咋想出来的，准行！如今，村村都有大棚，一到开春，都要买蔬菜苗子……

秋　歌　没错，可咱当地没有种苗，都是苗贩子从外地贩来的……钱都让他们挣了，不但价格高，还常常上当买来假苗……

立春娘　咱要有个农业园，十里八村一准都来买！

晓　芳　就是。

秋　歌　大娘，晓芳姐，不仅仅是十里八村，也不是一个乡、一个县，咱要把整个塞北都变成咱的市场，到时候，咱们通过电商平台，网络经营，线上线下，带货直销，我们要把农业园办成智慧经济，规模产业……

立春娘　啥？线上、线下？

晓　芳　大娘，秋歌说的是网络，往后咱农民种植讲科学，产品销售靠互联网！秋歌，我说的对吧？

秋　歌　对！

立春娘　行了，行了，秋歌，你说的这些，大娘虽然听不太懂，可大娘信你的！

晓　芳　真要照你说的这么办，咱青松岭一准有好日子过！秋歌放心吧，村民们一定满意。

立春娘　没错，你往大伙儿嘴上抹蜜，谁也不会咬你手指头！

　　　　【众笑。

秋　歌　……就不知道，这些想法，立春哥同意不同意？（故意往屋内望了一眼）

晓　芳　（大声地）要我说，立春脑子活，干了这么多年企业，一准能跟上形势。再说，上学那工夫，你们俩好过，想跟你较劲，最后也得松扣……你要是不上大学，多好的一对！

立春娘　唉，大娘就是担心……

秋　歌　担心啥？

立春娘　要是你能留在咱青松岭多好啊！

秋　歌　当然了，我就在青松岭扎根了！

立春娘　不走了？

秋　歌　不走了！

立春娘　我不信……

晓　芳　秋歌，大娘和村里人都担心你还会回城，也是……你男朋友还在城里……

秋　歌　男朋友？你给我介绍的？！……（大笑）

晓　芳　（疑惑地）秋歌，你没有男朋友呀？！

【突然，立春从屋内走出。

立　春　有，她有！

秋　歌　（故意地）立春哥！……你在家呀？

晓　芳　立春兄弟，你咋出来了？……还这么激动？！再说，人家有没有男朋友，跟你有啥关系啊？……

【众人大笑。

立春娘　（高兴地）秋歌，晌午别走了，大娘给你做水豆腐！

晓　芳　那我去帮您磨豆子！

【说着，二人进屋。

立　春　秋歌，你刚才说的事，我都听到了。我知道，你是研究生，有本事，站得高，看得远……可是……

秋　歌　可是什么？

立　春　可是不现实！特别是青松岭……

秋　歌　立春哥，如果你还相信我，就把心里话都说出来。

立　春　记得高中毕业，咱们俩一起报考农业大学，报志愿那天，我永远忘不了，咱们俩约定在日记上写上同一句话："我们本来就是农民的孩子，让家乡人过上好日子就是我们一生的理想……"后来，我落榜了，走进城里打拼，虽说苦一点儿，可毕竟挣钱了，富裕了……那年，保忠叔让我回村办企业，为啥我能舍弃一切，毅然回到青松岭，因为……因为我还有当初的理想，还想让乡亲们过上好日子！

面对村里的条件，想尽所有的出路，这才逼出了一个淀粉厂。是啊，除了它，山穷水尽没有路啊！可如今，不错，环境、土地……连人都产生了严重的后果……所以，说起来容易，绿水青山、乡村振兴……可做起来，只能是赶哪儿的集，服哪儿的斗……

秋　歌　什么意思？

立　春　毕竟是农村，再说咱青松岭又是深山老峪……

【秋歌望了一眼立春，没有说话。

立　春　你怎么啦，怎么不说话？

秋　歌　立春哥，我相信，你和我一样，不是不喜欢青松岭，不是不喜欢深山老峪……记得小时候，我们常常走进山上的林间小路，林子里还有一道小溪静静地流淌，每到春天，是山上的雪水带来了大地的新绿，一眼望去，山下的庄稼地里充满了一片生机，还有那条弯弯曲曲的河水，像一条蓝色的彩带拥抱着云雾中透迤的山村……秋天来了，捧一捧河水的清凉，吸一口稻花的芳香……

立　春　秋歌，你说得真像一首诗！

秋　歌　不，我是说，这些如今都不见了！

立　春　是不见了，为了挣钱，我们无可奈何……

秋　歌　可是，没了绿水青山，就把咱青松岭的魂儿丢了！

立　春　秋歌，这些日子我也一直在想，为什么那么多人要进城打工，那么多人举家离开故土，那么多年轻人都向往做城里人……为什么？有钱，生活好……不是吗？

秋　歌　你的意思是……农民要把好日子攥在手里，一句话，就只有做城里人！……可是，立春哥，你没见？随着农村的不断变化和发展，又有多少城里人在向往着农村，向往着清新的空气和深山老峪的恬静、温润和清香，他们不远百里地住进山里的民宿和度假村，品尝着那里的蘑菇、榛子、野菜和泉水……为什么？农村在发展，城市也在变化，在共同奔向富裕的路上，越走越近。我们为什么不抓住这么好的机遇，让我们的父母和兄弟姐妹做新时代的农民，让他们在绿水青山中过上好日子呢？

立　春　（笑了）可这毕竟是梦想！

秋　歌　今天，我就是要把梦变成现实！立春，我带你去一个地方……

立　春　去哪儿？

　　　　【秋歌走去。

　　　　【立春推自行车追下。

　　　　【音乐。

　　　　【灯暗。

# 五

　　　　【伴唱：

　　　　　　淡淡的忘却　收拾太多苦涩

　　　　　　无言的思念　不再拥有期盼

　　　　　　相信吧　年轮已把岁月改变

　　　　　　再回首　我们无悔无怨

　　　　【接前场。

　　　　【村边河堤。

　　　　【秋歌和立春站在河堤上，面对着那片荒芜的稻田。

立　春　我知道，眼前这六百亩稻池，就是因为淀粉厂污染了河水，才荒芜的……

秋　歌　（笑了）今天，我不是来跟你算账的，是让你登顶看风景……

立　春　看风景？！

秋　歌　（对）绝佳的风景！

立　春　我听不懂，大学生……

秋　歌　那我告诉你，我就是要在这儿，建蔬菜种苗农业园！

立　春　（一惊）在这儿？！

秋　歌　对，在这儿！

立　春　绝对不行！

　　　　【此时，立春跳下河堤，抓起一把土。

立　春　你看，污水中的蛋白质发酵，致使土地硬结，连草都不长了……在这办种苗农业园根本不可能！

秋　歌　只有人翻过的山，没有山挡住的人！……立春哥，听我给你讲一个亲身经历的事吧……

　　　　【一束光下，秋歌陷入回忆。

秋　歌　记得有一次在乡下，看见一位弯腰驼背的老农，坐在地头，抹着眼泪，一问才知，他花高价从苗贩子手里买来的种苗全是假的，根本无法存活！就是借钱再买，也已经误了农时，不能补种了……一家人就指着这几亩菜地生活，炕上还躺着等着治病的老伴……我望着他那瘦弱的身躯，无助的眼神，孤独的背影……忍不住落泪了……是啊，贫困的滋味是咸的，和眼泪一样的味道……所以，从那个时候起，我就下决心，一定要办一个农业园，培育出优质、低价的蔬菜种苗！

立　春　可是咱这片荒地……

秋　歌　放心吧，我已经将土壤样本送到省农科院做了化验，专家说只要掺入沙黄土，添加有机肥和微生物菌剂，用旋耕机搅拌，土壤的物理性状就会改变，而且，完全适合蔬菜的生长……

立　春　这是真的？！

秋　歌　这是科学！六百亩地，我们可以建一百个大棚！让村民打工不离乡，进厂不离家，从传统的农民变成新型的职工农民……往后农业园的科研、生产、销售可以进入数字化、网络化和智能化。通过电商平台、网络，把我们的产品销往全国各地……就像眼前青松岭这条河，生生不息，在乡村振兴的路上，奔向共同富裕的未来！

立　春　秋歌，说心里话，你刚才讲的故事，我也十分感动。你要建农业园，展望青松岭的未来，说的我心里热乎乎的，可是……

秋　歌　可是什么？

立　春　可是你……

秋　歌　我……

立　春　你……

秋　歌　我……我怎么啦？（笑了）直接说！

　　　　【立春不语。

立　春　你……你不会只是给我们画一张蓝图，展望未来吧？

秋　歌　什么意思？

立　春　……你能永远留在青松岭吗？

秋　歌　当然！

立　春　你不回城，你不结婚吗？……

　　　　【秋歌大笑。

立　春　你笑什么？

秋　歌　怎么，你对我回城、结婚那么在意吗？……立春哥，告诉我实话，从我回村的第一天起，你是不是就这样想的？……

立　春　我当然会这样想，不对吗？

　　　　【音乐。

秋　歌　其实，今天我让你来到这个河堤上，不仅是让你看到青松岭的未来，而且……立春哥，你还记得这个河堤吗？还记得眼前流淌的这

孙德民戏剧作品选（2012—2024）

条河吗？……那个时候你常常骑着自行车把我带到这里，习习的微风，我们一起复习功课，一起畅想未来，高兴的时候，你还弹着吉他，面对着家乡的这条河，我们放声歌唱……也是在这里，我们相爱了……

立　春　你母亲说啥也不同意，还不许我们俩在一起，因为当年你姥爷挨整，我娘是村里的干部……

秋　歌　可是，我们依然偷偷地在这里见面……

立　春　依然在这里一起复习功课，准备考大学。

秋　歌　谁知后来……立春哥，我一直想问你，我考上大学之后，你为什么不理我了，打电话也不接，写信不回？……

立　春　很简单，命运已经把我们分开了……有一次你来电话，我正在城里求职无望，一个人蹲在马路牙子上，连住处都没有……我敢接电话吗？我说什么？……每次你来电话，望着手机不停地响，我都不敢打开……心里虽然难受，可是我想，不能耽误你……从那个时候起，我就想争口气，走出一条自己的路，不让别人看不起，更怕有一天你也看不起我……无冬历夏，没白没黑，有时候一天打三份工……后来总算在城里站住脚了，有了自己的企业，当上了老板……可说真的，每当夜深人静，心里满满的还是你，连梦里还是我们上学，你坐在我的自行车上……不知为什么，终于有一天，竟不远几百里地，冒着雨偷偷去了你们学校，又听说你在农场，然而就在那里，看到你和一个男同学，披着塑料布挤在一起，亲亲热热、有说有笑……我才知道你已经有男朋友了……我都不知道，那天我是怎么回来的……

【秋歌突然大笑起来。

立　春　你笑什么？

秋　歌　那是我的指导教师，在手把手教我如何抢救受灾的秧苗……

立　春　（疑惑地）真的？真的不是男朋友？

秋　歌　你傻呀？那是我的指导教师！

立　春　（高兴地）可是……秋歌，你不知道，那天我躺在床上一直在
　　　　想……

秋　歌　想什么？

立　春　你一定是听你娘的话，才在城里找了男朋友。

秋　歌　可后来，我不止一次地给你打电话……

立　春　既然你有了男朋友，我不该再打扰你，我把手机换了……一直到回
　　　　村办淀粉厂，我就想争口气！

秋　歌　有一天让我也佩服你，羡慕你……

立　春　其实，一个人的时候，心里还是空落落的……

秋　歌　所以，你一直没有结婚……

立　春　我一直在埋怨自己……

秋　歌　埋怨什么？

立　春　埋怨自己，为什么偏偏是个农民……

秋　歌　现在，我不也是农民吗？

立　春　不，秋歌，你和我不一样，我们差距越来越大。你研究生都毕业
　　　　了，有知识、懂科学，脑子里都是新的理念。可我呢，充其量办个
　　　　小企业……今天，站在堤上，你不仅让我看见了眼前的六百亩荒
　　　　地，还让我看到更远的地方，看到青松岭的未来……说心里话，我
　　　　真的追不上你了……

秋　歌　（笑了）那就别追了！

立　春　不，不，不是那个意思！……我是说，我的水平、能力……秋歌，
　　　　我想，有机会能出去学习学习，开开眼界，长点本事，将来能跟你
　　　　一起为咱青松岭做出点贡献！

秋　歌　那我支持你！立春哥，我们学校经常举办农业科学技术培训班，半

话剧《青松岭的好日子》剧照四

　　　　　年、一年都有……

立　春　我一定去！只要能和你近一点……不，只要能追上去……

　　　　　【二人大笑。

秋　歌　立春哥，那眼下怎么办？

立　春　那还用说，立即关停淀粉厂，支持你办种苗农业园！

秋　歌　（高兴地）真的？！

立　春　真的！

二　人　（击掌）耶！

　　　　　【立春突然拥抱秋歌。

秋　歌　立春哥，建农业园不是个小事，除了要土地流转，还要建大棚、买原种、雇工人，建立技术、管理和后勤的团队，每一项工作都需要钱……当然，县里的转型升级扶助资金可以支持我们，可是……

立　春　可是远远不够，对不对？秋歌，你放心，我有家底……（说着拿出手机）你看，光手机银行、支付宝……你拿去用！

秋　歌　这么多？……

立　春　我这可是准备娶媳妇用的！

秋　歌　那……这回不娶了？

立　春　（望着秋歌）有了农业园，还愁娶不上媳妇？！

　　　　【二人大笑。

秋　歌　立春哥，咱马上找保忠叔商量。关停淀粉厂以后，就在这六百亩的荒地上改良土壤，入股转让，建立上规模的蔬菜种苗农业园，一定让青松岭变成绿水青山的美丽乡村！我们的好日子就在前头！

立　春　好！

秋　歌　立春哥，我想今天就去学校一趟，争取把咱的种苗农业园变成学校的孵化基地，获得他们的资金和技术支持！现在你就送我去县城火车站！

立　春　好，我去开车！

秋　歌　不，还和当年上学一样，坐你的自行车！

立　春　（望了秋歌一眼，高兴地）好！


　　　　【音乐起。

　　　　【二人坐着自行车，行进在乡间小路上。

　　　　【灯暗。

孙德民戏剧作品选（2012—2024）

# 六

【伴唱：

　　　汗洒夏日　血浸冬寒

　　　无悔的选择迎来了春天

　　　乍暖还寒　有过阴霾

　　　春风吹来　绿水青山

【第二年的春天。

【青松岭河堤边，大棚林立，蔚然壮观，种苗大棚的一角伸展在舞台上。

【村民们穿上了工作服，和城里的工人一样，在搬运种苗箱。

【小福妻和晓芳搬箱走过，正遇惊蛰。

小福妻　哎，惊蛰大哥，我正要问你一件事……

惊　蛰　啥事？

小福妻　那天厂部分配你来我们三号种苗大棚，你为啥不来？

惊　蛰　（支吾地）这……

小福妻　说实话！是不是因为秋歌她娘是我们三号棚的组长……

惊　蛰　不，不……

小福妻　得了吧，你那点小心眼儿……

晓　芳　就是，整个农业园都红红火火，热气冲天的，偏您蔫头耷脑，为啥呀？

惊　蛰　想听真话还是假话？

晓　芳　当然是真话！

惊　蛰　这农业园呀……不要以为穿上工作服就是专家了。不能高兴太早，那天有多高，云有多厚，谁能看得清，四时交替，风雨有时，要不咋说三十年河东，三十年河西呢？……

小福妻　惊蛰大哥，你说的啥意思呀，咋还阴阳怪气的？

晓　芳　要我说呀，惊蛰叔就是心态不平衡，原来在淀粉厂当生产主任，吆五喝六的。现在是平头百姓……

　　　　【正在这时，立春急急走来。

立　春　晓芳姐，刚才县气象台来电话，今天夜里降温，有霜冻，所有人员，马上进棚！

晓　芳　哎！

　　　　【立春走去。

小福妻　都春天了，还……

惊　蛰　这叫倒春寒！

　　　　【灯暗。


　　　　【灯亮。

　　　　【大棚外面，风雪交加。

　　　　【棚内，钱小雪、小福妻查看种苗，心里不安。

　　　　【晓芳急急走来。

晓　芳　小雪婶子，温度上不来了！……大棚外的温度已经降到零下20℃了，棚内只能到零度！

小福妻　这么低！……

钱小雪　这样下去，种苗会冻死的……

晓　芳　我去找秋歌！（欲走）

　　　　【正在这时，秋歌等人抱着柴草急急走来。

钱小雪　秋歌？！

秋　歌　妈，小福婶子，快！点着柴草，利用烟熏，提高大棚内的温度……

217

钱小雪　烟熏！……管事吗？

秋　歌　只有这一个办法了，我在学校农场干活的时候用过，可从来没遇到
　　　　过这么低的温度……抓紧时间，马上就点火了！（急急走去）

【众人摆放柴草。

钱小雪　晓芳，听说买种子秧苗就花了不少钱……

晓　芳　不光这，还订出那么多合同，万一失约，得赔人家多少损失！

小福妻　还有，咱村里各家也都等着这批秧苗，万一……不光损失，还误了
　　　　农时……

【正在这时，惊蛰边喊边上，有人跟在后面。

惊　蛰　完了！完了！……这回农业园血本全亏了……这才是天作有雨，人
　　　　作有祸！……

【不远处，一束光下。

秋　歌　（大声喊道）各大棚注意，点火！

【音乐。

【灯暗。

【远处田野里，所有的大棚均在烟雾缭绕之中。

【灯光渐渐亮起来。

【一个月后。

【村委会的院子里，村民们着急、生气、激动……气氛有些紧张。

【秋歌坐在一边，内心焦灼痛苦，含着眼泪听着人们的指责。

冬　来　秋歌，你可都看到了，种苗尽管活了，可栽到各家大棚里，棵棵蔫
　　　　头耷脑，万一种苗一死，你说，损失咋办？再说，误了农时，这一
　　　　年的生计可都打水漂了……

秋　歌　乡亲们，那些霜冻的秧苗，既然救过来了，就不会死，我在学校
　　　　农场遇到过这种情况，只是生长期延长，再过半个月，就会活过

218

来……

惊　蛰　你说啥？秧苗还能活过来？秋歌，你哄弄唯呢？甭说半个月，三
天，都挺不过来！

山梅嫂　就是活过来，那也不如原来的秧苗啊！

众　　　（赞同地）就是……

惊　蛰　反正，我是不上当了！……唉，啥事也怕回头看，如果不关淀粉
厂，大家伙咋也能挣几个钱吧？俗话说，有多大河发多大水，放着
嘴边的烧饼不吃，非要吃天边的月亮！咋样？破毛巾擦脸，没露脸
儿，倒现眼了！

芒　种　说句不好听的，那孙悟空上趟西天，就成真佛了？……秋歌，咱青
松岭，折腾不起啊！亏你还只是个副书记……俗话说，要是兔子能
驾辕，谁还花钱买大骡子大马……

山梅嫂　行了，行了！……不着边的话，少说两句，今儿个咱就说事，眼下
村民买种苗的钱，咋办？每家每户大棚损失的钱，咋办？……

小福妻　人家秋歌建农业园也是为了大家，这怪谁？！要我说，咱山里人就
是扑棱棵子命，年辈子也甭想碰上肥猪拱门的事！

村民树生　就是啊！命中一升，难求一斗！不能光冲人家秋歌去！

惊　蛰　那你说冲谁？家有千口，主事一人，打酒的就朝提溜瓶的说话。我
现在就声明，赔了钱，我就退出农业园！

晓　芳　（气急地）赔钱？！没有！……钱都投到设备和工程上去了！眼
下，咱村里的账上只有六百块钱……

惊　蛰　六百块钱？……哼，反正，多少钱我不管，欠大伙儿的必须赔！

【有人附和：“必须赔！必须赔！……”

【这时，秋歌站起来，望了望大家……

秋　歌　乡亲们，放心，这钱……我赔！我知道，乡亲们的钱是汗珠子掉在
地上摔八瓣挣来的，是把每一分钱拎在肋巴条上攒下来的，因为大

家相信我，支持农业园，宁可省吃俭用，建大棚，买种苗……是因为我想得不周到，让大家受了损失，所以，这钱，我一定赔给你们。但是，请乡亲们给我一点时间，保证分期还给大家……

众　　　　分期？！

【惊蛰等人站起来，走上前。

惊　蛰　分期不行！马上还钱！

众　　　　对，分期不行！……

【一束光下，秋歌流下眼泪，画外音：

突然，我心里顿生委屈，从小就熟识的乡亲们显得有些陌生……我是多么想让自己的心紧紧贴近他们，多么想让他们过上好日子啊！可他们为什么就不理解我？在我有一点闪失的时候，能够扶我一把。难道真像我娘说的，曾经的恩怨，还装在他们心里……

【灯亮。

【群众依然在喊："分期不行！分期不行！……"

王保忠　（突然走上前来）怎么？你们想干什么？我是支书，冲我来！建种苗农业园是村两委决定的，你们的损失，我王保忠赔！可你们……你们不能委屈了秋歌！咱青松岭人，鼻子冲着嘴，不能昧良心。当初，人家秋歌可以留在城里找工作，可就是为了青松岭，才回来吃苦，多少误解、猜忌，她默不作声，多少冷言冷语，她都悄悄地忍了……为找门路，求上访下，为争取资金，磕头作揖，从整荒地到建大棚，没白没黑，整天泥里爬，水里滚……她为啥呀？……为钱家鸣不平？！图自己有名有利？！你们睁开眼睛看看她，还像个大学生吗？还像个女孩子吗？咱青松岭为啥要建大棚，育种苗，不就是为了让大家过上好日子嘛！遇上倒春寒，这是老天爷跟咱过不去，让穷汉子碰上闰月了，这能怪秋歌吗？她心里不难受吗？……听听你们刚才说的那些话，头上三尺有神灵，拍拍良心，咱们这样待人家，对吗？……

【正在这时，钱小雪匆匆走来，立春娘亦跟上。

**钱小雪** 秋歌！

**秋　歌** 妈，您怎么来了？

**钱小雪** 妈知道，这场倒春寒，农业园遭难了，也让大家受了损失……乡亲们，我替闺女给大家道歉了……是啊，当初，我不让她回来，回村那天我都没让她进家，撵到村口，逼她回城，为啥？这么多年，从她姥爷挨整，后来连我也受了牵连，说实话，我心里跟青松岭拴上结了，连做梦都想早一天离开这儿……可偏偏秋歌又回来了，她白天晚上劝我忘掉过去的恩恩怨怨，让我往前看，往远了看，别拿晴天当阴天过，让我看看她——自己的闺女是如何让乡亲们过上好日子！……乡亲们，我当妈的说句公道话，秋歌是真心为大家，可这场倒春寒让大伙受了损失，我们应该赔偿大家……（拿出存款单）秋歌，给，妈有钱！

**秋　歌** （疑惑地）妈，这钱？……

**立春娘** 秋歌，我也刚听你妈说，前几天，你就央求她，卖掉城里的两间房子，赔偿大家的损失……

**钱小雪** 我没有答应，因为那是我有一天离开青松岭唯一的去处，是我钱小雪一辈子的希望……

**立春娘** 后来，你妈看你整天急得吃不下睡不着，一双常常哭肿的双眼……她心软了……

**钱小雪** 乡亲们受损失，孩子这样真心实意，让我心热了，当妈的该帮助她呀！

**立春娘** 于是，她偷偷进城，托人把房子卖了……

**秋　歌** （激动地跑向钱小雪）妈！……

【母女紧紧拥在一起，热泪盈眶。

221

立春娘　乡亲们，我在青松岭也算当了一辈子干部，说实在的，咱们有对不住老钱家的地方，更让小雪受了不少委屈……可人家秋歌回到青松岭，根本没把那些事儿放在心上，跟乡亲们叔叔大娘地叫着，把心都掏给了青松岭，所以，遇上再难的事，咱也不能委屈了孩子……（拿出一包钱）秋歌，这是大娘的体己钱，拿着！……

秋　歌　不，不，大娘……

【正在这时，立春急急走上。

立　春　秋歌，娘，都不用你们，我有钱了！前天进城，我把当年和人家合伙做买卖的一个股份转卖给哥们儿了，以后就一心办农业园！一半天，人家就把钱打过来，乡亲们放心，秧苗损失的钱，一准赔给大家！

秋　歌　不，立春哥，不能这样，这次损失，我有责任，是我忽略了山区的季节变化，没想到会出现倒春寒。这样吧，立春哥，先借你这笔钱，把农业园的贷款还上……乡亲们！咱们的农业园一定会成功，相信秋歌，就算这次我捅破了天，我一定要把天顶住！

【众人鼓掌。

立　春　（想起地）秋歌，你让我去找的那位教授我见到了，他让我嘱咐乡亲们，千万不要毁苗，他带着技术人员一两天就赶过来，争取种苗全部存活。就是有损失，也会减少到最低程度！

众　　　（高兴地）真的？那种苗还真能活过来？！

山梅嫂　（走近秋歌）秋歌，山梅嫂子我……对，还有……（指冬来、芒种）我们都对不起你，刚才老支书、立春娘，还有小雪姊子说得对，不该委屈你呀！想起当初，还给你提意见，说了那么多伤人的话，嫂子错了……今天，甭说菜苗还能活，就是都死了，嫂子一分钱也不要！

众　　　对，不要钱了！不用赔了！

**王保忠** 这话我爱听，从打解放后，咱青松岭走社会主义道路这么多年，虽说也有沟沟坎坎、磕磕碰碰，可山上松树根连根，咱们一直抱团朝前走。因为刻在咱青松岭老少爷们儿心上的，那就是共产党是为老百姓，咱们就听上级的！如今乡村振兴，绿水青山这条路，我们走定了！

**众** 对，我们走定了！

【音乐。

【灯暗。

# 尾 声

【伴唱

　　大山人就是这样过

　　大山人就是这样活

　　爱过　恨过　流过泪

　　酸甜苦辣　都尝过

　　青松岭　走向新天地

　　前进路上　天宽地阔

【音乐声中，青松岭农业园的大门外，人来人往，车水马龙，工人们高兴地往汽车上搬运菜苗箱子。

【这时，晓芳匆匆走来。

**晓　芳** 立春！立春！

【正在指挥装车的立春，从车上跳下来。

**立　春** 晓芳姐，有事儿？

晓　芳　急事！（拿出一沓订单）你看，这是电商平台发过来的，还有网络直销的……这几份还是外省的订单，光九月份的需求量就这么多……

立　春　好事！所以，好酒不怕巷子深，关键是网上销售给我们山里人开拓出广阔的空间……晓芳姐，你这个销售科长赶紧把所有的订单整理出来，尽快安排计划，好事一定办好！

晓　芳　哎！（下）

　　　　【立春急忙去指挥装车。

　　　　【这时，王保忠和立春娘走来。

立春娘　咋，听说你让贤了？

王保忠　再不让贤，就把青松岭给耽误了。真是，老嫂子，说句心里话，跟不上了！过去是啥？闸山沟、垒梯田、修塘坝、种庄稼……不是吹，抓把棒子粒，能认出是公是母，小苗一出土，就知道是丫头是小子……（笑）如今，变了！你看，眼下，咱青松岭腾腾往上走，不是多亏秋歌和立春这帮年轻人吗？正因为他们有知识、眼界宽，咱才办起农业园。说实在的，秋歌、立春和他们小青年们挂在嘴边的词，啥平台、网络、线上线下……我听都听不懂……

立春娘　你算说对了！多亏他们，咱村变化多大呀，又是乡村旅游，又是水果长廊，还有幼儿园、养老院……对，对，那咱得了病……叫啥，线上远程看病……

　　　　【二人大笑。

　　　　【这时，秋歌走来，晓芳站在后面。

秋　歌　大娘，看见立春了吗？……我们学校来通知了，立春哥报名参加的培训班就要开学了！

立春娘　真的？！好，好！跟着和尚学念经，跟着秋歌，立春连做梦都想进那大学门！

王保忠　　想得对呀，老话讲，才高八斗，如今，就是种地，没有文化，也是打着灯笼走瞎道。

立春娘　　（指远处）哎，你们看，那是谁？在那转悠老半天了，干啥呢？

晓　芳　　……惊蛰叔！哼，退出农业园，如今眼馋了，让他后悔去吧！

秋　歌　　别，别……（喊）惊蛰叔！

　　　　　【惊蛰急上。

惊　蛰　　（热情地）秋歌，你喊我？……

秋　歌　　惊蛰叔，您是不是有事啊？

惊　蛰　　秋歌，有件事……我说不出口哇！

王保忠　　有啥说不出口，想入农业园！

惊　蛰　　对，对，秋歌，看见你们闹得红红火火的……

晓　芳　　是看见大伙儿收入多了……

惊　蛰　　我肠子都悔青了！

晓　芳　　想入农业园，行，先写个检查！

惊　蛰　　有，有……（掏出检查书）在口袋里已经装了两个月了。

秋　歌　　（笑了）惊蛰叔，用不着写检查……欢迎您加入农业园！

晓　芳　　可万一再遇上倒春寒……

惊　蛰　　就是倒夏寒，我也不退农业园！

　　　　　【众人大笑，

惊　蛰　　那我干活去了。（高兴地走去）

　　　　　【正在这时，二满子急急走过。

二满子　　哎呀，领导都在呀？……（说完欲走）

晓　芳　　站住！火烧火燎地，干啥去？

二满子　　（笑着）看媳妇！

立春娘　　咋，二满子，有媳妇了？！

二满子　　老嫂子，还是您给我介绍的那个，这回，是她主动，非我不嫁！

225

立春娘　为啥呀？

二满子　连我都不知道，她呀，不知啥工夫跑到咱农业园打工来了……一看，眼下可不是当初的青松岭了，山清水秀，家家富裕，就找到我姐，说一定要嫁给我，而且，一分钱彩礼不要！

晓　芳　啥，还不要彩礼？！

二满子　就要两个大棚！

秋　歌　光要两个大棚？！

二满子　她不吃亏！秋歌书记，如今咱青松岭的大棚可值钱了，只要栽上农业园的种苗，一年下来，一个棚小二十万……还有，雇工不花钱，人家早就打算好了，说公公婆婆是现成的劳动力……

　　　　【众人大笑。

二满子　说实在的，我这是沾了农业园的光！谢谢各位领导！（鞠躬）我得走了，她在我姐家等我呢？（欲走又返回）老嫂子，您也跟我去照一面，再帮我美言几句，说啥也不能唱"二黄"哪！

立春娘　二满子找个对象不容易……（对王保忠）走，一块儿去帮着张罗张罗……

　　　　【二满子、立春娘与王保忠走去。

　　　　【晓芳望着父亲的背影，若有所思。

晓　芳　秋歌妹子，有件事，我一直想跟你商量……

秋　歌　啥事？

晓　芳　你说我爹，年纪也大了，过去为了我，一直没再找人……如今，又退下来了，我怕他寂寞，想让他有一个幸福的晚年……能不能和小雪婶子……

　　　　【晓芳说完，秋歌大笑不止。

晓　芳　秋歌妹子，你笑啥？一准是小雪婶子不乐意？

秋　歌　我的傻姐姐，你真不知道，你爹呀，隔三岔五就去我们家，只要我

226

**话剧《青松岭的好日子》剧照五**

      不在家，他一准去……

晓　芳　真的呀？

秋　歌　那还有假！……

      【二人大笑起来。

      【这时，霜霜走来。

霜　霜　秋歌姐姐！……你教给我的那首歌，未来的青松岭，新时代的青松
      岭，我们都会唱了！

秋　歌　好，一会儿，咱们一起唱！

      【正在这时，立春走来。

立　春　秋歌，车已经都装好了，那条村村通的公路也提前修到了咱青松
      岭。你看，乡亲们都来了，连在城里打工的，也赶回来了！今天是
      咱青松岭农业园第一次往东北运苗出车，秋歌，就等你发令了！

秋　歌　出发！

【秋歌登上高处。

【一束光下，秋歌激情地望着远方。

秋　歌　当年的青松岭，还是"长鞭一甩叭叭响，赶起大车出了庄……"而今，眼前已经变成一辆辆崭新的汽车……是啊，过去，咱深山老峪的乡亲们，就像在羊肠小道上，围着大山转了一年又一年。如今，是绿水青山让我们走进了新时代，青松岭的好日子就在眼前！

【灯亮。

【大屏幕上，一辆辆汽车，奔驰在公路上。

【歌声：

　　　车轮哎　一转哎　隆隆地响啊

　　　一辆辆汽车出了庄

　　　奔向幸福路

　　　绿水青山长

　　　要问青松岭哪里去哎

　　　新时代的大道奔前方……

【人们高兴地望着、唱着，招手……

【歌声在继续。

　　　　　　　　　　　　　　　　　　　　——全剧终

# 成兆才 大型话剧

编剧：孙德民

创排演出：河北省承德话剧团

**获奖情况：**

被列为国家艺术基金2015年度资助项目，入选2017年度国家舞台艺术精品创作重点剧目名录，被列为国家艺术基金2018年度滚动资助项目，被列为国家艺术基金2023年度传播交流推广资助项目。

# 主题歌

平生落魄尽凄凉

一领青衫依然长

星月苍凉风雨度

粉墨一生铸平腔

# 人物表

**成兆才**　男　评剧创始人，庆春班班主

**任小山**　男　任德贵之子，男旦

**姚金花**　男　成兆才师兄，男旦

**灵　芝**　女　任德贵养女

**丁　香**　女　成兆才继室

**任德贵**　男　成兆才师傅，原班主

**德贵妻**　女　任德贵妻子

**李道元**　男　唐山名流

**成　来**　男　成兆才侄子

**刘平如**　男　天津同乐茶园经理

**王凤亭**　男　唐山永盛茶园经理


**其　他**　杨三姐、新军军官、庆春班艺人、官府大人、警察、矿工、
　　　　　新军士兵等

# 序 幕

【清光绪末年。

【天津同乐茶园。

**姚金花**　（唱）　小老妈在上房打扫尘土

打扫了东屋又到西屋

套间里我们大爷正在睡觉

我何不去买东西款动金莲把门出

【正在这时，官府大人急急走来，后面跟着几个随从。

**官府大人**　谁是庆春班班主儿？听着！

【众人惊疑。

【官府大人张开布告。

**官府大人**（念布告）"天津直隶总督杨大人指令，近日，唐山诸多落子班来

天津卖艺，多是一些淫词滥调，低俗戏文，有伤风化，扰及市民，

故即日起立刻停止，速将庆春等落子班驱逐天津……"你们好好看

看，这上面有总督府的大印。

**姚金花**　你们欺人太甚！

**官府大人**　来人哪！

**随　从**　有！

**官府大人**　把唐明皇的牌位给我拿走。

**随　从**　是！

**任德贵**　不能啊，这排位可动不得啊，这唐明皇可是咱梨园的戏神哪！

**随　从**　哪来他妈的神啊？

232

**官府大人**　把他们的大锣、戏箱都给我砸了!

**任德贵**　你们不能欺人太甚!

**官府大人**　砸!

　　【众随从将任德贵推倒,不顾戏班阻拦,砸个一片狼藉,走去。

**任德贵**　我跟你们拼了!

　　【音乐。

**任德贵**　落子不养人啊,庆春班……完了!兄弟们,德贵无能,愧对大家了!几年了,大家跟着我东奔西走,受尽颠簸,如今要被赶出天津卫,连戏神的牌位也抢了,戏箱……也砸了!

**成兆才**　砸得好,砸得好啊。

　　【众人不解,疑惑地望着成兆才。

**任连贵**　(惊疑地)兆才,你说什么?

**成兆才**　砸得好哇!

**任连贵**　兆才,兆才!

**成兆才**　就是不砸咱的日子也不好过了,师傅,您没见,天津卫、唐山、永平府,连关里关外都在禁演落子戏……也好,这是逼着咱走出一条生路!

**姚金花**　(哭着说)哪儿还有什么生路啊?

**成兆才**　师兄,咱这落子要想站住脚,就得学京梆,唱大戏,舍弃那些低俗粉墨的戏文,唱老百姓的事儿,再加进京梆大戏的文武场、锣鼓经,让落子挺直腰板走出一片新天地!

**灵　芝**　对呀!爹,我二师兄说得对!

**任德贵**　我知道他说得对!

**成兆才**　师傅,回去咱就一出戏一出戏地改,一出戏一出戏地排,争口气,换生机,早晚有一天,咱庆春班再杀回天津卫,咱要走南闯北唱平腔落子戏!

【音乐。

【灯暗。

一

【一年以后。

【天津同乐茶园。

【后台，庆春班的艺人们仍然做着演出前的准备。这时，任小山高兴地跑来。

任小山 爹！师傅！——你们快去看看，那茶园门口挤满了人，生是买不上票，

师　傅 我看茶园刘老板都乐得合不上嘴了！

【众人高兴。

艺人甲 哎，班主，听说天津同乐茶园刘老板要在南市请咱们戏班喝酒呢！

众　　（高兴地）真的？！太好了！

任德贵 有这么回事！这回，咱庆春班重返天津卫，旗开得胜，那是兆才写的落子剧本立了头功！

众　　对，就是！

灵　芝 哎，二师兄，我就纳闷儿了，你说都回家种地了，你咋还能写那么多出落子戏？

任德贵 是啊，兆才，你给我们说说！

成兆才 我说？

众　　说说！说说……

灵　芝 说说！

成兆才 （对乐队）那我就说说？

乐　队　说说!

成兆才　好! 那咱就说说!

　　　　（唱莲花落）

　　　　　　　手握锄头走进庄稼地

　　　　　　　心里头想着落子戏

　　　　　　　人都说　莲花俗　落子生

　　　　　　　咱小把戏偏把大雅之堂登

　　　　　　　梆子韵　皮黄腔

　　　　　　　成兆才放开眼界取真经

　　　　　　　有文有武分行当

　　　　　　　再学大戏锣鼓经

　　　　　　　开锣高山流水意

　　　　　　　起板子期遇伯牙喜相逢

　　　　　　　青纱帐变成大戏台

　　　　　　　唱一板吼一声

　　　　　　　黄土地里圆了俺的落子梦

　　　（念）　我成兆才是戏傻子、戏疯子、戏虫子!

　　　（唱）　人说我一定是喝了迷魂汤

　　　　　　　一天不唱嗓子痒

　　　　　　　两天不写心发慌

　　　　　　　天生兆才有何用

　　　　　　　不唱不写哪有柴米养活

　　　　　　　带小儿改嫁我的傻婆娘……

　　　（念）　那一天俺演戏离了绳个庄

忘了买下二升粮

我那小儿子、傻婆娘

饿了三天三夜整

痴呆呆、痴呆呆站在村口把俺望，把俺望……

【成兆才突然号啕大哭。

**众**　　师傅！师兄！……

【正在这时，茶园经理刘平如边喊边上。

**刘平如**　任班主，喜鹊登枝，金鸡报晓，恭喜恭喜！

**任德贵**　我有啥喜事呀？

**刘平如**　您老可大喜了！您瞧，（拿出一沓赏单）这是今儿个老板们给的赏单，十几大张，有龙洋，有银票……您老上眼吧！

**任德贵**　谢谢！还请刘经理替我谢谢各位老板抬举。

**刘平如**　俗话说，有麝自来香，不用大风扬，任班主，这几天，我这同乐茶园场场爆满，京梆大戏也没这么红过，知道为嘛吗？看戏的可说了，没见过这场面的落子，养眼，过瘾！任班主，这落子一变套路，改成大戏，高！

**任德贵**　天津卫是大码头，上回庆春班栽到这儿，这回敢再接我们，还不是您刘经理有这个胆量啊！

**刘平如**　嘛胆量？这叫眼光！哎，成兆才呢？

【成兆才走来。

**刘平如**　您老就是成兆才？

**成兆才**　刘经理。

**刘平如**　（走向成兆才）成老板，听你师傅说，这几出戏全是你自个儿改的？

**成兆才**　成兆才人笨手拙，借着京梆大戏的玩意儿，抬抬我们的底气，刘经理见多识广，还请您老给我们掂量掂量……

**刘平如** 掂量嘛？惊蛰一犁土，春分地气通。小落子活了！任班主，我这同乐茶园，从明儿个起加演十场！

**任德贵** （高兴地）真的？

**刘平如** 那还假的了？！这票价五个大子儿涨到十个，庆春班的提成，翻番儿！

**任德贵** 多谢刘经理。

**刘平如** 哎，任班主，今儿个可是有几个大户来看戏，点的就是成老板跟姚金花的《傻柱子接媳妇》，各位，辛苦！受累！我先走一步。

**任德贵** 您慢走。

【艺人们走去，灵芝欲走……

**姚金花** 灵芝！

话剧《成兆才》2016—2019版剧照一

灵　芝　大师兄，有事儿？

姚金花　灵芝……（从怀里掏出围巾）灵芝，昨儿个，我逛了一趟劝业场，大师兄给你买了一条围巾，花绸的，苏杭产的，你看，你要是戴上，就是佳人西施……

灵　芝　（笑了）大师兄，谢谢！可我不能要……

姚金花　为啥？

灵　芝　不为啥，反正我不能要……

【灵芝欲走，又返回看见姚金花心神黯然的样子。

灵　芝　大师兄，你咋了？

【姚金花蹲下不语。

灵　芝　呦，生气了，还是犯愁了？（笑）大师兄，你是咱庆春班的台柱子，名声大，戏迷多，往后，一准能给我找一个好嫂子。

姚金花　灵芝，我不要听你跟我说这样的话……

【这时，成来身着孝服，匆匆走来。

成　来　叔！……我叔呢？我叔呢？

【众人走上。

成兆才　（一怔）成来，你这是咋儿啦？

成　来　叔，家里出事了！小虎子和我婶儿都……都死了！

任德贵　成来，这到底怎么回事啊？

成　来　（猛然跪地）叔，昨儿个晌午，小虎子去捡野鸭蛋，掉苇子坑里咧，我婶子连哭带喊去拽他……等村里人把他们捞上来，娘儿俩都不中咧……

【众人大惊，成兆才一阵晕眩，险些跌倒。

灵　芝　（扶住成兆才）二师兄！……爹，赶紧送二师兄回家吧。

众　　　对，回家吧。

238

任德贵　小山，马上雇辆小驴车。

任小山　哎。

　　　　【成兆才起身，晕倒。

众　　　师兄！兆才！

姚金花　死人的事，谁也挡不住，师傅，咱们回戏吧。

任德贵　回戏？……那要罚咱多少银子……好，回戏！

成兆才　不，师傅说过，锣鼓开场，天大的事，也得放在脑后，这是咱做艺

　　　　人的本分。

任德贵　兆才，孩子大人还等着入土为安呢。

众人　　是啊，师傅。

成兆才　开戏！我去化妆……

　　　　【成兆才走去，众人默默地望着他。

　　　　【众人走去。

　　　　【场上已变成舞台。

　　　　【成兆才扮演傻柱子出场。

成兆才　（念）　好汉无好妻，

　　　　　　　　赖汉娶花枝。

　　　　　　　　家住乐亭县，

　　　　　　　　我叫傻柱子……

　　　　【幕后传来观众掌声、喝彩声。

成兆才　我媳妇在城里给人家当老妈子，这一去就三年咧，我借了头小毛

　　　　驴，到城里接她回来，也好亲亲热热地过日子，看天时不早，我说

　　　　走就走！

　　　　【喇叭牌子起。

　　　　【成兆才想起死去的妻子，突然眼含泪水……

成兆才　（唱）　傻柱子在房中啊心欢喜呀，

239

北京城接我的啊媳妇去呀。

**成兆才**　我的傻媳妇呀！

【幕后传过来观众哄闹。

【成兆才猛然清醒过来，打了自己一个嘴巴。又强装笑脸……

（唱）　迈步走出了啊房门外呀，

慌忙拉过来呀小毛驴啊……

【成兆才身体摇晃，晕倒在台上。

【观众再次大哗。

【成来等人急急跑上，扶起成兆才。

【观众逐渐离去。

【这时，茶园经理刘平如急忙劝阻大家。

**刘平如**　各位老板，听我说几句……刚才，成兆才的侄子……（拉过成来）
就是这位，从老家赶来报丧，成兆才的媳妇和儿子掉进水坑里淹死
了，可成老板怕对不住大伙儿对他的抬爱，他想演完戏再回家奔
丧，可谁想到啊……

**成　来**　刘经理，观众……都走了，没人了！

**刘平如**　成老板，您没事儿吧？

**成兆才**　（鞠躬）对不起刘经理，成兆才出丑了！

【众人怔怔地望着台下，痴痴地站在那里。

【少顷。

【成兆才默默地走向台口，作揖。

**成兆才**　千不该……万不该，我成兆才不该走神儿失态，想起我那傻媳妇来
了……各位看官啊，别笑话成某……我成兆才，十年前老家滦州闹
瘟疫，七天里，死了爹娘，死了孩子，死了妻……原本想二茬子光
棍熬下去了，乡亲们好心好意，给我寻来了讨饭的女人，我这傻女

人傻成啥样你都不知道，你问她几个手指头都数不过来，还常把鞋帮当鞋底，不过，她给我带来那个小儿子倒是挺招人喜欢，爹，爹！……喊得我心里头怪热乎乎的……谁知……谁知这可怜的娘儿俩竟……纵然是傻呵呵的一把糟糠也是我的妻啊！……（流泪）我知道茶园里已经没人了，可我成兆才过意不去啊！各位老板，我们庆春班从滦州来到天津卫大码头，各位捧场，各位抬爱，各位就是我们唱落子的衣食父母！今天，成兆才不能这样走，《傻柱子接媳妇》——我这就伺候诸位啦！

【主题歌起。

【灯暗。

# 二

【半年之后。

【永平府客栈，成兆才住处。

【一束光下。姚金花醉意朦胧地走进客栈。

姚金花　抽……人都说天生的败家汉，学会了抽大烟，抽得骨瘦精干，抽得倾家荡产，哈哈……我也不想抽，可我心里烦心里苦心里堵。我一见茶园门口海报上三个明晃晃的大字"成兆才"，我这心里就不是滋味，他是个才子，可高腔班的宋老板说得好，人家看的不是成兆才，是包头姚金花，我才是庆春班的台柱子，头牌，角儿！可如今，连包银都没有人家多……不抽烟我心里堵啊……再说，还有我那师妹灵芝，我们打小可是青梅竹马，可他成兆才往中间一站，灵芝的心离我是越来越远了……唉，人怕淡马怕踔，只有抽上它，我这心里才舒坦。烟，烟，我的烟……

【灯暗。

【灯亮。

【灵芝拿一双新鞋走来。

【成兆才欲出屋，被灵芝挡了回去。

**成兆才** 灵芝？……

**灵　芝** 屋去！

【二人进屋。

**灵　芝** 给！（将鞋递给成兆才）还不快换上。

**成兆才** 这？……

**灵　芝** 这什么这，你看看……（指成兆才的脚）都烧饼夹驴肉了！
（大笑）

**成兆才** （不好意思地）张嘴了……

【灵芝上前扒下成兆才的鞋。

**成兆才** （阻止）不，灵芝妹子，这可使不得……

**灵　芝** 咋使不得？咋使不得？怕你鞋臭熏着我？嚯——还真够呛人的。

**成兆才** 这，你看，我……

**灵　芝** 你什么，你寻思你长得好看啊？挺长的马面脸，没有一尺，也有八
寸，十足的乡巴佬！（大笑）可你往台上一站啊，一亮嗓……不知
为啥，我就听不够！听你唱一句，像三伏天喝了井拔凉水，听两
句，就像寒冬腊月回到三月春，要是听三句……灵芝……天天给
你……给你，做新鞋！

【二人大笑。

【正在这时，德贵妻进屋。

**德贵妻** 你们俩都在呢！说啥哪？

**成兆才** 师娘来了，您快坐。

德贵妻　（故意地）哟，穿上新鞋了？！

成兆才　噢，灵芝做的。

德贵妻　灵芝……好不？

成兆才　好。

灵　芝　真好？

成兆才　真好。

灵　芝　这可是你说的！娘，那你跟他说，我先走，反正，我主意已经
　　　　定了，他必须答应！（说完望了一眼成兆才）你，必须答应！
　　　　（走去）

成兆才　（不解地）师娘，答应啥？

　　　　【德贵妻大笑。

德贵妻　兆才呀，师娘正要跟你说呢，你知道，灵芝可是个好闺女，从根上
　　　　说，他爹是你师傅拜把子弟兄，两口子走得早，留下灵芝一直跟着
　　　　我，你们俩从小一块长大，兆才呀，你要娶灵芝做媳妇……

成兆才　灵芝？……不，师娘，不行！

德贵妻　咋儿不行？

成兆才　真的不行，灵芝不该嫁给我，师娘……噢，师娘，我人穷命苦，一
　　　　个唱戏的，我哪儿配得上灵芝啊！

德贵妻　可灵芝一门心思就要跟你，她心里，只有你呀……

成兆才　我？

德贵妻　灵芝这孩子，看你白介黑介那么累她心疼，看你冷一口热一口，她
　　　　惦着，连你换不下鞋，她急得都睡不着觉。

成兆才　师娘，这些，我知道。……可我，不能答应！

德贵妻　兆才啊，那你到底为啥呀？

成兆才　人往高处走，水往低处流，我成兆才，房无一间，地无一垄，天天
　　　　赶场，终日飘荡，连个落脚地都没有，这不是苦了灵芝吗？师娘，

243

话剧《成兆才》2016—2019版剧照二

这样，灵芝找婆家的事，我一准好好替她踅摸踅摸……

【成兆才这句话，恰恰被刚刚走来的灵芝在门外听到了。

德贵妻　兆才，师娘知道你忒仁义，宁可苦着自己……可你没听灵芝刚才说，她主意已经拿定了，兆才，你跟灵芝的事，你可真得要好好琢磨琢磨。

【德贵妻走去，灵芝上，正遇姚金花给任小山说戏，躲在一边。

姚金花　好，小山再来一段《花为媒》。

任小山　（唱）　花开四季各应节

　　　　　　　　暑盛之花过不了冬

　　　　　　　　正月迎春二月杏

　　　　　　　　三月桃花满园红

　　　　　　　　四月五月牡丹放

　　　　　　　　六月荷花正时兴

姚金花　（喜笑颜开）好，小山，你嗓子好，扮相俊，唱旦角，是棵好苗子！

| 任小山 | 师傅，这眼下关里关外喜欢落子的，谁人不知道咱庆春班的姚金花呀！还是师傅您教得好。 |
|---|---|
| 姚金花 | 小小的年纪会捧人了，小山，好好地练。 |
| 任小山 | 师傅，您先歇着。 |

【正在这时，灵芝走来。

| 姚金花 | （热情走近）灵芝！…… |
|---|---|
| 姚金花 | 灵芝，我想……跟你商量点事。 |
| 灵　芝 | 这会儿，不行，大师兄，灵芝这会儿有事！ |
| 姚金花 | 找你二师兄? |
| 灵　芝 | 对，对，要不，咱一块儿去找他，你也帮我说说。 |
| 姚金花 | （一怔）不，不……（走去） |

【灵芝进屋。

| 灵　芝 | 我找婆家的事不用你替我寻摸，我早就寻摸好咧！ |
|---|---|
| 成兆才 | （一怔）谁? |
| 灵　芝 | 你，就是你! |
| 成兆才 | 不，不，不…… |
| 灵　芝 | （逼近）咋就不呢？咋就不呢? |
| 成兆才 | 灵芝，你听我说…… |
| 灵　芝 | 我不听，我就愿意! |
| 成兆才 | 灵芝，我一个穷唱戏的…… |
| 灵　芝 | 我灵芝的爹也是唱戏的! |
| 成兆才 | 我命苦…… |
| 灵　芝 | 灵芝陪着! |
| 成兆才 | 我命硬…… |
| 灵　芝 | 灵芝不怕! |
| 成兆才 | 我岁数大…… |

灵　芝　灵芝不嫌！

成兆才　咱们没缘分……

灵　芝　真心就是缘分！

成兆才　那也不行……

灵　芝　我就嫁给你，不行也得行！

成兆才　灵芝，二师兄是为你好，我光棍一个人怎么都好过……

灵　芝　好就不管别人好过不好过？

成兆才　反正，我不能答应！

灵　芝　你不答应，我就搬到你这儿来住。

成兆才　灵芝！

灵　芝　你寻思我不敢？我这就……

成兆才　灵芝！……

灵　芝　二师兄，嫂子、侄子都在，灵芝就是心里有我也不敢，可眼下，他
　　　　们都走了，就剩下你一个人……再说，我灵芝哪点不好？我是长得
　　　　丑，我还是不正经……

成兆才　不，不……

灵　芝　二师兄，灵芝不怕你笑话，连害臊都不顾了，我就让你白白捡这么
　　　　好一个大姑娘，你，除非不是男人！
　　　　二师兄！你是不是真的不喜欢我？

　　　　【成兆才无奈点头。

灵　芝　你撒谎！……二师兄，你骗得了别人，可你骗不了我！你说实话，
　　　　你编排理由，左推右挡，到底为啥？

　　　　【成兆才不语。

灵　芝　说呀！你以为我傻呀，就你那点小心眼儿，说！

成兆才　灵芝，你听我说，不是我小心眼儿，在这摆着呢，金花大师兄的心
　　　　里，一直有你……

246

灵　芝　有我咋着？

成兆才　灵芝，我真心这么想的，金花师兄，人好戏好，是咱落子行的名角儿，庆春班的顶梁柱，比我强……我成兆才不能鸠占鹊巢，做那不仁义之事。

灵　芝　所以，你让我真心换冷脸，你怕伤害了大师兄，你怕庆春班失去顶梁柱……你拿我灵芝当啥了，当啥了！……我告诉你，我的事，我做主！

成兆才　灵芝！……你咋就不听劝呢？

灵　芝　二师兄，你天天编戏文，写女人，可人家心里咋想的，你能揣摩不透吗？大师兄是我的好师兄，戏也演得好，不知为啥，他进不到我的心里，不是灵芝心目中的男人。可有的人让我梦里想他，让我心里缠绕不断……二师兄，灵芝想了，这辈子就陪着你唱戏，缝缝补补，浆浆洗洗，一日三餐，操持家务，荣华富贵我不图，风风雨雨，坡坡坎坎，灵芝我宁愿跟你受一辈子苦，二师兄，你……你为啥不答应？

【成兆才心如波澜。

【二人拥抱在一起。

【音乐。

【灯暗。

# 三

【几天之后。

【永平府客栈，任德贵住处。

【病中的任德贵焦灼不安地坐在院子里。

【德贵妻端药走出。

**德贵妻** 老头子，（递药）该吃药了，本来病着，这一着急，再弄出个好歹来……

**任德贵** 你说，这金花能去哪儿呢？

**德贵妻** 我就担心他抽惯了那口大烟，再引出点啥事来。

【正在这时，灵芝走来。

**灵　芝** 爹！爹！……

**任德贵** 灵芝，找到你金花大师兄了吗？

【灵芝摇摇头。

**灵　芝** 爹，大伙都找了两天，永平府街面上，犄角旮旯儿都找遍了……（忽然想起）哎，爹，我想起来了，头几天，大师兄说，永平府高腔班的老板请他喝酒，劝大师兄离开咱庆春班……

**任德贵** 离开庆春班？！

**德贵妻** 有这事？

**灵　芝** 说咱这挣得少……要我说，高腔班是想拆咱台柱子，赶咱离开永平府。

【正在这时，任小山和成来急急走来。

**任小山** 爹！……

**任德贵** 小山！找到你金花师傅了？

**任小山** 没有，可他……爹，我跟成来去了大烟馆，听那儿的一个伙计说，金花师傅欠了烟馆一大笔债，

**任德贵** 什嘛？！

**任小山** 因为还不起，就答应永平府高腔班的一个老板，去关外许家班搭班唱戏。

**任德贵** 到关外许家班唱戏？！

**任小山** 他们还……（欲说又止）

任德贵　还怎么了？

灵　芝　还怎么着？

成　来　还把咱庆春班几出看家戏，都是我叔成兆才新编的，偷偷把唱本卖
　　　　给人家许家班了！

　　　　【众人大吃一惊。

任德贵　你说什么，金花要去许家班，还把咱庆春班的唱本，卖给人家了？

灵　芝　那是咱的吃饭戏，他这是咱庆春班都卖了啊！

任德贵　（气急地）姚金花！……

　　　　【突然，任德贵几口鲜血，瘫倒在那里。

　　　　【众人大惊，成兆才急上。

灵　芝　爹！……

德贵妻　老头子！……

成　来　班主！……

众　　　班主！师傅！……

　　　　【众人搀扶起任德贵。

任德贵　兆才呀，师傅有话对你说……

成兆才　师傅，您说。

任德贵　兆才呀，师傅已是残烛风前了……就是缓过来，也撑不了多久了，
　　　　我想跟你师娘回家……

成兆才　师傅！……

任德贵　整整一辈子……一辈子没离开戏班，没离开这一亩三分田，咱唱戏
　　　　的命如一张纸，是上辈子作了孽，今生才吃这碗开口饭。台上千般
　　　　笑脸，台下泪水淹心，掐扁了捏圆了随人指使，低头哈腰逢人矮半
　　　　截，这就是戏子！……可，你知道师傅心里想的是什么吗？戏比天
　　　　大，戏比天大啊。所以，兆才呀，师傅从来没有后悔，为戏愁，为
　　　　戏欢，为戏悲，为戏苦，师傅都心甘情愿，心甘情愿！如今，病重

难撑，要离开这……舍不得呀！舍不得人，舍不得戏班，舍不得唱了一辈子的戏台啊！……

【任德贵潸然泪下。

成兆才　师傅！

任德贵　兆才呀，同根同枝一脉生，散去容易相聚难……从今儿个起，这庆春班就交给你了！

成兆才　（一怔）师傅，我……我哪儿中啊？

任德贵　往后，这二十多个人的饭碗就全靠你撑着了！

成兆才　师傅！我……

任德贵　兆才呀，师傅求你了！（欲跪）

成兆才　（阻止）不，不……师傅，我答应！

任德贵　小山，你过来，给兆才师傅跪下！

【任小山跪下。

任小山　师傅！

成兆才　小山……

任德贵　兆才，我把小山托付给你了。

成兆才　师傅，你放心吧。

任德贵　灵芝！

灵　芝　爹……

任德贵　兆才，你跟灵芝……你师娘都跟我说了，我把灵芝给你留下，好好待她……

成兆才　谢师傅成全，谢师傅成全……不，不，不，师傅，灵芝她不能离开你呀，您现在这个病……我，我放心不下呀。

德贵妻　放心吧，兆才！你师傅有我呢。

成兆才　师娘年纪大了，灵芝要是再不在身边，我实在是惦记呀。

灵　芝　可你孤苦伶仃一个人，没人照顾？

250

成兆才　我知道你心疼我，可灵芝，咱学艺的都明白，师傅就是生身父母，

　　　　我不能对不起师傅，对不起师傅啊我！

灵　芝　二师兄，灵芝……听你的，跟爹回去……

任德贵　兆才啊……

成兆才　师傅！

任德贵　兆才，师傅就要走了，临走，师傅想最后再唱两句落子……

　　（唱）　落子是咱碗里的饭

　　　　　　落子是咱菜里的盐

　　　　　　落子是咱苦中乐

　　　　　　落子是咱愁里的欢

【任德贵等在唱声中走去。

【众人泪水盈眶望着任德贵等走去。

【音乐。

【灯暗。

# 四

【三天以后。

【永平府客栈。

【姚金花提着行李走来。

小不点　师傅，师傅，你看……

成兆才　（惊疑地）大师兄！

成兆才　师兄啊，我们都找了你几天了，你这是到哪儿去了……大师兄，咱

　　　　师傅走了……

话剧《成兆才》2016—2019版剧照三

**姚金花** 我知道师傅走了，我知道师傅被我气吐了血，所以，师傅临走，我没脸来见他老人家。

**成兆才** （见行李）师兄，你这是要……

**姚金花** 从今天起，我姚金花不在庆春班了！

**成兆才** （一惊）你说什么，师兄，你真的要……

**姚金花** 离开庆春班，我这就走！

**成兆才** 不，师兄，你不能走，我不让你走。

**姚金花** 别拦我，我主意已定。

**成兆才** 师兄，你这是为啥，为啥呀？

**姚金花** 你就别问了，强扭的瓜不甜……哼，醋打哪儿酸，盐打哪儿咸，这不明摆着吗？

**成兆才** 师兄，你想错了！咱兄弟俩，十几年了，天缘地缘结戏缘，你唱旦，我唱丑，一铺炕上睡，一个锅里吃……

**姚金花** 一条被子两人盖，一壶老酒两人传……没错，这我都知道。可如今呢？

你是谁呀，会写，会演，是远近闻名的"东来顺"，是众人相敬的班主！

**成兆才** 不，不，师兄，你才是咱庆春班的顶梁柱，是咱落子行远近闻名的角儿啊！

**姚金花** （笑）成兆才，你不会没看见吧，大街上演出的海报上，成兆才，姚金花……两行字的大小可是差远了！还有看戏老板赏的银票、龙洋，可是给您成兆才的……说白了，您是咱戏班驾辕的骡子，我就是一个拉梢的驴……

**成兆才** （生气）师兄，你不是不知道，每笔赏银，咱都归了戏班啊！

**姚金花** 我就说我，我跟着戏班不就是混口饭吃吗，你们给一碗吃一碗，你们给半碗吃半碗……

**成兆才** 大师兄，你这么说，委屈师弟了，在兆才心里，一直把大师兄放在头里……师兄啊，哪头炕凉，哪头炕热，你可要掂对好了。

**姚金花** 人间沧桑有炎凉，奈何委曲求全中……反正，没有荷叶照样包粽子，没有我姚金花，庆春班照样唱戏。

**成兆才** 师兄，你是不是因为欠了大烟馆三十两银子，才非走不可？你放心，师弟想办法替你还。

**姚金花** 已经有人替我还了！（拿出"合同"）连"合同"都订了！

**成兆才** （接过看）关外许家班？师兄你怎么……

**姚金花** 没错，人家不光替我还了账，而且，老板答应包银给的也多……唉，天阴百日，总有一日晴！

【姚金花望了一眼成兆才，拿过"合同"。

**成兆才** 等等！……

【姚金花站住。

【成兆才从屋内拿出一把胡琴，递给姚金花。

**成兆才** 师兄，这把胡琴是师傅留下的，你拿着……

【姚金花接过胡琴。

成兆才　啥时候想回来，师弟等着你。

　　　　【姚金花转身走去。

　　　　【成兆才痛苦地站在那里望着。


　　　　【少顷。

　　　　【成来急急走上。

成　来　叔！

成兆才　啊！

成　来　叔！

成兆才　有话说！

成　来　刚才茶园的经理又来催了，说是姚金花的戏已经上了海报了，要是
　　　　不演，不光场份的银子没有，还要罚咱的款！

　　　　【成兆才有些着急地走来走去。

成　来　叔，这两天，永平府高腔班的人也在茶园门前起哄，说姚金花已经
　　　　跑梁子了，没人能演他的戏，还说把咱庆春班赶出永平府！

成兆才　唉！

小不点　（跑上）师傅，他们要……

　　　　【正在这时，几名戏班的艺人提着行李走来。

成兆才　（一怔）你们……你们这是干啥去？

　　　　【众人望着成兆才，不敢回答。

众　甲　成班主，我们……我们想离开戏班，回家。

成兆才　回家？！为啥呀？

众　甲　……金花师傅走了，戏班里没角儿，头牌都没了，您说，往后，谁
　　　　还看咱的戏啊？

众　乙　没人看咱的戏，咱庆春班不就散了吗？

众　丙　戏班……散了，咱老少爷们儿吃啥喝啥？上有老下有小，实在是台上挣一葫芦，家里等着一瓢呀……

众　甲　命中一升，难求一斗，本来就是扑棱棵子命，还是回家种地吧。

成兆才　（走近大家）你们以后……不再唱戏了，不再把唱戏当成一辈子的开口饭了？

众　甲　成班主，说心里话，我们也舍不得走，这辈子就是为落子生的，就想唱落子！

成兆才　眼下，是碰到难处了，金花师傅走了，难道咱庆春班就散伙了？我在想，这些年，咱们别妻离子，糊口讨钱，为了啥？民国七年闹饥荒，挖野菜，剥树皮，连地里的蚂蚱都抓来吃，可戏班还是生生不散，为了啥？去年，天津总督一纸禁令，砸了咱的场子，赶出了天津卫，戏班还是没散，为了啥？为了落子！兄弟们呀，落子是咱的根，咱的命……金花师傅走了，实在不行，我成兆才也演过包头……

【正在这时，任小山扮装急急走来。

任小山　不，师傅，金花师傅的戏，我来唱！

【众惊疑地望着任小山。

众　　　小山？！你这是……

成兆才　（一把拉过任小山）小山，金花师傅的戏，你都能唱！

任小山　能唱！金花师傅那些戏，一出一出的我都学会了，一招一式的我都记住了。要不，你们听听！

　　　　（唱）　花开四季各应节

　　　　　　　　暑盛之花过不了冬

　　　　　　　　正月迎春二月杏

　　　　　　　　三月桃花满园红

孙德民戏剧作品选（2012—2024）

四月五月牡丹放

六月荷花正时兴

**众**　　好，唱得好！

**小不点**　这五可这段唱可真像金花师傅！

**成兆才**　这是《花为媒》，小山，你还会唱哪出？

**任小山**　师傅，您再听！

（唱）　闻听此言大吃一惊

好一似凉水浇头怀里抱着冰

木雕泥塑说不出话

云蒙遮眼两耳鸣

心如刀扎浑身我是哆哆哆哆战

扑簌簌两眼落下泪痕

我那杀了人的天爷啊

我那杀了人的天爷啊

**成兆才**　（唱）　十娘，你要成全我拿一千两银子啊

【众人高兴叫好。

**成兆才**　好，把个杜十娘唱活了！

**众**　　唱活了！

**任小山**　（兴致勃勃）

（唱）　小老妈在上房打扫尘地

打扫了东屋又到西屋

套间里我们大爷正在睡觉

我何不去买东西款动金莲把门出

【众人高兴叫好，随唱。

【音乐。

【灯暗。

# 五

【几年后。

【唐山永盛茶园。

【茶园后台角落里，昏暗的灯光下，成兆才在写唱本。

十七年前，宝坻大旱，颗粒无收，正赶上女儿出生，家里已经断粮，我丈夫李永平为了孩子，就偷了东家两斗玉米，不想被人发现报了官，没办法，只有让我丈夫逃跑，临走时他对我说，要是在外边混好了，就回来接我们、母女，可是、这一去就是十七年啊……洞房认父。

【茶园舞台上正在演出《洞房认父》。

【李道元就坐在舞台上，格外显眼，茶园经理王凤亭不时端茶递水。

台下一群矿工，津津有味地观看演出。

【任小山妆扮女儿。

任小山 （唱） 十七年苦熬岁月好艰难

为寻父一路乞讨到唐山

母亲得病奄奄一息

为救母女儿与豪门结姻缘

却怎料祸起萧墙洞房内

丈夫是生父　坐在了红烛边

李道元 好，好！我知道了，这段事报纸上登过，真事儿！……当时在唐山闹的动静还挺大。这出戏编得好!

王凤亭　四叔,这戏是成兆才老板编的。

【舞台上任小山继续演出。

任小山　(唱)　你的结发贤妻成岳母

亲生女儿却与你拜花红

恨只恨十七年你抛弃亲骨肉

如今我人不人鬼不鬼

父女通婚如畜生

哪还有颜面活世上

倒不如一死我了残生

【任小山撞向墙壁,倒地而亡。

【正在这时,巡警队长率人闯上舞台,王凤亭急忙迎上。

队　长　别唱了!

王凤亭　哎,这位老总,我是茶园老板,有什么事,跟我说。

队　长　(拨开王凤亭)谁是成兆才,出来!

【成兆才急急走上。

成兆才　啊,长官,在下就是成兆才,您有啥吩咐?

队　长　胡编戏文,惑乱民心,带走!

【这时,几个矿工冲上舞台。

矿工甲　你们凭什么抓人?

队　长　你们……你们是干啥的?

矿工甲　开滦的矿工!这个戏演得好,我们爱看,抓人不中!

矿工众　对,不许抓人!不许抓人!……

队　长　煤黑子,听好咧,小山警察署在这儿执行公务,你们想咋着?

矿工众　我们要看戏,不许抓人!

队　长　哈哈,反咧?……(下令)把这帮煤黑子一块带走!

【顿时，巡警包围矿工。

【这时，舞台上传来一声："我看谁敢？！"李道元站起来。

李道元 （走到队长跟前）你小子拿了人家多少银子？告诉你，老老实实地回去，别碍我的眼，扫我的兴！

【巡警队长望了一眼李道元，大手一挥。

队　长　来啊，把这个老不死的押到警察署去！

军　官　反了你了！

【巡警正欲动手，新军军官率队跑上，将巡警缴械。

军　官　别动！（用枪顶住队长）你长几个脑袋，敢在太岁头上动土，拉出去崩啦！

队　长　（忙跪下）新军大人，饶命……小的要知道新军在这儿，说啥也不敢。

【李道元不耐烦地挥挥手。

孙德民戏剧作品选（2012—2024）

话剧《成兆才》2016—2019版剧照四

军　官　滚蛋！

　　　　【队长鞠躬，带巡警走下。

军　官　四叔！

成兆才　前辈，谢谢您，今儿个这事，多亏您老啦！

李道元　多大点事儿啊！（指军官）这是我侄子，驻唐山新军的团长……
　　　　（对军官）三儿，庆春班演的《洞房认父》挺好玩的，我乐意看。

军　官　四叔，打明儿个起，我派几个弟兄在这候着，看谁还敢搅和！

成兆才　（高兴地）啊，成兆才代庆春班谢谢您啦！

李道元　甭跟他客气，三儿，你走吧。

军　官　是，四叔。（走去）

李道元　凤亭呀，明天让庆春班的老板，对，还有那个小包头到我府上
　　　　坐坐。

王凤亭　哎，（对成兆才）还不谢谢四叔。

成兆才　谢谢前辈。

李道元　你瞧，矿上那些挖煤的，还等着听下文呢！

众　　　对，接着演！

成兆才　好，弟兄们，大弦拉起来！

　　　　【锣鼓重起，丝弦声声。

　　　　【灯暗。


# 六


　　　　【次日。

　　　　【李府花园茶亭。


　　　　【王凤亭引成兆才、任小山来到李府门外。


260

王凤亭　成老板，请。

成兆才　王经理，人家帮了这么大忙，还不知道这位前辈是……

王凤亭　噢，四叔的名字叫李道元，早先是宫里的太监，在升平署切末房管事儿，当年慈禧老佛爷看戏都是由他安排，哎，那可是个行家里手，京城梨园行没有不知道的。如今侄子是民国新军驻唐山的团长，他也随着落脚唐山，那绝对是个人物。

　　　　【正在这时，李道元走出。

王凤亭　四叔，成老板看您来了！

成兆才　在下带着任小山，给您老请安了！

李道元　我知道成兆才，外号东来顺，能编会演，是个全才。

成兆才　前辈，您老过奖了。

李道元　可惜，庆春班挑梁的角儿姚金花跳槽了。

王凤亭　你看，成老板，梨园行的事儿，大事小情就没有瞒过我四叔这双眼睛的。

李道元　姚金花走了，可这个新出道的任小山不比姚金花差……

成兆才　前辈，还得请您多多指教。

李道元　那好！（站起）嗯……姚金花最拿手的是四大口《秦雪梅吊孝》对吧？

成兆才　对，前辈说得太对了。

李道元　（对任小山）你能唱吗？（走到任小山跟前）

任小山　会唱。

李道元　大大大大嗓……

　　　　（唱）　小爱玉出门来……二目含泪……

成兆才　太好了！小山，还不快来两口，让前辈指教啊。

任小山　（唱）　小爱玉出门来

　　　　　　　二目含泪

261

进一步叹一步紧锁愁眉

像我这薄命的人哪无双又无对

似浮萍如蒿草风中之灰……

【李道元激动地拉过小山。

【李道元听见丁香哭声。

李道元　你也爱听?

丁　香　爱听。

李道元　他唱得好?

丁　香　好!

李道元　好,好,（对任小山）我跟你商量件事儿,做我的干儿子,你乐意
　　　　不乐意啊?

　　　　【任小山不知所措。

成兆才　小山,还不快给干爹磕头啊!

任小山　（马上跪下）给干爹磕头咧!（叩头）

李道元　（大笑）起来,快起来!成老板,从今儿个起,小山就是我干儿
　　　　子了。

成兆才　这可是他的福分啊。

李道元　那我得给他取个艺名,当作见面礼……走了姚金花,来了赛银铃,
　　　　赛银铃!哈哈!就叫赛银铃!成老板,你可是他的师傅,得多多照
　　　　应照应他!

成兆才　有前辈在这儿,我哪敢怠慢啊。

李道元　丁香,上茶!

　　　　【丁香下。

王凤亭　四叔,您身边什么时候多了个这么俊的丫头?

李道元　别人刚送来的。

王凤亭　好福气!

李道元　福气？成老板哪，对别人是福气，对我呀，那就是棵草儿。

　　　　【丁香端茶上。

李道元　成老板，今天请你来，我是想送你一件宝贝。

　　　　【众人不解地望着李道元。

李道元　丁香，给成老板唱一段儿。

丁　香　我……

李道元　丁香啊，你平时你是怎么练的啊？

丁　香　（唱）　有小红　细细地留神儿啊

　　　　　　　　从上下　打量着这个被绑的人

　　　　　　　　大大的两个眼啊

　　　　　　　　弯弯的两道眉

　　　　　　　　雪白的呀小脸蛋

　　　　　　　　人家没有一个麻子

　　　　【丁香唱了一段《花为媒》嗓音豁亮，表演得体。

　　　　【众人叫好。

李道元　咋样，是块唱戏的材料吧？

成兆才　唱得是真好！

李道元　给你了！

成兆才　给我？！前辈，不行，如今戏班不时兴坤角儿，再说，我这一帮大
　　　　老爷们，冷不丁来了个俊丫头，还不炸了窝呀？

李道元　（笑）我说你这个古板，我知道，你老婆孩子没了，你就把她收了
　　　　房，不就结了吗？

成兆才　使不得，万万使不得！

李道元　怎么使不得，我知道你现在独身一人，有这么个丫头陪着，你享福
　　　　去吧！

成兆才　不行，不行，我这岁数都能当她爹了！

话剧《成兆才》2024版剧照五

李道元　咦，老夫少妻多了去了，哼哼，少阴补老阳，越活越风光。要不，咱问问姑娘……丁香，愿意嫁给成老板吗？

　　　　【丁香不语。

丁　香　我……

李道元　说话！

丁　香　愿意！

李道元　嗨……嫌他岁数大吗？

丁　香　……不，不嫌。

李道元　哈哈，你瞧你瞧，人家姑娘愿意，看，高兴得眼泪都掉下来了，我看这事，就这么定了！

成兆才　（再也憋不住了）我说咧，不中！

　　　　【李道元一怔，突然沉下脸来。

李道元　怎么着，成老板，想让我热脸贴你的冷屁股？

成兆才　不敢不敢，只是这个……

李道元　你他妈少跟我这个那个的，给个痛快话。答不答应？

　　　　【王凤亭见势不妙，扯了扯成兆才的袖子。

　　　　【成兆才不语。

李道元　来呀！

　　　　【李道元的家人端着一个锦盒，李道元从中拿出一把手枪。王凤亭
　　　　（惊骇地）："四叔，您这是……"

李道元　丁香啊，人家不要你，我留着你也没用，我呀，还是送你上路吧！

　　　　【李道元突然用枪顶在丁香头上。

　　　　【成兆才等大惊失色。

丁　香　（突然跪下扑向成兆才）成老板，救命啊，成老板，你就要了我
　　　　吧，我给你当牛做马，伺候您一辈子，我不想死啊……

李道元　成老板，我还有一句话，往后，庆春班别说是在唐山地面，就是关
　　　　里关外，我李道元一句话也能晾你的场子，砸你的行头！

　　　　【成兆才惊呆了。

王凤亭　（着急地）成老板……

成兆才　（五内欲焚，落下泪来）前辈，成兆才答应了……

李道元　（大笑）甭害怕，我枪里头没子弹。凤亭啊，今儿个就在你那永盛
　　　　茶园，张灯结彩，披红挂绿，立马给成老板完婚，锣鼓喇叭可劲儿
　　　　响，大红轿子迎新人，给我办得热热闹闹的，所有开销，我李道元
　　　　包啦。哈哈哈，我呀，就爱看个乐，喜欢这口儿……

　　　　【灯暗。

　　　　【灯亮。

　　　　【夜。

【新房。

【残烛下，丁香痛苦地一动不动地坐在那里，成兆才斜卧在椅子上，已经睡着了。

【灯渐暗，一束光照在成兆才身上。

【成兆才进入梦境。

【灵芝匆匆走来。

灵　芝　这是真的吗？不是真的，这是梦吧！不，这明明是新婚的洞房，还有一个女人，她……她是谁？二师兄，你答应过灵芝，你亲口对我说，一定等着我，谁知，灵芝傻傻地等，苦苦地盼，如今落个一生心事成虚空……二师兄，为什么，为什么？

成兆才　灵芝啊，灵芝，你怎么来了？

【灵芝猛地扑上去抓住成兆才。

灵　芝　二师兄，你……你为啥要结婚，为啥跟别的女人进这个洞房？为啥，为啥呀？你当初是咋答应灵芝的？（痛哭）

成兆才　灵芝，听师兄跟你说……

灵　芝　不，我不听！你马上出去，离开这个洞房，离开这个女人！……（拉住成兆才欲走）

成兆才　灵芝！……师兄对不住你呀，这些年，师兄心里只有你……可……可师兄没办法呀！

【突然，空间传来李道元的声音。

李道元　……给个痛快话，答不答应？……往后庆春班别说是在唐山地面，就是关里关外，我李道元一句话也能晾你的场子，砸你的行头……

成兆才　灵芝，师兄是怕那个女人被枪打死，是怕毁了咱庆春班的前程。妹子，师兄心里苦啊，师兄有话说不出来呀！（痛哭）

【灵芝慢慢走上前来，给成兆才擦拭泪水。

灵　芝　二师兄！灵芝不怪你了，灵芝知道你心里有我。

266

成兆才　妹子，我的好妹子！……

灵　芝　二师兄，这辈子，你心里有我，就足够了。也许缘分都是老天注定，咱们没有福气白头偕老，可今生灵芝能遇见二师兄，也心满意足了……

成兆才　灵芝啊，那个女人也是个苦命人……

灵　芝　好好待她，来年有个一男半女……

成兆才　师妹，别再戳你师兄的心了。

灵　芝　二师兄，明天，我就走……

成兆才　走？！去哪儿？

灵　芝　回老家。

成兆才　不，灵芝，师兄不让你走！

灵　芝　不行，我怕……受不了。

成兆才　你一走，师兄怕再也见不到你了。

　　　　【灵芝扑到成兆才怀里。

灵　芝　二师兄……（挣脱跑去）

成兆才　（喊）灵芝！灵芝！师妹！

　　　　【洞房内灯亮，丁香惊疑地望着成兆才。

丁　香　老爷，您怎么啦？

　　　　【音乐。

　　　　【灯暗。


# 七


　　　　【几年以后。

　　　　【关外某地，成兆才住处后院。

【成兆才躺在戏箱上读着剧本。

【任小山走来，端茶给成兆才。

成兆才　（感慨地）父母官贪赃枉法实可恨，高占英杀害妻女枉为人，杨三姐不畏强权令人敬，成兆才写戏为她把冤伸……（突然胸痛）

任小山　（一惊）师傅，又犯心口疼了？……您又一宿没睡了吧？师傅，不能总这么熬夜了。

成兆才　没事……小山，这出《杨三姐告状》，师傅就要写完了。

任小山　忒好啊，昨天，茶园老板还问啊，说等着要贴海报呢!

成兆才　快了，快了!

【成兆才又埋头写作。

任小山　（望着成兆才，由衷赞叹）师傅，您可真能耐，又会演戏，又会拉胡，还会写戏文……师傅，您说，您得认多少字，读多少书啊!

成兆才　（望着小山，慢慢停下笔）小山，你师傅一天书也没念过!

任小山　（惊疑地）我不信!

成兆才　小时候连饭都吃不上，还想念书？……放猪、打短、扛活……一直活到十八岁，村里富人们办了个私塾，请了一位金秀才教书，我就隔三岔五地爬到窗户眼儿去看他教字，听他讲《今古奇观》《聊斋》……回头，我就在地里用树枝当笔学会写字。跟你说，你师傅整整爬了半年的窗户眼儿，才学会了一本《百家姓》……（说着，大笑起来）

任小山　那您就会写戏了？

成兆才　为了糊口，打小学会吹横笛，拉板胡，说莲花落，唱二人转……那工夫，比要饭强不了多少的戏班子，没有新戏出，就找不到台口，就得挨饿，于是，赶鸭子上架，我这个二半吊子，就拿起笔，写呀，编呀，从莲花落到拆出，从拆出到平腔，一直到如今……

任小山　如今，难怪口里关外都管您叫戏圣，师傅，您真的是戏圣，一辈子跟着戏班，一辈子吃苦熬夜，一辈子写呀写呀，那一出一出好戏，都在老百姓心里啦——

（唱）　　一支毛笔　一盏孤灯

　　　　　半块干粮　一条板凳

　　　　　风挑门帘　月照窗棂

　　　　　抬头望眼　一声鸡鸣

　　　　　写一个狄仁杰难谐马寡妇

　　　　　编一个张五可嫁定王俊卿

成兆才　（唱）　唱一个雪梅双吊孝

任小山　（唱）　表一个黄氏爱玉扇坟茔

成兆才　（唱）　傻柱子接不完的美娘子

任小山　（唱）　王定保借当有隐衷

话剧《成兆才》2024版剧照六

成兆才　（唱）　洞房认父是荒唐事

任小山　（唱）　赵连壁兄弟反目借粮不成

成兆才　（唱）　写一个为姐申冤四方告状的杨三姐

合　　　（唱）　大快人心枪毙恶贯满盈的高占英

任小山　（唱）　解民倒悬申正义

　　　　　　　　于无声处听雷鸣

成兆才　（唱）　今生没写完的戏

　　　　　　　　成老兆来生要写成

　　　【二人大笑。

　　　【这时，成来走进。

成　来　叔，有个卖唱的艺人，八成是没钱，住不起店，昨晚上已经在茶园
　　　　门口蹲了一宿，今天……

　　　【门外，一束光下，一个形色枯槁、衣衫褴褛的人背着胡琴，他就
　　　是姚金花，唱着《秦雪梅吊孝》……

　　　　　　小爱玉出门来

　　　　　　二目含泪

　　　　　　进一步叹一步　紧缩愁眉

　　　　　　像我这薄命的人哪无双又无对

　　　　　　似浮萍如蒿草风中之灰……

任小山　（惊疑地）金花师傅！

成兆才　大师兄！

　　　【三人急忙冲出门外，痴痴地望着姚金花，内心如焚，泪水潸然。

成兆才　（猛地扑过去抱住姚金花）大师兄！

姚金花　（同时地）兆才！……

　　　【姚金花一怔，呆呆望着成兆才三人，突然心潮翻滚，眼泪滚滚

270

而落。

成兆才　大师兄你可回来了！

姚金花　我没脸见你们啊！

成兆才　大师兄，我们早就盼着你回来呀！

【姚金花跟跄着进屋。

任小山　师傅，你怎么找到这儿来的，不是在关外许家班吗？

姚金花　我咋跟你们说呀！……兆才，当年离开庆春班，是想多挣几个钱，谁知，后来一场大火，许家班也败落了，打那，我心灰意冷，形只影单，我……不争气的我又撂不下大烟，三九天被班主赶了出来……

成兆才　师兄啊，这会儿到家了，你该踏实了！

姚金花　开始靠街坊周济，后来疾病缠身，实在混不下去了，一路卖唱一路讨钱，千里迢迢地来找你们……兆才，千错万错当年错，人到悔时方恨晚！

成兆才　大师兄，咱这回啥也不说了，咱们找好大夫，先看病。

姚金花　没用，我这病……没指望，白花钱。

成兆才　不，病一定要治，大师兄，庆春班还是你的家。

任小山　师傅，您还一出一出教我戏……（想起地）对，兆才师傅正在写一出新戏，叫《杨三姐告状》，您来演，咱准能一炮打响！

【姚金花摇摇头。

姚金花　兆才，你看，师哥身子骨不行了，嗓子也让自个儿糟蹋了……岁数大了，答应师哥，我想回老家……

成兆才　师兄，你？……

【姚金花将胡琴递给成兆才。

姚金花　用不着了……种地比唱戏好！兆才，我也想回去看看师傅……（痛哭）

271

【音乐。

【灯暗。

# 八

【接前场不久。

【客栈，成兆才房间门外。

【房间里，丁香闷闷不乐地坐在那里。

【任小山走来，敲门。

丁　香　谁呀？

任小山　是我，师娘！

丁　香　小山快，快进来。

话剧《成兆才》2024版剧照七

任小山　师傅没在家?

丁　香　你师傅不在,你就不能进来了?

【任小山进屋。

丁　香　(嗔怪地)人不大,心眼儿不少……你师傅又蹲到后台写唱本去了,昨儿个又是一宿都没回家……

【任小山忽然发现丁香落泪。

任小山　师娘,您咋儿咧?

【丁香摇头。

任小山　师娘,您到底是咋儿咧,我师傅惹你生气了?

丁　香　我能不生气吗?那个杨三姐,在天津的时候,咱替她交房钱,供她吃喝,不就因为是咱的老乡吗?如今,你师傅非要给她写戏鸣冤……这不,这些日子,一直住在后台,一宿一宿跟着了魔似的,连家都不要了,心里哪还有我?

任小山　师娘,师傅是着急,戏迷们一听说咱要演《杨三姐告状》,都排着队买票,师傅这才白天黑介赶剧本,师娘,我师傅不是不惦记你。

丁　香　我心里明白,他心思没在我身上,跟我是不得已……都怪我命苦,从小没爹没妈,半斗米就是我的卖身钱,从此,任人欺凌,像棵苦苦菜,有悲没有欢。原想嫁给你师傅……谁知,小山,你是不知道,你师傅从来没把我当成妻子,你说,哪个女人活着,不是指望有人疼,有人爱呀!

任小山　师娘……

丁　香　你别叫我师娘,我比你还小呢!

任小山　那我叫您啥呀?

丁　香　叫我……丁香。

任小山　这,这咋儿中啊?

丁　香　小山,那天,我在园子里看你演《杜十娘》,我眼泪都掉下来了。

273

小山，你演得真好，嗓子好，唱得好，扮相更好，小山，从见你第一面，我心里就……

**任小山** 师娘，我先走了。（急忙走去）

**丁 香** 小山！小山！

【丁香有些怅然。

【少顷，成兆才一边念戏词一边走来。

【丁香急忙擦泪，起身。

**丁 香** 老爷，回来了？

【成兆才没有理会丁香。

**丁 香** 老爷，您这是从哪儿回来呀？

【成兆才似乎没有听见。

**丁 香** （嗔怪地）老爷，您怎么，您怎么听不见我说话？

【成兆才仍然没有回答。

**丁 香** 我这样跟你说，你咋听不见？

**成兆才** 我这样跟你说，你咋听不见。

**丁 香** 是啊，我自个儿都说半天了，你也不吱一声……

**成兆才** 你也是从小就未得好，孤苦伶仃伴辛酸……

**丁 香** （高兴地）老爷，你在说我呢？……你跟我说话了？

**成兆才** 福浅命薄被人卖，一十几岁结姻缘……

**丁 香** 是啊，如今白天黑夜都把老爷盼，能在一块恩恩爱爱，亲亲热热……

**成兆才** （吟诵）你把小妹扔一边，姐姐啊，阴灵不远你听得见，隔着棺木你与小妹诉诉冤……

**丁 香** （恍然）他，他不是跟我说话，是写戏词呢！

【丁香生气地走去。

**成兆才** 杨三姐这丫头可真不一般……

【灯暗转一束光下，成兆才与杨三姐谈话。

成兆才　告状！诉冤！闯堂！杨三姐闯进公堂……

【舞台后区灯亮，前区灯暗。

【杨三姐出现在后区，成兆才代替县长与杨三姐对戏。

杨三姐　（念）县长不准状，拼死上公堂。

成兆才　杨三姐，你为何又闯公堂？

杨三姐　杨三姐请求县长开棺验尸。

成兆才　你无干证，不能批准！

杨三姐　何为干证？

成兆才　眼见为实。

杨三姐　杨三姐已有干证！

成兆才　在哪里？

杨三姐　我杨三姐死在堂上，你不就是干证？

【后区灯暗，前区灯亮。

成兆才　有了，有了，有了。（拿起剪刀）杨三姐要是死在公堂，不就有干证了吗！

【此时，成兆才学杨三姐的样子，手持剪刀，继续写剧本。

成兆才　这是真人、真事、真世界刺罢小鬼刺阎君。《杨三姐告状》这出戏，我越写越觉得杨三姐这丫头可真不一般。

【丁香拿过剪刀，生气下。

【灯亮。

【这时，任小山与众甲乙丙走来，拿着一块牌匾。

任小山　师傅，您看！……

成兆才　（念）"评古论今"，这是……

任小山　这是当地的一位大绅士派人给咱送来的，戏院老板说，这位大绅士

275

前清还在河南当过督统。

**成兆才** 好哇，评古论今，太好了。（思考地）小山，你说咱就照牌匾写的，把咱平腔的"平"字，加上言字旁，就叫"评戏"，怎么样？

**任小山** "评戏"，好，好，这个名又好听，又时兴。师傅，往后，咱们就叫"评戏"！

【丁香端茶上，为小山倒茶，并不给成兆才倒茶。

**成兆才** 往后咱就叫评戏，太好了，往后啊咱这个小落啊就有了大名堂了。小山，我马上去园子找老板，把明天的杨三姐告状的海报，改成"评戏"，走！

【成兆才，小山与众甲乙丙拿着牌匾走去。

【成兆才突然想起，拦住小山。

**成兆才** 小山，你师娘还在生气呢，你呀，好好劝劝你师娘，让她别生气了。

**任小山** 哎。

【成兆才与众甲乙丙笑着走去。

【任小山不知所措。

**丁　香** 小山，还记得那年你去李道元的府上吗？

**任小山** 那是咱第一次见面。

**丁　香** 你唱的那四大口，一下子把我给打住了，清清脆脆的声音像颗颗珍珠落地。小山，我问你，你一个大男人，为啥扮起女人来，比女人还女人？

**任小山** 师傅教的呀。

**丁　香** 师傅咋教的？

**任小山** 要想演女人，先得参透女人的心，用心里的女人演女人。

**丁　香** 那你……小山，你能知道你眼前这个女人的心吗？

**任小山** （一怔）师娘……

丁　香　我不是师娘，小山，我是女人，我就是你戏里演的女人。

【此时，任小山不知说什么好。

丁　香　是啊，这满屋子都是你师傅写的剧本，可这屋里，我却觉得到处都是冷冰冰的。戏班里，天天吹拉弹唱，可我心里，没有一会儿不是空落落的，小山，我跟你师傅虽说是夫妻，可这么多年，热怀抱冰，纵然同床，隔心隔情又隔人……你师傅从来没碰过我，我们俩从来就没……他连做梦都在喊着别人……（哭了）夜里我常常自己哭醒。

任小山　（惊怔）真是这样？……

丁　香　这些年，丁香没有爱，这些年，丁香天天在守空房……我不孤单吗？我心里不苦吗？

任小山　师娘……

丁　香　不是师娘，小山，求求你，别叫师娘，我……我是你的丁香！我知道，你心里有我，我心里有你。

任小山　不，不！除非来世……

丁　香　没有你，这辈子我都觉得长……

任小山　丁香……

丁　香　（抬起头）你叫我丁香了，你叫我丁香了！小山，再叫我一声，我还想听……

【丁香上前紧紧抱住任小山。

【小不点在院外看到了院里发生的一切。

【灯渐暗。

# 九

【时间接前场。

277

【客栈，成兆才住处。

【成兆才痛苦地靠在椅子上。

【任小山、丁香跪在地上。

【音乐传来，《杨三姐告状》的唱词：

一见哥哥上锁条

心中好似扎钢刀

好似一只伤弓鸟

扑簌簌点点珠泪往下抛

我那受了罪的哥哥啊……

任小山　师傅，千错万错都是小山子我一个人的错，任打任骂，咋处罚我都中，您可别气坏了身子……（痛哭）

丁　香　老爷，要打要骂，要杀要剐您冲我一个人来，求老爷您放过小山吧……

成兆才　你们……你们不该呀！……写了一辈子唱本，演了一辈子戏中角色，如今，竟轮到自己、轮到你我，羞羞辱辱，苦苦涩涩，怎么会是这样……

丁　香　……老爷，丁香是个女人，可今生今世谁拿我当过女人？没有！那个太监李道元，我只是他手中取乐的玩物……后来，老爷收留了我，丁香感恩不尽，虽说老夫少妻，可我一心伺候老爷。我知道，老爷是好人，白天上台演戏，夜里要写唱本，常常熬到天亮，看着老爷都长出白头发，丁香都心疼……所以，丁香宁可把苦水咽到肚子里，一天天盼，一宿宿等，一年年忍……可老爷，这么多年，我什么都没等到……老爷，您想过我是女人吗？您想过丁香是个有男人的女人吗，整日空房寂寥，我不冷吗？整夜，圆月空照，我心里不苦吗？一个女人多少年，跟没有男人一样……老爷，比您打我骂我还要苦啊！……（痛哭）老爷，如今，丁香知道错了，丁香就是惹祸的根苗，情愿一死，身去魂销！

任小山 师傅，丁香自幼命苦，就像乡野地里的一棵小草，风来雨去，无人可怜……

【成兆才心潮起伏。

成兆才 小山，你别说了……怪我呀，都怪我！丁香，这些年是老爷冷落了你，苦煞了你……老爷我对不住你啊……

成兆才 当初，是枪下配姻缘，才有今日苦果，我救了你，也害了你……当初是红灯花轿许配给我，而且陪伴了我许多年，许多年……许多年，一铺土炕，我睡这边，你睡那边，许多年，我在后台写唱本，

孙德民戏剧作品选（2012—2024）

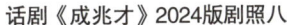

留下你一个人，守在空房孤孤单单，多少个夜晚，你坐在油灯下，偷偷落泪，多少次醒来，被子上泪水潸潸……是老爷心狠吗？可老爷心里……苍天捉弄，相逢无缘！丁香啊，老天对你不公！成某对你不公！可怜的孩子，这么多年，无人疼，无人怜……

丁　香　不，不！老爷，您千万别这样说……

任小山　师傅，您别说了，是我们错了，您怎么发落都行……

【成兆才走到二人面前。

成兆才　发落，发落……你们想过没有，几十年的庆春班，坎坷蹉跎，是一辈子的泪，一辈子的汗，一辈子的血，咱才把小落子唱成了大戏，咱才把落子唱响了关内外，咱庆春班才红了天津卫，红了关外东北……往后怎么办？往后百部落子大戏怎么唱？往后咱庆春班谁来挑大梁？谁来传薪火？……你们说呀！

【沉默。

成兆才　小山，你先出去，我跟你师娘有话说。

【任小山走去。

成兆才　成来……（接过成来手中小箱子）丁香，这些钱你拿着。

丁　香　（突然想到）不，丁香不配做您的老婆，我给您当老妈子，当丫头，给你端茶倒水，洗衣服做饭，您让我赎个罪吧！

成兆才　丁香，你听我说，小山是我看着长大的，是金花师傅和我手把手地教出来的，如今，他有天分，有才情，是咱落子行的一棵慧苗，是咱庆春班里的台柱子……你要是不走……还有，小山就是上台演戏，他神不定、心不安，更要紧的是，他人前人后抬不起头来，到了那个份上他还怎么唱戏。丁香，我让你走，是为了保住咱这评戏，保住庆春班，保住小山啊。丁香，你帮帮老爷我吧。丁香，我……我求求你了！

丁　香　……老爷，我懂，我懂了……（感动地）老爷您想到的是戏，是戏

班，老爷，您放心吧，丁香这就走，丁香永远不回来……（痛哭）

小不点 （将包裹递给丁香）师娘！……

【成兆才将箱子递给小不点，小不点追丁香下。

【成来搬过书箱，任小山走来。

成兆才 小山啊，师傅回乡养病去了，这些剧本是为师毕生的心血，现在留给你……小山，为了咱的评戏，你要好好唱戏，好好做人……

任小山 （跪下）师傅！……

成兆才 列祖列宗，梨园祖师，落子同行，家乡父老，别笑话成某，别笑话成某……我成兆才含羞忍垢，就是要保住评戏的这棵根苗啊！

【音乐。

【灯暗。

# 尾声

【村口。

【灵芝背筐走来，不时向远处望着。

【成兆才与成来、小不点走上。

成兆才 师妹？灵芝！

成　来 叔，没听见，没听见。

小不点 师傅，师傅，您大点声、大点声。

成兆才 灵芝？！灵芝！我回来啦！

灵　芝 二师兄！

灵　芝 你娶了丁香，你娶了丁香……

成兆才 那都是过去的事了，这回回来我不走了。

灵　芝 走，二师兄，快跟我回家吧！

【成兆才、灵芝、成来走去。

【突然，成兆才站住，似乎在倾听什么。

【灵之等人不知所措。

【空中传来唱戏的声音：

　　一见哥哥上锁条

　　心中好似扎钢刀

　　好似一只伤弓鸟

　　扑簌簌点点珠泪往下抛

　　我那受了罪的哥哥啊……

【音乐强起。

【任小山和戏班推着布景大车走来。

【主题歌起：

　　平生落魄尽凄凉

　　一领青衫依然长

　　星月苍凉风雨度

　　粉墨一生铸平腔

【大雪纷飞。

【灯暗。

# 大漠日记 无场次 话剧

编辑：孙德民（执笔）

　　　　赵惠芬

创排演出：河北省承德话剧团

# 主题歌

## （一）

我透过布满银光的小窗

悄悄地向远方凝望

是什么牵动我的思绪

风沙中　一丛丛红柳

一棵棵胡杨

月缺月圆　寒来暑往

悄悄地生　悄悄地长

悄悄地扎根在沙漠上

多少歌赞美

常青的松柏

为什么　为什么

不唱给默默的红柳和胡杨 ……

# 主题歌

## （二）

不是一切大树

　　都被暴风折断

不是一切种子

　　都找不到生根的土壤

不是一切真情

　　都流失在人心的沙漠里

不是一切梦想

　　都甘愿被摘掉翅膀……


　　——摘自舒婷诗篇

# 人物表

肖　莉　女　保定学院西部支教毕业生，且末中学教师

彭一刚　男　保定学院西部支教毕业生，且末中学教师

黄玲玲　女　保定学院西部支教毕业生，且末中学教师

周大民　男　保定学院西部支教毕业生，且末中学教师

殷中全　男　保定学院西部支教毕业生，且末中学教师

赵　疆　男　且末中学校长

王　霞　女　西部支教老师，周大民妻子

文　静　女　疆二代　经营超市，殷中全女朋友

阿依加　男　且末中学学生，维吾尔族

古丽娜　女　且末中学学生，阿依加妹妹

布孜然　女　阿依加母亲

伟　波　男　且末中学学生

伟　华　女　且末中学学生，伟波妹妹

艾木勒　男　且末中学学生，维吾尔族

刘向南　男　原西部支教老师

林　颖　女　原且末中学毕业生，后考入北京大学

其　他　黄母、院长、列车员、中学教师、学生、家长、亲朋若干

# 序

【一束光下。

【肖莉在写日记。

【画外音：

大家花了很长时间，才在地图上找到了新疆边远地区的一个小县城——且末，有人说那里一片沙漠，有人说那里人烟稀少，生活艰苦……我想了，既然报了名，最后所有的人都放弃，我也会坚持自己的选择！因为我坚信，离开自己已经熟悉的一切，尝试面对新的生活，也许让生命更有意义。谁知，母亲坚决反对，出发前，和我已经一个月的冷战……

【灯暗。

【灯亮。

【2000年的夏天。

【保定火车站。

【显眼处挂着醒目的标语："到西部教书去！""献身西部的教育事业！"

【一群身穿白色T恤衫、即将西行的青年，正在与前来送行的亲朋好友、老师同学话别，灿烂的鲜花，热烈的掌声，温暖的祝福，亲切地嘱托……此起彼伏。彭一刚、黄玲玲、周大民、殷中全等人，分别被人包围依依惜别……

【这时，黄玲玲的母亲拿着一包土，匆匆来到女儿面前。

黄　母　玲玲！玲玲！……这是咱太行山乡的一包土，妈是用箩筛过的……

孙德民戏剧作品选（2012—2024）

拿上它是个念想，想家的时候，拿出来看看……对，老辈说，这还是个吉兆，带上它到哪儿都不会水土不服，不得病！

**黄玲玲** （接过）谢谢妈！……您回去吧。

【正在这时，彭一刚走过，他背着相机，胳臂上还戴着黑纱。

**黄玲玲** 彭一刚，你也和我们一起走？

【彭一刚点点头。

**黄玲玲** 你母亲刚刚病故，父亲孤零零地……你该在家多陪伴他几天……

**彭一刚** 是啊，母亲没了，我也不忍心在这种时候把父亲一个人抛下。但他不答应，今天一早，父亲亲自把我送到村口……

【不远处，殷中全在安慰父亲。

**殷中全** 爸爸，您就放心吧，西部再苦，儿子也不怕！只是……我走了，你一定好好照顾自己，照顾我妈……有啥事，给我写信、打电话！……

【这时，同学们突然鼓起掌来，原来学院的院长也赶来送站。

**院　长** 同学们，从今天起，随着列车的驶动，你们的命运将与祖国西部紧紧连在一起，你们的青春将在人民最需要的地方丈量，但是，你们永远是保定学院的学子，这里有学院前身保定红二师抗日救国的光荣历史，所以，继承革命传统，发扬优良的校风，会永远铭刻在你们的人生道路上！同学们，不管遇到什么困难，母校永远做你们的坚强后盾！

【众人鼓掌。

【这时，手拿相机的彭一刚，突然喊了起来。

**彭一刚** 同学们，就要告别母校、告别家乡了，我们合个影，作为纪念吧！

**众** 好，合影留念！

【这时，支教青年们站在标语下，准备拍照。

【黄玲玲突然喊起来。

黄玲玲　等一等！肖莉……肖莉还没来！……

　　　　【众人一怔。

众　　　"是啊，肖莉还没来……" "她怎么了？……难道……"

　　　　"改变主意不去了？……可咱们都是签了协议的……"

彭一刚　不会！肖莉一定不会……

黄玲玲　我去迎迎她！（欲走）

　　　　【正在这时，肖莉一身汗水，拉着行李箱子，急急走来。

众　　　肖莉来了！

　　　　【肖莉望了大家一眼，有些难为情……

肖　莉　对不起，我来晚了！……

黄玲玲　（接过肖莉的箱子）你们家就在附近，还来晚了……

肖　莉　我妈……说啥不让我走！

黄玲玲　咋，阿姨还没答应？

肖　莉　（点点头）已经冷战一个月了，今天一早索性拦在大门口……我
　　　　说："妈，您是不是担心我走了就不管这个家了，怎么会呢？我是
　　　　您的女儿，我知道，咱是太行山贫困的山村，当初，为供我上大
　　　　学，您和我爸借了许多外债……如今，毕业我去西部支教，国家发
　　　　我们工资，我完全可以补贴家里……"

彭一刚　阿姨说什么？

肖　莉　一句话没说，好像没听见一样……

黄玲玲　傻闺女！阿姨哪是图你挣那几个钱呀，是心疼闺女到那么远的地方
　　　　吃苦！……

众　　　对，对！

黄玲玲　（忽然想起）哎哎……肖莉，咋没给阿姨唱那首歌呀？……（唱）
　　　　"我们新疆好地方啊，天山南北好牧场……"

肖　莉　（笑了）没敢！……

289

【众人大笑。

肖　莉　后来，我趁她没注意，提着箱子，一步跨出了院门，"妈，我走了，您好好照顾自己……"她没有阻拦，只是流下了眼泪……望着白发苍苍的妈妈……（拭泪）

周大民　反正，我们相信，肖莉一定会来！

众　　对！

肖　莉　没错！面对新的生活，让生命更有意义！

彭一刚　说得好！同学们，合影留念！

【彭一刚给大家照相。

列车员　同学们，时间快到了，大家上车吧！

【人们提着行李纷纷上车，肖莉却站在那里，不时望着进站口。

黄玲玲　肖莉，上车！……咋，想妈妈了吧？……

【这时，站台响起铃声，火车即将开动，肖莉被黄玲玲拉上火车。

【肖莉隔着窗子，依然向站台眺望，就在火车刚刚启动的时候，肖莉眼睛突然一亮……

肖　莉　（望着窗外，大声地喊）妈妈！妈妈！……

【肖莉拍打着车窗，泪水夺目而出。

【人们向站台望去。

【站台一角，一个有些佝偻和单薄的身影，步履蹒跚地追赶着即将远去的列车，她猛地一个趔趄，差点儿摔倒……老人还在不停地用衣服擦拭着双眼。

【她，就是肖莉的母亲，虽然没有和女儿话别，却用了这样一种特别的方式为女儿送行。

肖　莉　（再也控制不住自己，放声大哭）妈！妈！……

【歌声：

290

深情深情的妈妈

多情多情的太行

多想多想挽住你的手

多想多想永远在你身旁

记住别样的分别

分别的路很长很长……

【灯暗。

一

【几个月之后的春天。

【肖莉宿舍。

【一束光下，肖莉在写日记。

【画外音：

几个月的时间，转瞬即逝，似乎对戈壁沙漠的新奇，对异域风情的惊喜，对生活岁月的憧憬，对西部教师的新鲜……已经过去。于是，一步步、一天天走向现实，走向自己……然而，我们万万没有想到，每当春天到来的时候，这里有多半年被风沙折磨，最可怕的就是排山倒海的沙尘暴，黑压压的乌云从天而降，世界好像在一片混沌之中……

【灯亮。

【一场强烈的沙尘暴突然袭来，天空刹那变得昏黑，飞沙走石，不时传来声声巨响。

【学校在紧急广播：

同学们，重要通知！重要通知！……沙尘暴就要来了，沙尘暴就要来了！……全校马上停课，同学们赶快放学回家，路上注意安全……

【少顷，风起云涌，沙尘暴真的来了。

【此时，肖莉、黄玲玲拿着教案，惊慌地回到办公室。随后，周大民、殷中全也跟了进来。

黄玲玲　（恐慌地）这是怎么了？！天要塌了！……（见状）咋，这风沙都灌到屋里来了……

殷中全　（望窗外）你们看，垃圾箱飞到天上去了，还有……还有那么多废弃物在空中乱撞，太可怕了！……

肖　莉　我怎么连气都喘不过来呀？满嘴沙子……

黄玲玲　快，靠在墙角，要不蹲在办公桌下面……说不定要天塌地陷闹地震……

周大民　不，听老教师说过，这就是春天刮的沙尘暴，一场沙尘暴，几天都不见太阳，满城飞着沙土。人们说："且末人民苦，一天半斤土，白天吃不够，晚上还要补……"

【突然，屋外风声大作，沙石撞击，巨响惊天动地……

黄玲玲　哎呀，越来越厉害，这可怎么办呀？

【正在这时，校长赵疆怀抱窗帘急急走进来。

赵　疆　各位老师……

众　　　校长！……

肖　莉　快开灯！……（拉电闸）

赵　疆　已经停电了！……（说着点着蜡烛）老师们，别害怕，来，先把窗帘儿挡上……刮起沙尘暴，门窗关得再严，也挡不住这蛮不讲理的风沙进来，它有一种钻劲儿，门缝儿、窗户缝儿……一切可能的地方它都能进来……

【赵疆和众人将窗户挡上。

292

肖　莉　怎么总让人心烦意乱，坐卧不宁，一嘴沙土说不出话来……

赵　疆　对，来，来……用毛巾沾水，之后，放在嘴里就舒服了……

【这时，周大民走到窗前望着。

周大民　其实我觉得沙尘暴也挺美的，挺壮观……

黄玲玲　沙尘暴给你刮神经了，还美？还壮观？……

周大民　你听我说，咱在电视上见过龙卷风，见过台风，见过沙漠随风起舞……可我们还没见过大自然这样发威，这么恐怖！多有陌生感……黑压压的乌云突然从天而降，风沙巨石排山倒海！……

【众人大笑。

肖　莉　赵校长，听说，每次沙尘暴，都要刮走几个外地来的教师？

赵　疆　是啊，谁愿意待在这儿呢？……许多外地支教老师都走了，说心里话，我不怪他们。当初，人家也是一腔热血，从大城市、从遥远的南方来咱这儿支教……本来，地界偏远，又是沙漠，再刮上这沙尘暴，人家哪儿经过这个，受不了！……记得一位老师正走在街上，突然起了沙尘暴，顿时，周围既没有车辆，也没有行人，他已经迷失了方向，走到哪儿，风追到哪儿……等我们把他找到，已经是一个昏迷不醒的土人……后来，他离开且末了，和他一起来的几个教师也走了……我亲自把他们送到车站，送上车……不知为啥，我一点儿也不埋怨他们，火车开了，我流泪了，只觉得且末对不起他们……

【众人听了，深受感动。

肖　莉　老师都走了，学生怎么上课？

赵　疆　是啊，你们来之前，已经没法上课了……

【沉默。

周大民　（故意地）可是赵校长，当初您在保定，只是对我们说，这里地处边疆，交通不便，经济落后，生活艰苦……可没说有沙尘暴……

赵　疆　这……

众　　　（笑）对，对，没说有沙尘暴……

赵　疆　我是没说……那工夫，我这心里……只想着学校遇到了有史以来最困难的时期，着急没老师，我怕万一跟你们说了沙尘暴……各位老师，我心里明白，那次去内地招聘老师，我们走了许多地方，可到处碰壁，没人报名，为啥？……如今……唉，不少年轻人已经为了钱……躺平了！理想追求变了！啥"宁可坐着轿车哭，也不在自行车上笑……"谁还愿意到这艰苦地方来。难得的是你们报了名，签了约，万一……当时，我还真有点儿私心，没敢说沙尘暴……

【众人大笑。

赵　疆　各位老师，还真是对不起你们，且末这个地方，风沙多……说真话，你们来了之后，我还天天担心，天天祈祷，千万千万别来沙尘暴……谁知，这不，还真跟你过不去！　来还不是小的风沙，而偏偏是最可怕的，排山倒海，遮天蔽日！……（望了望众人）不过，各位老师，你们别害怕，且末这几年，全县人民都动员起来了，立志改变风沙天气，每年都是浩浩荡荡的队伍在沙漠里种树……放心吧，不久的将来，且末一定有一个不一样的春天！

【众人望着校长，没有说更多的话。

【屋外，又是一阵狂风大作。

赵　疆　（望着窗外）沙尘暴一时半会停不了……老师们，你们千万别出去，一会儿我派人给大家送水送饭……（说完欲走）

肖　莉　赵校长，您去哪儿？外面风沙正大……

赵　疆　我去看看其他老师……

【赵疆走去。

【人们望着窗外的风沙……思绪重重。

【歌声：

294

　　　　狂风　穿过了天空……天空

　　　　沙漠　穿过了大地……大地

　　　　生活　穿过了日月……日月

　　　　时光　穿过了年华……年华

　　　　梦想　穿过了未来……未来

　　　　青春　正在穿过心里……心里

　　【突然殷中全大笑起来。

　　【众人一怔。

周大民　你笑什么？

殷中全　那天，我问教体育的王老师，咱来的路上，你不是说，这里的学校有体育馆、标准的塑胶跑道、篮球场、排球场、网球场……有一应俱全的各种竞赛设施……你们猜，他说什么？

众　　　说什么？

殷中全　他笑得合不拢嘴，校长告诉他，当时在保定说的，那是学校的十年规划！

　　【众人大笑。

　　【少顷。

肖　莉　看来，这场沙尘暴，学生又要停几天课了……

黄玲玲　没错！……哎，现在我做个心理测试，一定说真话，你们怕沙尘暴吗？

殷中全　我……

周大民　我不怕！

黄玲玲　我怕！

周大民　你怕风沙？

黄玲玲　不，我怕万一刮走了老师，我们还得兼课，至少两门儿吧，天天要

295

备课到深夜，不是吗？……我还怕经常停课，学生成绩继续走下坡路，且末中学甭想翻身！……我更怕学生经常逃课，学校就变成大车店了！……

周大民　现在也快像大车店了……咋也是个中学吧，巴掌大的操场，只有一个升国旗的土台子，旁边就竖着一支篮球架子……再看看咱们住的……还是墙皮脱落的土房子……

黄玲玲　我最怕冬天取暖的煤炉子，天天早晨费劲巴力地生不着火，冒烟呛得我……

殷中全　一年再赶上几场这样的沙尘暴……

【众人不语。

黄玲玲　肖莉，你怎么不说话？

肖　莉　我……我突然有点想家了……

【音乐，歌声：

　　　　都说青春是奔跑的风

　　　　蓬勃热烈　岁月鲜红

　　　　不眠的星空　驻足的身影

　　　　我依然思绪重重……

【灯暗。

# 二

【一束光下，肖莉在写日记。

【画外音：

是啊，我真的有点儿想家了，当初，我坚信面对新的生活会让生命更有意义。所以至今仍然天天执着地站在简易的讲台上……昨天，期中考试成绩出来了，万万没有想到，班里学生的成绩竟是这样差，甚至连小学的课程都不会，一个叫艾木勒的学生，七门功课竟门门不及格，上课说话，做小动作，扔纸条，专门和老师作对……今天在课堂上我有意地嘲讽他……

【又一束光下，艾木勒站在那里。

肖　莉　艾木勒，你是不是什么都会了？我觉得你，没有必要坐在这里听课，直接去北大、去清华报到吧！

艾木勒　我也是这么认为的，你以为我想来这儿上学呀？……哼！……（扭头走去）

【艾木勒处灯暗。

【肖莉继续写日记。

【画外音：

当时，我气得不知说什么好。回到宿舍，我一个人偷偷落泪……难怪初来的时候，妈妈一直阻拦……我也在想，如果就这样坚持下去，还会有什么结果呢？难道自己追求的青春和人生就是在这样的地方吗？

【灯暗。

【灯亮。

【肖莉、黄玲玲宿舍。

【黄玲玲正在收拾房间，这时，一个学生背着肖莉匆匆走来。

几个学生簇拥着跟在后面。

众　　　黄老师！……

黄玲玲　（见状一惊）这是？……肖老师？！肖老师怎么了？

古丽娜　肖老师……今天周日，肖老师给我们补课，突然晕倒了……我们要送医院，肖老师不让……

孙德民戏剧作品选（2012—2024）

肖　莉　玲玲，没事儿，休息一会儿就好了……

黄玲玲　快，躺在床上……（转身对学生）都是让你们给累的！

众　　　是……

黄玲玲　为给你们补课，昨天半夜了还在准备，今儿个早晨，我刚睁开眼睛，人早没影了……听说，你们连拼音都不会，那不是小学的课程吗？

肖　莉　行了，行了！……同学们，你们快点儿回去休息吧，谢谢你们，我不要紧的……

一学生　老师，要不要去医院拿些药？

肖　莉　不用，不用……

一学生　老师，我们给您点着炉子，烧开水吧！

黄玲玲　不用，一会儿我烧……

肖　莉　快走吧！只要你们好好补课，取得好成绩，我的病马上就好！……

　　　　（下床催拥学生们离开）

众　　　老师，您好好休息！（走去）

黄玲玲　咋，难受吗？

肖　莉　难受……

黄玲玲　活该！……那天你还跟我说："难道我们追求的青春、人生就是在这样的地方吗？……"现在又马上加班加点积极起来了，说一套做一套……两面派！

　　　　【二人大笑。

　　　　【正在这时，彭一刚、周大民、殷中全等几个人走来。

众　　　怎么，肖莉晕倒了！……

黄玲玲　半夜不睡备课，早起不吃不喝，假日加班加点，去给学生补课，具体点儿说，为啥晕倒，又累又饿……

彭一刚　正好，肖莉，我给你带蒸饺来了！

周大民　我说的呢，一再催我们快来，原来彭老师用心良苦……

彭一刚　不是，不是，昨天食堂吃羊肉手抓饭……因为肖莉从来不吃羊肉……

周大民　欸，你怎么知道的？

彭一刚　你们忘了，来的时候，路过塔克拉玛干沙漠的塔中，咱们吃羊肉面，肖莉一口没动，还有，刚到且末那天晚上，县里招待烤全羊，大伙吃得热火朝天，她又饿了一个晚上……是不是，肖莉？

肖　莉　是啊，从那天起，我才知道这里的人们主要吃羊肉，我就开始后悔当初鲁莽选择，为什么要到这样一个和自己生活习惯大相径庭的地方来工作呢？唉，现在后悔也来不及了，走一步看一步吧……

周大民　我是说，彭一刚为啥这么上心，观察得这么细致……

殷中全　听说，一刚费了好大劲儿，才找到一个素馅儿蒸饺的饭馆儿。

黄玲玲　没错！而且，一送就是几个月……唉，别人咋就没有这个待遇呢？

肖　莉　哪回你的嘴也没闲着……

　　　　【众人大笑。

肖　莉　（端起素馅儿蒸饺）来，大家都尝尝……

　　　　【彭一刚将蒸饺送给了每个人，然后，拿出相机，准备拍照。

肖　莉　不许拍！……我就烦这个……

彭一刚　（笑了）这是咱们支教群体的生活记录……（说着，举起相机）你们看，咱们来半年多了……我这里有当初咱们穿越塔克拉玛干沙漠的情景……还有刚到的那天，咱们在中学门口的合影，在沙漠里种树，在胡杨林里联欢……对，还有每个人上课都留下了宝贵的画面……这每一张照片都是历史足迹，有价值吧？……

肖　莉　反正今天……我不照！

彭一刚　老师为学生补课累晕倒了，值得宣传！

肖　莉　老师为学生补课，还要宣传？

彭一刚　大民，你们说呢？

周大民　一刚，肖莉身体不好，咱们以后再照……再说，眼下，难题一大堆，真的没心思……其实，说起学生，期中考试我们班也有一半不及格，特别是外语，数学基础太差，有人还交了白卷……

黄玲玲　这些学生，根本不是来学知识的，是来打发时间、混日子的……

彭一刚　也不能全怪孩子们，许多家长三天两头让孩子请假，为挣几个钱，去打零工、放羊、摘棉花……

周大民　（心烦地）管不了那么多……不知咋回事，每天这心里……像压着一块石头……

黄玲玲　你呀，大民，我发现你是陷在原来的爱情里出不来了！

彭一刚　咋，不是都散了吗？

周大民　散了，人家已经在保定找到工作了……

彭一刚　不同意你来新疆，就不是同路人，还有啥可留恋的？

周大民　我不是留恋她……

彭一刚　那你为啥？

周大民　哎呀，一团乱麻，理不出来……

肖　莉　我猜呀，一定是想找对象，着急了！……

彭一刚　大民条件上乘，找什么样的没有啊？

周大民　……说得容易，（望望众人）一起来的，都有主了吧，当地又人生地不熟……其实，我……只是我爹总来电话催……

殷中全　（笑了）同命相怜！……我们家也是，我妈在病中还催我爹来电话……

黄玲玲　（笑）一准是问搞上对象了吗？对象是不是老家在河北呀？

【众笑。

周大民　哎，殷中全，我就不明白了，既然家中老人身体不好，你为啥还要报名来新疆呢？

300

众　　　是啊，为啥呀？

　　　　【殷中全不语。

肖　莉　你们都不知道吧，那工夫在学校，殷中全暗恋上一个美女……谁知，他一直蒙在鼓里，一直到后来，他才知道这位美女早就有高枝了！……所以，咋叫暗恋耽误人哪！

　　　　【众人大笑。

众　　　哎，那位美女是谁呀？

肖　莉　就在眼前……黄玲玲！

众　　　（惊诧地）玲玲！……

黄玲玲　殷中全，你真要打一辈子光棍，可不怪我……

　　　　【众人又笑。

殷中全　敢情你……

黄玲玲　我啥？刚才你们说到学生，我比你们更糟心！……有位老师领来一个学生，老家的侄子，因为在老家经常逃学、打架、抽烟……被学校开除了，没办法，送到我这里："您就帮忙好好管教管教吧！……"这可好，不光上课说话，和老师顶嘴，哪个老师批评，就和老师对着干，作业都是抄人家的，谁也不敢不让抄……这些日子，让他把我气的……我还不知道该咋办呢？……

彭一刚　看来，这些问题都要解决，我看主要是学生的基础太差，家长不重视、不支持……

肖　莉　还有，由于缺少老师，学校有时不得不停课，真的把孩子耽误了……不能不承认，这里的沙尘暴让许多外地想来支教的老师，望而却步……

周大民　是啊，怎么办呢？

黄玲玲　没办法，都得像肖莉这样，累得咱们一个个趴在床上……唉，我也要病了！……

【黄玲玲一边说，一边去屋门口点炉子，突然发现劈柴被水浇湿了……

黄玲玲 （喊）哎，肖莉，咱们劈柴怎么都是湿的，也没下雨呀！……

【众人见后一怔。

【这时，刘向南抱着一捆劈柴走来。

刘向南 这是干劈柴！……黄老师，今天一早有个学生故意往劈柴上浇了水，被我看见了……

黄玲玲 谁？！

【刘向南不语。

黄玲玲 谁呀？刘老师，不信我治不了他……

众　　 一定是调皮学生干的……

【刘向南有些为难，仍然不语。

黄玲玲 刘老师，谁呀？！

肖　莉 玲玲，别问了……既然劈柴已经湿了……

刘向南 对，对……正好，各位老师都在，我是来和大家告别的。

【众人一怔。

众　　 告别？……

刘向南 对，我要离开学校，回南方了……因为担任肖老师班级的地理课，特来交代一下……

肖　莉 刘老师，您要回南方？

刘向南 对，我申请辞职，学校已经批准了。

黄玲玲 刘老师，您为什么要离开学校？

刘向南 ……当初，我也是来这里支教的，三年前来到且末，您知道，这里的环境……我已经坚持了三年……

肖　莉 这次离开是因为这场沙尘暴？

刘向南 不仅仅是……

肖　莉　还有什么？

刘向南　还有……不怕各位笑话，三年前，在家乡和女朋友谈了恋爱，分开三年了，我们的关系已经面临……今年几乎下了通牒，再不回去，就别想结婚了！

周大民　那，把她调到这儿来！

刘向南　我做过许多次努力，领导也支持，可她……（摇头）态度十分坚决……我家是农村的，条件不好，我是老大，哥几个都没谈上对象，我不回去，家里也不答应……

【众人沉默。

刘向南　刚来的时候，我的行囊里也是装下了宏伟的心愿，改变且末教育落后的面貌，要像这里的红柳一样，在天山脚下的沙漠上扎根，让自己的一颗心永远和这里的孩子们贴在一起……可现实是……肖老师，您说呢？……我当年和你们现在一模一样，可对个人来说，这毕竟是影响一生的选择……

【肖莉望了刘向南一眼，没有说话。

【少顷。

肖　莉　刘老师，那您说我们的人生应当做怎样的选择呢？

刘向南　肖老师，您让我怎么回答呢？……我只想拜托各位老师，我走的消息不想告诉学生，不想面对孩子们……只想一个人悄悄地离开这里……

【歌声：

前面的路

我们把它叫作未来

身后的路

我们把它叫作昨天

未来和昨天之间有一座桥

桥是我们

我们来自太行山……

【音乐。

【灯暗。

# 三

【一束光下。

【肖莉正在写日记。

【画外音：

明天，刘向南老师就要走了，不知为啥，心里一直平静不下来，以致夜里久久不能入睡，我在不断地问自己，为了寻找青春与人生永驻的地方，会不会在不久的将来，也会像刘老师一样离开这里呢？……

夜深了，窗外，只有不眠的星光在依稀闪烁。忽然，起风了，不远处的那片胡杨林，传来沙沙的响声……

【灯暗。

【灯亮。

【刘向南宿舍门口，老师们都来为他送行。

刘向南　老师们就此止步吧！……

肖　莉　刘老师，车就在学校门口，走吧。

刘向南　……说心里话，老师们，我真的羡慕你们，当初，在且末需要人的时候，你们告别亲人，毅然从家乡来到西部，而今，不管条件如何艰苦，你们仍然坚持、坚持……我真的佩服，真的感动……

黄玲玲　刘老师，您回南方，还继续当老师吗?

刘向南　（摇摇头）不，我家乡有个同学，想让我和他一起做生意……

【众人一怔。

刘向南　（急忙提起行李箱）……我知道，且末是多么需要教师，孩子们多
么渴求知识，而我却……

肖　莉　刘老师，别想太多了，走吧!

【众人走去。

【灯暗。


【灯亮。

【当众人走到汽车站，突然为之一怔。

【站外拉起一条横幅，上面写着："老师，我们爱您! 一路平
安!"原来，学生们已经提前来到这里，为刘向南老师送行。

【刘向南泪水潸然，其他老师也十分感动。

学生们　（喊）刘老师，我们爱您! 一路平安!

刘向南　（走近学生们）同学们……

【这时，几个学生代表上前与刘向南拥抱告别。

【刘向南早已泪流满面，说不出一句话来。他突然拎起行李箱，向
学生们和送别的老师们深深地鞠了一躬……

刘向南　同学们，对不起! ……（说着，急急转身向汽车站里走去）

学生们　（喊）刘老师，再见!

【汽车开动的声音，人们招手望着汽车远去。

【此时一片沉默。

【少顷，孩子们突然失声痛哭。

【肖莉走近学生们。

孙德民戏剧作品选（2012—2024）

伟　波　老师，我们昨天就知道刘老师要走了。老师要走了，我们作为学生该给老师送行……

古丽娜　老师，刘老师走了，我们还要停课吗？……

【无人回答。

古丽娜　我们知道，咱且末地方边远，风沙又大……老师们在这里吃了许多苦，可我们做梦都怕老师走。老师走了，我们会停课，老师走了，我们要失学……

伟　华　昨天晚上，妈妈还说，要我跟她去打工摘棉花，她说摘一斤棉花，能挣五角钱呢！……

一学生　停课了，爸爸就赶我天天去山上放羊……

古丽娜　去年那场沙尘暴，学校走了几位老师，我们停课了两个多月……那时候我常常一个人偷偷走到学校门口，就想知道，什么时候来新老师，什么时候我们还能回到教室上课啊？

伟　华　对，肖老师，您还记得你们来的时候，我们有多么高兴，也是在学校门口的这条很长很长的街上，泼了那么多清水来欢迎你们，要开学了！要上课了！……真的，要是每次在这里，都是欢迎新老师，而不是送行……肖老师，我们最害怕老师走了。

学生们　我们最害怕老师走了！

【此时，老师和同学们都十分激动，含着泪水互相深情地望着。

【突然，伟波、古丽娜、伟华和同学们一起涌向老师们。

伟　波　（含泪）老师，是不是有一天你们也会走啊？……

学生们　是不是有一天，你们也会走啊？……

【老师们心潮起伏，泪水盈眶。

【音乐。

【灯暗。

【一束光下，肖莉思绪漫漫，走进那片胡杨树林。

【歌声：

> 那是无助和期盼　还在望着
>
> 那是心里的呼唤　还在喊着
>
> 眼前的世界　有太多的精彩
>
> 是走还是留下来……

【这时，彭一刚走来。

肖　莉　怎么，你也……

彭一刚　胡杨树下，陪陪你……

肖　莉　彭一刚，你说我们生活的意义到底是什么？

彭一刚　快乐！自己快乐，大家快乐！

肖　莉　可我真的快乐不起来……

彭一刚　也许，现实不像我们当初想得那么浪漫……

肖　莉　昨天刘向南老师离开学校的情景，我也十分感动。一夜未睡，胡思乱想……真的，这些天，特别想家……彭一刚，你不想家吗？

彭一刚　咋会不想呢？……我妈妈，在咱们出发前病逝了……

肖　莉　对，我一直想问你，母亲病逝，你怎么不在家多陪伴父亲几天呢？

彭一刚　是父亲赶我出来的……

肖　莉　他赶你出来的？！

彭一刚　对，赶我出来的……妈妈病逝之后，爸爸一直没有跟我说话，我知道，妈妈不在了，他唯一的儿子又要马上离开他，他心里会好过吗？……我说："爸，我在家陪您几天吧……"他没有回答，但我看见老人家的眼睛滚动着泪花。临走的前一天晚上，他把亲自装好的行李箱拎到我面前："走！明天按时和大家一起出发！"

肖　莉　老人家为什么这样？

307

**彭一刚** 他没有回答，只是那天夜里给我讲了一个故事，一个发生在我们村的故事……

**肖　莉** 你们村的故事？

**彭一刚** 我们家是太行山深处最偏僻的小山村，距乡里还有二十多里山路，那都是墙上挂着的道。爸爸是个有六十年党龄的老党员，一直当着村里的支部书记，他告诉我，解放初期村里没有一个识文断字的，都是靠着在地里刨土坷垃，当时也想请个先生来教孩子们，可是磕头作揖也没有一个人愿意到这深山老峪来当老师。后来，爸爸和妈妈硬是说服舅舅拖着带病的身体来到山上，教了六个学生……谁知，两年后，舅舅因病死去了，从此再也没有请到老师上山……孩子们想要上学，只有每天跑几十里山路下山……那时候，山穷家贫，连糊口都顾不上，哪儿有钱念书？从此，整整六年，村里没有一个孩子求学认字。父亲永远记着有一天乡亲们围在他身边："老支书，求求你一定替娃们请个老师来吧，不然孩子耽误了，再这样下去，世世代代没有人能走出大山，咱们还得穷下去！"

【少顷。

**肖　莉** （感动地）我相信父辈们的这些经历，因为我也是在太行山长大的……

**彭一刚** 父亲说，深山老峪的穷人一辈子不信神，不信鬼，可是一辈子敬重教书先生……这时，我才明白，为啥父亲宁可自己守着孤独，也要让我按时出发来西部支教！

【音乐。

【少顷。

**肖　莉** 昨天，当孩子们含着眼泪问我们："老师，有一天你们也会走吗？……"

**彭一刚** 我不会！我会永远留下来，和孩子们在一起！……肖莉，你呢？

【肖莉没有回答。

**彭一刚**　于是一大早你就走进这片胡杨树林……（感慨地）胡杨林，虽然不是想象中那么高大魁梧，但是它"生而千年不死，死而千年不倒，倒而千年不枯"……不管这个传说是不是真实的……

**肖　莉**　但是，我相信，这片胡杨林应该经历了多年的风沙，而顽强地生长在这里！

**彭一刚**　说得对！

**肖　莉**　也许因为这个，每当我走进这片胡杨林中，心里总涌动着一种恢宏……刚才，我忽然想起上个世纪三十年代，想起我们母校的前身保定红二师，那些求学的前辈们，怀着"启钥民智"的理想追求，不仅在严寒的冬天为贫苦的孩子上课，而且，在抗日救亡的运动中，与反动当局的血腥镇压进行了坚决的斗争，当大批军警冲进学校，用机枪、步枪向他们疯狂射击时，他们用棍棒、大刀进行了殊死的反抗……十三名学生牺牲了，十七名学生被捕入狱了……我一直在想，当年母校的师生不正是中国知识分子弘扬和承担中华民族救国担当的光荣传统吗？他们的精神血脉里流淌的不正是中国知识分子勇于奉献的责任和使命吗？他们的流血牺牲不正是用行动在追求青春和未来的梦想吗？……是啊，苦难不是快乐，不是幸福，但是，他们的信仰恰恰是与苦难斗争的精神和历程，也是他们用信仰带给我们今天的快乐和幸福！

**彭一刚**　对！我们当代毕业生选择到西部教书，就是学习先辈的崇高信仰和奉献精神，奉献青春，奉献生命！

**肖　莉**　是啊，为了孩子们那种期盼的眼神，为了当初我们的承诺。所以，我们应该回答孩子们，也是回答自己，拒绝诱惑是一种责任，播种荒原更是一种信念！

**彭一刚**　"拒绝诱惑是一种责任，播种荒原更是一种信念！"你说得太好了！……（紧紧握住肖莉的手）肖莉，今天我还想跟你商量另外一件事……

肖　莉　什么事？

彭一刚　刘老师走了，你们班的地理课怎么办？

肖　莉　我想过，只是我教两个班的语文课，还有一个班的历史课，如果再接过刘老师……

彭一刚　肯定不行！你还是班主任，那样会把你累坏的！……

肖　莉　可是我们不能再耽误学生……

彭一刚　对，肖莉，我想把你们班的地理课兼起来！

肖　莉　（一怔）你？……你是教政治的，还教地理，要从零开始……

彭一刚　既然缺老师，我们必须一专多能，即使从零开始，那也会全力以赴！何况，上高中的时候，我喜欢地理，还参加过全省地理知识竞赛，并且得了奖！

肖　莉　（高兴地）太棒了，政治老师、摄影专家，还是地理竞赛获奖者！

　　　　【二人大笑。

彭一刚　肖莉，很久没见过你这么高兴了，来……（拿出照相机）一定拍下来！

肖　莉　等等！……一刚，我饿了……

彭一刚　（从背包里取出蒸饺）蒸饺，时刻准备着！

肖　莉　（接过蒸饺吃）真香！……

彭一刚　（准备拍照）来，我们一起记住这快乐的时刻！……

肖　莉　（突然）等等！一刚，照片一定要写上"胡杨树下"！

彭一刚　好，绝佳的艺术摄影——《肖莉在胡杨树下》！

　　　　【音乐。歌声：

　　　　春风化雨　那是最美的云朵

经年的胡杨　已成千年的翠禾

弯弯的小路　踏过层林尽染

漫漫的沙原　绽放出蓬勃

【灯暗。

# 四

【一束光下，肖莉在写日记。

【画外音：

漫长的夏季已经过去，且末的秋天真的很美，当我们沉下心来，知道自己该做什么，该怎么做的时候，我才发现把学生装在自己的心里，才是一个教师永远不该的放弃。

不知为啥，当一个个孩子们走进我的心里，忽然都是那么可爱，就连最调皮的艾木勒，昨天，我见他来得很早，一个人在默默地打扫教室。还有，我常常看见班长的书包里塞满牛奶、面包、火腿肠……原来她是送给生活困难的小丽婷，担心她营养不良……真的，现在我越来越喜欢，也越来越离不开这些孩子们了……

维吾尔族学生阿依加和古丽娜兄妹俩，同在我的班上，暑期开学哥哥退学了，而妹妹古丽娜的日记上又写着："古尔邦节就要到了，看见别人高高兴兴地穿戴一新迎接节日，可我……连一双新袜子都没有……"我知道这是一个十分困难的家庭，所以，我决定在古尔邦节到来的时候，去做一次家访。

【灯暗。

【灯亮。

【阿依加家中。

【肖莉提着新书、校服及礼物等走来，古丽娜在门口见到肖莉。

古丽娜　（一怔）肖老师！……（热情地）肖老师，您怎么来我们家了？

肖　莉　古尔邦节，我来向你们全家祝贺节日啊！

【古丽娜拥着肖莉一边进屋一边喊着。

古丽娜　妈妈！……哥哥！我们的班主任肖老师来了！

【这时，正在屋内干活的阿依加，急忙躲进另一个房间。

【肖莉进屋，她打量着屋内，狭小而昏暗，除了一张炕，剩下的地方只能放一张桌子，因为是过节，桌子上摆着水果和甜点。

【这时，母亲布孜然从屋内走出。

古丽娜　妈妈，这是我们肖老师！

布孜然　（热情地）肖老师！……

肖　莉　阿姨，节日好！

【二人热情握手。

布孜然　阿依加和古丽娜天天提到他们的肖老师……好漂亮的姑娘！

古丽娜　妈，我哥呢？

布依然　阿依加刚刚还在这儿……（喊）阿依加！阿依加！……

肖　莉　（笑了）那……一定是阿依加不愿意见他的老师了！……

【这时，阿依加突然从另一间屋内跑出。

阿依加　不！不！……（急急走到肖莉面前鞠躬）肖老师，阿依加想您，想见您！……（眼含热泪）只是……

【肖莉看到阿依加身上穿一件破旧的而且不合体的工作服。

布孜然　（解释道）噢……他爹的旧衣服……肖老师，阿依加退学之后，要下地侍弄棉花，还要到医院照顾他爹……

古丽娜　我哥有空还去街上打零工……

布孜然　委屈孩子了……家里太穷了！……肖老师，今天过节，阿依加也好久不见您了，咱们一起吃个饭吧！

肖　莉　不，不，阿姨，我……

【布孜然已走进内屋。

肖　莉　（走进阿依加）阿依加，真的不想上学了？

【阿依加躲开肖莉的目光，无奈地点了点头。

肖　莉　不想学知识，不想上高中、考大学了？

【阿依加含着泪水，依然点了点头。

肖　莉　更不想念老师，想念同学了？

古丽娜　不，不……肖老师，我哥哥想念学校，更想念老师，想念同学……
　　　　每天早晨我去上学，他常常一个人呆呆地望着学校的方向……每
　　　　次去医院照顾爸爸，他都偷偷地绕到学校门口，哪怕望一眼就离
　　　　开……有一次高兴地跟我说："古丽娜，今天早晨我看见学校升国
　　　　旗了……"

【这时，阿依加再也控制不住地哭了。

肖　莉　阿依加，如果现在让你回到学校……

阿依加　不，不！肖老师，我不会回到学校，阿依加不会再去上学了……

肖　莉　为什么？

阿依加　我不能离开这个家……肖老师，阿依加已经把书包扔得远远的，害
　　　　怕再拿起课本……是，有时候我偷偷地去看看学校，那是为了和它
　　　　告别，为了让学校、老师、同学永远地原谅我……

古丽娜　是啊，哥哥放下了书包，却担起了家里的重担。肖老师，要不是因
　　　　为家里穷，哥哥不会辍学……

阿依加　父亲身体多病，几乎常年住院，家里仅有的五亩棉花地，只能靠给
　　　　母亲一个人……可是，一家人要过日子，父亲要交住院费，我和妹
　　　　妹要上学，要交学杂费、书本费……许多年了，母亲不声不响，
　　　　一个人艰难地支撑着，可如今她已经白发苍苍，腰都快直不起来
　　　　了……记得有一天，妈妈病了，全身烧得十分厉害，她说什么也

不让我请假，答应自己去医院看大夫……快中午了，我不放心，一定要回家看看妈妈怎么样了……家里，没人，我跑到医院，依然没有找到妈妈……于是，我急忙跑到地里，一看母亲一头汗水已经晕倒在棉花地里，手里还攥着剪下的棉花枝……原来妈妈没有去医院，也没有在家休息，而是忍着病痛，一瘸一拐地来到地里给棉花剪枝……"妈妈！妈妈！……"我哭着将妈妈背到医院……那天夜里，我默默地守在她的身旁，望着她疲惫的身躯、消瘦的脸庞，我哭了……妈妈为了这个家，已经把自己熬干了，累病了，变老了……如今，还在忍痛挑着这副重担……我已经长大了，阿依加不该帮助妈妈吗？不该撑起这个家吗？于是我决定退学，决定不再去念书了……

**古丽娜** 当时我也想和哥哥一起退学，一起帮助母亲……

**阿依加** 不行！你是个女孩子，不能离开学校，哥哥挣钱供你……从那个时候起，我下决心做一个大男人，一个顶天立地的男人，让年迈的妈妈坐下来歇一歇，让老人家松一口气……

【正在这时，布孜然走了进来。

**布孜然** 阿依加，妈知道，你是为了我、为了这个家，才忍痛离开学校……可妈也知道，你还没有长大，还是个孩子，还应该和其他娃娃一样坐在教室里读书……每当妈看见你起早贪黑下地干活儿，看见你每天都累得一身汗水，看见你穿着这不合身的大人衣服……妈心疼，妈难受啊！……

【布孜然扶着阿依加痛哭。

【这时，肖莉取出带来的新书和校服。

**肖　莉** 阿姨，您看今天我给阿依加带来了……带来了这学期的新书，带来了学校刚刚发的校服……

【众人吃惊地望着肖莉，肖莉把新书和校服放到阿依加的手里。

314

【阿依加望着手里的新书和校服，像久别的亲人，激动地望着，流下了泪水……突然，他醒悟了……

阿依加　不，不！肖老师，这？……我不……肖老师，谢谢你！……可我……（欲将新书等退给肖莉）

肖　莉　不，阿依加！……（转身对布孜然）阿姨，今天我就是要接阿依加重新回到学校！

古丽娜　真的，肖老师？……

肖　莉　真的！

【音乐。

【阿依加紧紧抱着手上的新书和校服，心潮滚滚……

肖　莉　阿姨，您刚才说得对，孩子应该上学，阿依加应该回到学校，只有上学，有了知识，才能改变自己的生活道路，改变自己的命运，也让贫困的家庭充满希望，让他们的父母能有一个富裕的未来，过上好日子！等他们上了高中，考上了大学，有了知识，有了本事，将来对社会做出了贡献，在他们面前就会出现崭新的生活前景，全家也会过上好日子！

【肖莉走到阿依加跟前。

肖　莉　遇到困难，我们想办法克服，我已经知道你们家是低保户，生活困难，所以在学校已为你申请到生活补助，帮你完成未来学业……（对布孜然）家里春种秋收，我会放在心上，同学们都愿意参加义务劳动……至于阿依加落下的功课，我会给他补上的！

古丽娜　（高兴地）太好了，哥哥！

布孜然　（感动地）肖老师！……

肖　莉　还有……（拿出给古丽娜的衣服）古丽娜，这是给你的，新袜子、新衣服！

古丽娜　（一怔）老师，您怎么知道我想要新袜子？

孙德民戏剧作品选（2012—2024）

肖　莉　是你交上来的"日记"呀！

古丽娜　老师，我有新袜子啦！（示出）

布孜然　过节了，看见别人家的孩子穿上了新衣服，她只想要一双新袜子，可……于是，昨天她去集上帮助人家卸车，自己挣的钱……

肖　莉　（感动地）古丽娜！……

【二人紧紧抱在一起。

布孜然　肖老师，让我们一家人咋谢您好啊……您说的话句句都在理上，为了孩子，为了我们这个家，您想的比我们远……肖老师，今天我好像明白了不少，好像忽然有盼头儿了。您放心，明天我就让阿依加回学校，家里困难再大，我挺得住，能克服！（走到孩子面前）只是阿依加、古丽娜，你们兄妹俩一定听老师的话，好好学习，老师说了，要上高中、考大学，妈妈支持你们！

阿依加

（同时地）谢谢妈妈！

古丽娜

肖　莉　阿姨，我也感谢您的支持！

【音乐。

肖　莉　阿姨，看见您，我想起了我的妈妈……记得我刚来新疆的时候，她坚决不同意，妈妈和我一个月都没有说话，是我自己提着行李默默走出了家门……在车站，每个人都有亲友送行，而我……只有孤零零的自己。谁知，就在火车刚要启动的时候，突然看见一个佝偻着身子的老太太匆匆来到站台上，追赶着火车……那就是我的妈妈，她还是来送女儿了……

布孜然　是啊，做母亲的，永远心疼自己的孩子！

肖　莉　阿姨，您就像我的妈妈，就让我叫您一声……妈妈！

布孜然　孩子！

【音乐。

【歌声：

　　　不是一切大树

　　　都被大风折断

　　　不是一切种子

　　　都找不到生根的土壤

　　　不是一切真情

　　　都流失在人心的沙漠里

　　　不是一切梦想

　　　都甘愿被摘掉翅膀……

【灯暗。

# 五

【夜。

【歌声起。

【窗前，肖莉默默地望着远方。

【屏幕上出现沙漠中的红柳和胡杨。

　　　我透过布满银光的小窗

　　　悄悄地向远方凝望

　　　是什么牵动我的思绪

　　　风沙中　一丛丛红柳

　　　一棵棵胡杨

　　　月缺月圆　寒来暑往

悄悄地生　悄悄地长

深深地扎根在沙漠上

多少歌赞美长青的松柏

为什么　为什么

不唱给默默的红柳和胡杨……

【一束光下。

【肖莉在写日记。

【画外音：

十几年了，人生随着年轮匆匆而过，我们已经从初中的讲台，步入了高中的教室，无愧于职守的是，我们上好每一节课，教育好每个学生。而如今，人们又会发现，在塔克拉玛干沙漠的东南边陲又多了一片又一片的绿荫，那就是我们和学生们亲手种下的红柳和胡杨……

是啊，且末县城外就是虎视眈眈的沙漠，每年春夏两季飞沙走石，县城被风沙不停地施加暴力，所以，且末人深知治沙的重要，如果不种树，每年的风沙都渐渐地向县城逼近……于是，每当春天，我们都来到植树固沙的战场……

【随着歌声、舞蹈表现人们运送树苗和栽树。

车尔臣河的水　塔克拉玛干的沙

这里已成为我们的家

那片胡杨已吐绿

丛丛红柳也长大

多少风沙相伴的春天

我们深深地把根扎下

【男生负责从十里地外的治沙站运来树苗和芦苇，一路深沙，脚步沉重，女生则挖坑，栽好树苗。

【运送树苗队伍过来了，十分疲惫。

【栽树的女人为其加油："加油，面包会有的……"

【喊声中，运送树苗的队伍来到现场。

肖　莉　（喊）同学们，咱们一起休息一会儿吧！

众　　　休息！休息！……

【师生们坐在沙地上休息。

【阿依加给肖莉等送来矿泉水。

阿依加　老师，你们内地有这么大的沙漠吗？也像且末一样刮这么大的风沙吗？

一学生　您看，我们还用芦苇在沙漠的边缘固沙，再种上红柳和胡杨……

古丽娜　对，红柳和胡杨不怕旱，根子扎得深，老师，你们那里有吗？

肖　莉　同学们，我们那里没有这么大的沙漠，但是，时常也有风沙，可没有且末这么厉害，所以我们来且末，特别是近些年，又和你们一起来到防风固沙的最前线，这让我们来西部支教有了更重要的意义，黄老师，你说是不是？

黄玲玲　当然是啊！你们看，蓝天白云，茫茫沙漠，我们在广阔的天地间播种绿色，心胸啊，像天山挺拔雄伟，像戈壁宽广辽阔！……

【众人热烈鼓掌。

阿依加　老师，我想将来培育出更多更好的树种，长得又快，又高大挺拔，就种在咱们且末，防风固沙！

伟　波　老师，我想如果我们能找到风沙的源头，在那里与风沙展开斗争，那样，风沙就不至于刮到我们且末来了！

阿依加　哎，老师，你们那里有专门治沙的大学吗？如果考上，就能对家乡治沙做出更大的贡献！

众　　　对，对呀！

黄玲玲　我们那里大学多了，北京林业大学、中国农业大学……

周大民　地质大学、气象大学、民族学院……

殷中全　科技大学、清华大学、北京大学！……

黄玲玲　全国各地……湖南、黑龙江，很多地方，都有林业大学……只是……（欲说又止）

阿依加　黄老师，只是什么？……

黄玲玲　只是我们能不能考上……我们能不能达到那些大学的分数线？

　　　　【众人突然无语。

肖　莉　黄老师说得对！……这几年，我们且末中学的高考成绩，虽然有了很大提高，但是和全州、全自治区的学校比起来，还有不小的差距，怎么办？……只有赶上去，我们要努力打个翻身仗！

众　　　对，我们努力打个翻身仗！

　　　　【正在这时，有人喊道："老师们，同学们，吃午饭了，就在那片胡杨林里！"

　　　　【众人高兴地走去，彭一刚欲走，见肖莉仍坐在那里。

彭一刚　肖莉，走，吃饭去！……（见肖莉未动）你又在想什么？……

肖　莉　我一直在想，如何打个翻身仗，把学生的成绩提高上去？我认为，关键是我们的教育观念有问题！

彭一刚　什么问题？

肖　莉　脱离实际！

彭一刚　怎么脱离实际？

肖　莉　脱离学生的实际！比如，我们的语文课，教学没有真正和学生的实际结合起来……每当上课时，我看到学生们一个个瞪大了眼睛望着你的时候，我就发现，其实他们并没有听懂你讲的是什么……

彭一刚　（思考）有道理……

肖　莉　一刚，我告诉你一个秘密，最近，我在课堂上悄悄地进行了一项试验，调整课堂结构！……

**彭一刚** 调整课堂结构？……

**肖　莉** 对！把课堂以老师为主，变成以学生为主！充分调动和发挥学生自己的解题思路……你还别说，原来死气沉沉的课堂活跃起来了，学生不仅主动了，而且，对课文的理解，更加准确和深刻！

**彭一刚** ……学生成为主体，让课堂变得生动活泼，那学生的学习兴趣一定会大大提高！

**肖　莉** 没错！

**彭一刚** 肖莉，你这是突破旧的授课模式，我点赞，支持你！

【正在这时，文静推着自行车走来，车子的后架上放着一箱矿泉水，她向周围望着，似乎在寻找什么……

**肖　莉** 小妹，你……找人？……

**文　静** 您……哦，我想打听一下，且末中学今天在哪儿植树？

**肖　莉** 我就是且末中学的，你找谁？

**文　静** 黄玲玲老师……

**肖　莉** 黄老师刚还在这儿……对，在那片胡杨林里吃饭呢！……（突然想起）小妹，你？……你是在超市工作吧？

**文　静** 对，您……您怎么知道？

**肖　莉** 黄老师和我提起过……说你长得可漂亮了……对，黄老师说要给你介绍对象，我们学校的老师……对不对？

**文　静** （不好意思地点点头）黄老师说……趁着你们植树的机会，让我来和他见个面……

**彭一刚** 谁呀？

**文　静** （摇摇头）我也不知道……

**肖　莉** 黄老师也没说，我猜呀……一准是周大民，他正着急呢！……（对文静）对，周大民！……小妹，快去吧，他们一准儿在那边等着你呢！

文　静　周大民？……（笑了）噢，谢谢！（顺便从车后架上拿出两瓶矿泉水递给肖莉，急急走去）

肖　莉　多好的女孩啊！（说着与彭一刚欲走）

【黄玲玲匆匆走来。

黄玲玲　哎，肖莉，看见一个女孩吗？……超市的！……

肖　莉　那不，去找你了！……玲玲，你真办了一件好事儿，周大民不知道该咋感谢你呢？

黄玲玲　（一怔）周大民？！他感谢我什么呀？

肖　莉　你不是……把那个女孩儿介绍给周大民吗？

黄玲玲　哎呀，哪儿跟哪儿呀！不是周大民，是殷中全。

肖　莉　啊？……错了，我刚还和那个女孩说，黄老师给你介绍的对象叫周大民……

黄玲玲　你呀，你呀！……还不如告诉人家，我给介绍的对象叫彭一刚哪！（说完，急急走去）

【肖莉、彭一刚大笑。

肖　莉　走吧，咱也吃饭去！

彭一刚　人家都快吃完了，别去了！我带着蒸饺呢！（拿出蒸饺递给肖莉）

肖　莉　（吃着蒸饺）真香！……难为你了，一刚，凡是有我的地方，你都会带着蒸饺……

彭一刚　这是人物的行动线……更是一支神奇的丘比特之箭，它让我们的爱情相约在车尔臣河畔！……这样的蒸饺，我将永远带在身边。

【二人大笑。

肖　莉　（想起地）一刚，你说，我的教学实验，有一天，校长知道了，他会同意吗？

【正在这时，赵疆还有几位老师，与同学们一起走来。

肖　莉　校长！……

赵　疆　肖莉呀肖莉，我都等不及吃完饭，就急着找你……

肖　莉　（惊疑地）找我？！

赵　疆　肖老师，你的教学试验，课堂改革，学生们刚才都向我介绍了……

【肖莉疑惑地望着学生。

彭一刚　校长，肖莉的课堂改革，您不同意？！

赵　疆　同意不同意，那得先问问学生们，欢迎不欢迎？

众　　　欢迎！

赵　疆　听见了吧，肖老师能把课堂还给学生，让课堂发挥最大的功效，学生们欢迎，我当然支持！

（众人鼓掌）

周大民　只是，校长……

赵　疆　周老师，你说……

周大民　肖老师的教学试验，我支持！只是要在高中年级试验，特别是学生面临毕业……

肖　莉　周老师，越是高中，越要毕业，越应该改变观念，探索新的教学方法……

赵　疆　对，越是高中，学生的时间越宝贵，越应该提高学生的主观能动性！大家知道，咱且末条件艰苦，教育一直落后，说起高考，凤毛麟角都有点儿夸张……甭说教学质量，临到开学，还常常无米下锅，没有老师……今天，肖老师，还有大家都在探索新的教学方法、课堂结构……好！我想，咱们全校的师生都动员起来，就借着这个机会，抓教学、抓质量，咱们下决心打一个翻身仗！

【众人鼓掌。

【赵疆走到肖莉面前。

赵　疆　肖老师，说定了，明天我就听你的课！

肖　莉　（激动地）谢谢校长，谢谢各位老师，谢谢同学们！……今天，是大家在植树造林、要改变家乡的愿望中有了可贵的梦想，要考大学，掌握更多的本领！当然，在实现梦想的过程中，还会遇到像眼前的沙漠，还要走过更加艰辛的旅程。但是，同学们，我想告诉大家，和梦想在一起，永远不会叹气！

【说着，肖莉走上沙岗，大家紧紧跟随着聚拢在她周围。

肖　莉　（指着前方）同学们，你们说，沙漠的另一边是什么？

一学生　还是沙漠，大沙漠！

肖　莉　不……沙漠的另一边是浩瀚的大海，是连绵的绿色，是繁华美丽的城市……

【众人不解地望着肖莉。

肖　莉　同学们，我们要用双手和知识绘出未来美丽的画卷，用付出和艰辛，酝酿未来的甜蜜……"相约梦想，无怨无悔！"

众　　"相约梦想，无怨无悔！"

肖　莉　……每当我把眼前的沙漠比作大海时，我常常想起高尔基的《海燕》……（朗诵）"这是勇敢的海燕……"

众　　（朗诵）在怒吼的大海上，在闪电中间，高傲地飞翔，这是胜利的预言家在叫喊——让暴风雨来得更猛烈些吧！

【歌声：

　　　　这是无边的大海

　　　　若梦若虹的壮阔

　　　　像无与伦比的画卷

　　　　奔腾出史诗般的磅礴

【音乐。

【灯暗。

# 六

【一束光下。

【肖莉在写着日记。

【画外音：

今天，接到母亲让弟弟写来的信，我鼻子一酸，眼泪止不住流下来……弟弟说，母亲看着你结婚的照片，哭着说，只有这么一个闺女，结婚孤零零地，当妈的都没在眼前儿……还不停地指着照片，说你瘦了，黑了，老了……没有原来的模样了，一准是累的……当初，妈就不让你走……是啊，我默默地走到镜子面前，是瘦了，黑了，老了……

但是，我想告诉妈妈，虽然大漠的风沙让我们风华不再，但是，我们在这里收获了进步和成长，更收获了边疆孩子们的爱戴和信任……还有，我们扎根西部的老师大多已经结婚了，虽然没有家人和亲朋的陪伴，但是，我们的爱情，却因为有相互真诚的理解，有对事业的共同热爱，而十分幸福和甜蜜……

【歌声：

> 是爱让他们在这里把诺言许下
>
> 是爱让他们在这里把根扎下
>
> 是爱让他们把梦想种下
>
> 是爱让他们平凡而伟大……

【歌声中，一束光下，学校的胡杨树旁，一对对年轻的教师，沉浸在蹚过爱情河的别样幸福和美好……

【灯暗。

【灯亮。

【学校胡杨树旁的石阶，殷中全坐在这里默默沉思。

【黄玲玲匆匆走来。

黄玲玲　殷中全，你呀，你呀！……我真不知道你想娶什么样的媳妇儿？人
　　　　家文静，哪点不好？疆二代，年轻、漂亮、真诚、能干，还开着超
　　　　市……你说哪点儿配不上你！……说呀！

殷中全　玲玲，我跟你说过，我们家父母身体都不好，我就想找个河北老家
　　　　的媳妇，能和我一起探家，再说，亲家双方还能有个照顾……

黄玲玲　噢，这儿给你预备好媳妇儿了，现成河北老家，还等着跟你一块儿
　　　　探家？……做梦呢，哪儿有那么合适的？

殷中全　（望了一眼黄玲玲）你就合适！……咱俩老家是一个县，可你那工
　　　　夫就是不同意……

黄玲玲　别扯远了！当初，我已经有男朋友了，能再答应你吗？

殷中全　男朋友？……他……他考上研究生，将来能来新疆吗？

黄玲玲　他敢不来？……不来，我就跟他吹！

殷中全　（故意地）那我等着……

黄玲玲　讨厌！……殷中全，正因为咱们是一个县，也正因为当初我不能答
　　　　应你，所以我才管你的事儿，急着给你介绍对象，要不我没事儿找
　　　　事儿呀！……

【殷中全不语。

黄玲玲　昨天，人家文静特意跑到植树点儿去看你，瞅你那个酸劲儿，待搭
　　　　不理的，人家不是求你……

殷中全　我不是情况特殊嘛……

黄玲玲　情况特殊你跟人家说呀！哼，还中学老师呢，掉价！……闹得人家
　　　　女孩儿那叫没面子，走了！

殷中全　玲玲，有空儿你替我跟她解释解释……

黄玲玲　我不管！……再说，还不知道，人家女方现在还有没有心思……说实在的，文静是我们班一个学生的姐姐，开着超市，有钱！你寻思是看上你挣那仨瓜俩枣了……还是看上你的长相，帅？……咱们就是个中学教师，又不是多大官……殷中全，你看看，咱们一起来支教的同事，差不多都结婚了，起码都恋爱了……对，就剩下你和周大民……岁数不小了，再这样下去，我不是吓唬你，说不准就打一辈子光棍！

【正在这时，彭一刚急急走来。

彭一刚　哎，黄老师，殷老师，告诉你们一个好消息，周大民有媳妇儿了！

黄玲玲
　　　　（一怔）周大民有媳妇儿了？！
殷中全

彭一刚　你寻思咋地！……（望了一眼殷中全）中全，怎么，还让玲玲做工作呢？……再不加快进度，可就剩你一个人啦！

殷中全　一刚，周大民真的有媳妇儿了？……我咋不信呢……

【正在这时，周大民和王霞在众人簇拥下走来。

周大民　那还有假！（指王霞）我介绍一下，这就是和我刚刚结婚的媳妇！

王　霞　各位老师，我叫王霞，我就是周大民老师的新婚妻子。

黄玲玲　（打量王霞）苗条淑女！……哎，大民老师，这才几天啊，咋，从天上掉下来的媳妇？

众　　　是啊，从天上掉下来的媳妇？

周大民　老师们，跟你们说，王霞还真是从天上掉下来的媳妇！

【灯暗。

【灯亮。

【舞台上两个表演区，一个是河北阜平，另一个是新疆且末。

【王霞拿着手机在阜平给且末的周大民挂电话。

王　霞　周大民，如果你暑假回来，我就嫁给你。

周大民　（高兴地）我一定回去！……不，不！你是谁呀？……咱们还没见过面……

王　霞　虽然没见过面，可我已经打听了，你忠厚老实，在学校就入了党，如今去且末支教，还当上了教研组长……

周大民　那你是……

王　霞　我呀，是你保定的老乡，在县里教中学……我还告诉你，你父亲身体挺好的……放心吧！

周大民　（一怔）你去看望我父亲了？……这，这么说，你决定了？

王　霞　决定了！……我还想咱们结婚以后，我就去新疆教书，和你生活在一起……

周大民　（惊喜）什么？……你，你真的愿意来新疆？……

王　霞　你不信？……我跟你说，我可不是眼下有些女孩子图享受、图安逸、图金钱……要是那样，我就不找你了！……我是在报纸上看了你们在新疆支教的事迹，还有你去年回学校做的报告，报纸上也登了……我从心里就爱上……就爱上新疆了……

周大民　太好了！……可是，这里比咱家乡要艰苦多了，风沙大……对，你没见过，有一种风叫沙尘暴，刮起来飞沙走石，天昏地暗，十分可怕……

王　霞　再大的沙尘暴，有你在，我怕什么？……

【歌声：

　　　远方飞来的爱

　　　天上掉下来的情

　　　难道真的有传奇

328

忽然吹来甜蜜的风……

**周大民** 暑假，我们真的见面了，几千公里的路途上，我一遍又一遍猜测她的容貌、气质、身高……我不知道相见的瞬间，是她先认出我，还是我先认出她……

**王　霞** 也许在茫茫的人海中会不会彼此错过……

**周大民** 一下火车，就听到了一个天籁之音……

**王　霞** 你是周大民吧？！

**周大民** 没错，眼前推着自行车的女人就是我奔波千里要找的她……

**王　霞** 我叫王霞！……我把他的行李放在自行车上……

**周大民** 我们没有握手，更没有拥抱，虽然她眼睛里有几分羞涩，但好像我们就该是一家人！

**王　霞** 没有想到，仅仅两天……

**周大民** 对，仅仅两天，从老人见面，到办结婚证……

**王　霞** 第三天，我辞去了老家的工作，跟着他一起去坐上了开往新疆的火车……

**周大民** 就这样，仅仅三天，我们从未见面的爱情，走进了婚姻的殿堂……

**二　人** 我们结婚了！（拥抱）

【众人鼓掌祝贺。

【灯渐暗。

【音乐。

【灯渐亮。

【宿舍，新婚夜。

【屋内，只有周大民、王霞，两人故意演绎结婚揭盖头的过程，二人大笑。

**王　霞** 大民，你是不是觉得我有点傻呀?

孙德民戏剧作品选（2012—2024）

周大民　不！你就是"王霞"！……是啊，我们结婚，没有彩礼，没有新
　　　　房，没有鲜花和婚纱，甚至没有一个像样的仪式……

王　霞　（笑了）你知道，我为啥呀？

周大民　为啥？

王　霞　因为这样，才像你！……

　　　　【音乐。

　　　　【二人紧紧相依。

　　　　【灯暗。

　　　　【灯亮。

　　　　【文静的超市里。

　　　　【殷中全和文静默默地坐在那里。

　　　　【少顷。

殷中全　文静，今天我来，是想向你解释一下……

文　静　昨天晚上，黄老师来了，她已经说了很多……

殷中全　都说什么？

文　静　夸奖殷老师为人真诚实在，教书勤奋刻苦，是优秀教师、模范党
　　　　员……还说您十分孝敬父母……

殷中全　他最后怎么说？……

文　静　说什么？

殷中全　……你……我……咱们俩……

文　静　咱们俩……她说既然殷老师……（望了一眼殷中全）那就别勉强
　　　　了！……

殷中全　不，不！……咋，我没跟她说明白？……亏着我，今天亲自来……
　　　　来跟你解释，当初吧，我一直觉得新疆离河北太远，平时没法儿照
　　　　顾守着老家的父母，我父母体弱多病……就想找一个女朋友，老家

也在河北，放假能一起探探家，看看父母……

【文静点点头。

殷中全　真的，每当我提起父母，家中兄弟四个，我是唯一一个全家合力供出来的大学生，父母养我不容易，可我能回报的太少了，我就……几个弟弟长期在外地打工，留下母亲身体不好，疾病缠身，几乎每个月都要住院治疗……可是为了不让我分心，父亲从不告诉我真实的情况。去年妈妈病得不能自理，但父亲每天都在电话里对我说："你好好工作，你妈妈好着呢！"后来，我一直不放心母亲的病，回了一次家。又怕家里隐瞒，于是，我到了保定车站才给父亲打电话，父亲十分意外，问我："你不是不回来吗？"迟疑了一会儿，他又说，"既然你回来了，那就告诉你，你妈住院了！"我立刻跑到医院，一进病房门口，望着躺在床上已经说不出话来的母亲，我只有跪在床前，痛哭流涕……

【此时，殷中全已经泪流满面，文静也十分感动，含泪递给殷中全纸巾。

文　静　殷老师，我理解你，人人都有父母亲人，做儿女的怎么能不牵挂呢？……当初，为了且末的孩子们，你们离开家乡告别亲人，哪怕是有病的父母，十几年了，忍受着思念亲人的痛苦，忍受着不能尽孝的愧疚，默默地扎根在这里……殷老师，我真的敬重你们，也在心里深深地爱着你们！……（激动地）殷老师，我们成家吧！

殷中全　（惊喜地）文静！……

文　静　我答应你，有机会咱们就一起回去看望父母！

殷中全　这是真的？

文　静　真的！还有，我开着超市，只要辛苦一点儿，就能挣钱，有了钱贴补家里，给老人治病。

殷中全　（握住文静的手）文静，谢谢你！……（突然想起）这么说，你答应了？！

文　静　昨天晚上，我就答应黄老师了！

殷中全　什么？昨天晚上黄老师……

文　静　黄老师为了你，操碎了心……

【正在这时，黄玲玲走进。

二　人　黄老师！……

黄玲玲　（对殷中全）这回满意了吗？

殷中全　满意，满意！谢谢你！……

黄玲玲　（笑了）你满意了，可难为文静了。文静经营超市，十分辛苦，我听说，每天凌晨三四点钟就起来进货、上架……

殷中全　文静，你放心，上班前，下班后，哪怕夜里，我都会帮助你……只是，不管怎么说，文静，嫁给我，让你受累吃苦了！

文　静　不，嫁给一个有文化有担当的老师，是我的幸福！

【灯暗。

【灯亮。

【音乐。

【音乐声中，舞台又回到开场时的学校胡杨树旁，一对对青年教师坐在那里。

【肖莉从教师中走出。

肖　莉　是啊，我们的婚姻就是这么平实、简单，是茫茫的塔克拉玛干沙漠，是流淌的车尔臣河水，见证了我们与爱情相约今生。如今，我们都有一个温馨的家，虽然过得并不富裕，但平凡的生活中都充满了幸福。因为，有风风雨雨，我们情同手足，遇到坎坷，我们共同经历酸甜苦辣……有人说且末是出和田玉的地方，而我们的爱情和家庭就是这里赠给我们最美的"玉"，我们会永远珍惜！

【音乐。歌声：

　　收获的季节　九九艳阳

　　爱情和甘苦一起珍藏

　　蜿蜒的沙漠是一生的婚纱

　　小城是永远的新娘

【灯暗。

# 七

【一束光下，肖莉在写日记。

【画外音：

本来我不是一个爱哭的人，可几天来，却抑制不住泪水一次又一次地在脸上流淌，因为又一届学生从这里毕业，又有那么多熟悉的面孔在这里告别，一种难以抑制的思念和怀恋涌上心头⋯⋯

是啊，人生面临许多选择，选择所爱，爱所选择。做了一名教师，我很幸福，因为教师是用生命影响生命，用人格影响人格⋯⋯也许，只有经历了教师职业的艰难，岁月的光华才能在内心深处熠熠生辉⋯⋯

【灯暗。

【歌声：

　　那是一片夜空

　　星星挨着星星

　　颗颗那么渺小

　　颗颗又那么亮晶晶

> 每天闪烁着自己的光圈
>
> 悄悄地落　悄悄地升……

【歌声中，灯亮。

【肖莉走进空空的教室，沉浸在往日的回忆之中……

【画外音：

你们都毕业了，都走了……昔日那些期待的眼神，渴求的目光，会心的微笑，那些迷惑不解紧锁的眉头，还有那响亮的回答，激烈的争辩，一声声"老师"的呼喊……都走了……我真的想念你们，你们还记得这个教室吗？这里承载着我们太多的记忆，这里充满着多少欢声和泪水……同学们，真的感谢你们多年相伴，伴我在大漠上经历的憧憬、艰难和迷茫，伴我在边城和你们一起享受欢乐和成长，更使我坚定了人生的选择和希望……

【肖莉走向学生曾经的每一张课桌和座位……忽然停在一个课桌前面……

肖　莉　阿依加，怎么能忘记你呢？一个在艰辛和困境中坚持到底的维吾尔族学生……

【一束光下，阿依加站在课桌前。

阿依加　老师，我真不知道如何感谢您，您还记得我在初中曾经退过学……

肖　莉　记得，记得！……所以，那年古尔邦节，我特意去了你们家……

阿依加　当您把新学期的课本，还有崭新的校服放到我手里的时候，我激动地哭了……

【突然，一束光下，古丽娜站在另一个课桌前。

古丽娜　对，老师，那天您还给我买了新衣服、新袜子……老师，我和哥哥，还有妈妈，就是听了您的话，只有上学才能改变自己的生活道路……

**阿依加** 只有上学，贫困的家庭才有富余的未来……您鼓励我们，再苦再难也不离开学校，上高中，考大学！……老师，今年，我终于考上了北京林业大学！

**古丽娜** 我考上了中央民族学院！

**肖　莉** 老师祝贺你们，梦想实现了！

【阿依加、古丽娜处灯暗。

【肖莉向前走去，停在另一个课桌前面。

**肖　莉** 这是伟波、伟华的座位，兄妹俩的家在乡下，父母靠种地为生，为了上学，兄妹租住在一间小小的民房，每天一个馕就是他们的午餐……去年高中就要毕业了，突然两个孩子情绪焦躁，成绩下滑……

【一束光下，伟波、伟华站在那里。

**伟　华** 哥，怎么我的眼睛也和你一样，根本看不见黑板了……哥，快高考了，怎么办啊？要不……咱去医院做个检查吧！

**伟　波** ……（为难地）家里哪儿有钱呀？……

**伟　华** 后来是肖老师您带我们俩去医院，做了检查，还花了一千多块钱，为我们俩配了那么贵重的眼镜……

**伟　波** 肖老师，等我们放假打工挣了钱，一定还您！

**肖　莉** 不！只要把功课学好……结果，今年高考，兄妹俩都取得了优异的成绩……

**伟　波** 我考上了上海大学！

**伟　华** 我考上了新疆师范大学！肖老师，我想大学毕业以后向您学习，做您那样的人，回到且末，为家乡的发展做出贡献！……

【伟波、伟华处灯暗。

**肖　莉** 还有什么比这更让老师欣慰的呢！……是啊，经过几年的努力，且末中学的成绩明显提高，今年高考已经位居全自治州的前列！

【突然，一个座位上灯亮。

**艾木勒**　老师，我在这儿，我是艾木勒！

**肖　莉**　记得，记得，艾木勒……老师永远忘不了的艾木勒……

**艾木勒**　因为打架，我受了处分，班级受到影响，老师也在评选中扣了分……老师，我对不起您！……

**肖　莉**　不，老师永远忘不了，临毕业你给我写的那封信，偷偷地夹在作业本里……

**艾木勒**　（似乎像在念信）老师，您的教育，让我很感动，我好像唤醒了自己……因为打架，您严厉地批评了我，因为要毕业，您又三番五次跑到校领导那儿请求为我撤销了处分……那天，我感动地哭了！……您知道，那天回家，姐姐高兴地亲吻了我三次，因为我能毕业了，能参加高考了！……老师，长这么大，我只掉过两次泪，一次是母亲去世，一次是今天。而今天的泪不是悲伤的泪，而是感动的泪，是悔过的泪，是为您和所有关心我的人而掉的眼泪……您的批评、挽救……老师，我这一生永远忘不了您……

**肖　莉**　（欣慰地）前年，艾木勒考上了本地的一所专科学校……

**艾木勒**　老师，我正要向您汇报，毕业之后我已经参加工作了，正式分配到治沙站，我一定像您一样，做一棵防风治沙的红柳，枝繁叶茂地保卫家园！

【肖莉满意地点点头。

**艾木勒**　（欲说又止）老师……

**肖　莉**　艾木勒，你想说什么？

**艾木勒**　老师，有一件事……好几年了我一直想问问您……

**肖　莉**　什么事？

**艾木勒**　对，还是初中的时候，你们刚来不久，那时老师们都是自己用木柴点炉子，有一天你门口的木柴突然被人浇了水……

肖　莉　记得，这件事儿，老师一直没忘……

艾木勒　那您知道是谁干的吗？

肖　莉　（笑了）当然知道。

艾木勒　谁？

肖　莉　你说呢？

艾木勒　既然知道，您为什么不批评他呢？

肖　莉　因为我相信，迟早有一天，他会自己改的……后来，记得老师宿舍搬迁，可我不会生火取暖，炉子点了灭，灭了点，呛得满眼泪水……这时，是他跑过来，一遍又一遍地教我如何点着炉子，还帮着我和煤、打烟囱……还有，一个学生上课突然发病，又是他，背上学生跑了二里多地送到医院，当我见到他的时候，只见到他通身是汗的背影……这些不都证明他已经改的挺好吗？……

【这时，艾木勒激动地流下泪水，径直走到肖莉面前，深深地鞠了一躬。

艾木勒　老师，谢谢您！……

【艾木勒处灯暗。

肖　莉　（继续走着）有一天，我正要上课，突然，一个学生喊道："老师，咱们班又来新同学了！"我问道："谁？"

【一束光下，坐在最后一排座位的林颖站了起来。

林　颖　我！……（走到肖莉面前，鞠了一躬）肖老师，您忘了，我……

肖　莉　林颖！……怎么会是你？

林　颖　大学刚刚放假，我就急着回来看望您，正赶上您要上课，我就悄悄坐在最后一排……肖老师，我最喜欢听您讲课了！

肖　莉　我告诉同学们，林颖不是新同学，而是你们的师姐！去年，考上了北京大学！

【这时，同学们赞叹的声音："北京大学？！""高才生！"……

孙德民戏剧作品选（2012—2024）

肖　莉　是啊，北京大学！当我刚刚听到这个消息时，你们不知道当时我有
　　　　多高兴，激动地流泪了！……自己上中学的时候，梦里最向往的就
　　　　是北京大学……记得一次去北京，我还专门跑到北京大学，照了一
　　　　张照片……现在，我的学生能够走进北京大学读书，就像帮助老师
　　　　实现了当年的梦想……

林　颖　肖老师，如今不止北京，上海、天津、深圳……全国的大学到处都
　　　　有咱且末的毕业生，都有您的学生！桃李满天下了！……

肖　莉　不，是你们为学校，为老师，为咱边疆小城争了气！

林　颖　肖老师，每当校友们聚在一起，大家都没有忘记，十几年前，学校
　　　　几乎没有教师了，是你们保定学院支教毕业生，告别了舒适的家
　　　　乡，离开了父母亲人，冒着滚滚的风沙，过着未曾想到的苦日子，
　　　　把最好的年华、最宝贵的青春献给了西部的孩子们……才让今天的
　　　　且末中学走出了沙漠，走向磅礴的大海！……老师，让我代表所有
　　　　的毕业生，谢谢你们！

【肖莉与林颖紧紧拥抱。

【林颖处灯暗。

【肖莉仍然站在教室里，凝望着，沉思着。

【画外音：

感谢你们，我生命中一批又一批朋友，是你们让我明白了付出是一
种快乐，是你们让我收获了为人师表的幸福和满足。在你们身上让
我理解了"老师"的真正含义，喜欢上"老师"这个称呼，也是你
们让我真正爱上了沙漠这座小城，坚定了影响一生的人生选择……
在你们面前，我忽然发现，我也长大了……

【歌声：

　　　赠人玫瑰　手留余香

相约今生　雨雪风霜

我们追梦别样青春

青春和我一起成长……

【灯暗。

# 八

【一束光下。

【肖莉在写日记：

近来，心里一直忐忑不安，组织上让我担任学校的副校长，说心里话，我只愿意做一名教师，做一株小小的红柳，满怀深情地扎根在祖国西部，把知识和智慧奉献给这片土地上的孩子们……

2014年春节到了，仍然是过去的老传统，每人从家里带一个菜，大家聚在一起，期盼着高高兴兴地过个团圆年……

【歌声：

曾经的岁月　蹉跎漫漫

追梦路上　有你的担当和勇敢

十几个春秋　披星戴月

永不干涸　心里春雨漫漫……

【声声鞭炮中，人们争先恐后端着菜来到餐厅，大小不一的盘子，五颜六色的美味……

"新疆名菜大盘儿鸡！我亲手做的……"

"美味烤全羊！大家尝尝，看火候儿怎么样？"

"我媳妇的手艺，拉条子！"

"且末名菜烤肉！"

"胡萝卜炖牛肉！"

"丁丁炒面！"

"咱们不可缺少的传统菜'拌三丝''老虎菜'！"

"还有浓香奶茶……"

【正待聚餐开始，突然校长赵疆端着两盘菜匆匆走来。

赵　疆　这可是新疆名吃，烤包子、油塔子！……咋样？

众　　　太好了！……

肖　莉　赵校长，欢迎您，我们每年春节聚会，您都准时参加……

赵　疆　那当然，今年是第十四次了……2014年，没错！

肖　莉　老师们，咱们就请赵校长致祝酒词……

【众人鼓掌。

【赵疆举起酒杯，感慨地望了望大家……

赵　疆　十四年了……每当春节，该是一家人……父母、兄弟姐妹难得热闹团聚的时候，你们却在几千里地之外，年年用这样的相聚寄托心中的渴望和期待，用这样的相聚把千丝万缕的思念和痛苦都默默地藏在心里……老师们，我感谢你们！……十四年前，我曾经说过，一些年轻人已经在追求金钱……而你们本来是毕业包分配，到这来国家又没有一分钱的优惠和特殊待遇，可你们来了！这在且末的教育史上前所未有！沙尘暴，你们没走，经历了许许多多的难处，从不动摇。十几年来，你们和大家共同努力，硬让一个落后的且末中学走到了全巴州的前列……（望了望大家）更欣慰的是，如今，你们都已经成为我们教育战线上的顶梁柱，不是吗？……

【赵疆逐一走到肖莉等人的面前。

赵　疆　刚刚提拔起来的副校长、学科带头人、优秀班主任、模范教师……你们是且末孩子们真正的恩人……所以，今天，我代表学校、学

生、家长，代表且末的老百姓谢谢你们！（鞠躬）

【众人鼓掌。

赵　疆　（举杯）这杯酒，我首先敬给你们的母校——河北保定学院。是母校的教育，是母校当年红二师革命传统的激励，让你们把青春献给了祖国的西部！干杯！

众　　　谢谢校长！（干杯）

肖　莉　（举杯）老师们，第二杯酒，我们要感谢学校的领导、老师和同学们对我们的关心、理解和支持，让我们在这个平台上学到了本领，度过了人生的宝贵时刻！

殷中全　对，咱们刚到学校，领导就大胆使用我们年轻人，让我们担重任，甚至还把我们安排到毕业班……

肖　莉　感谢你们！

【众人举杯。

【少顷。

【肖莉慢慢举起杯来……

黄玲玲　肖莉，这第三杯酒敬给谁?

肖　莉　我想……（欲说又止，却已泪水盈眶）十几年了，如果说还有什么遗憾的话，只是觉得对父母、亲人们有说不出的歉疚和不安……所以，这第三杯酒……

【肖莉举起酒杯，然而，此时久久积压在心中的往事亲情，突然涌上大家的心头……有人已在偷偷地哭泣……

黄玲玲　（突然喊了一声）我想家了！……

【众人望着黄玲玲，黄玲玲此时已泪流满面。

黄玲玲　我真的想家了！……十几年了，我一直在想，想妈妈，想爸爸……记得那年春节回家探亲，父亲病重住院，可是开学日期临近，我真的不想离开病床上的亲人，但是，我必须得走，因为校园里还有同样需要我的孩子们。带着痛苦的牵挂和不舍，我不得不踏上这样的归程……谁知，五天之后父亲离开了人世。为了不影响我的工作，家里没有把噩耗告诉我，而且一瞒就是三年，三年中家里编了无数个理由，回答我对父亲情况的询问，直到三年后我再次回家，我才知道真相。失去爸爸和未能尽孝的愧疚，让我在父亲的坟前哭得撕心裂肺……

**周大民**　是啊，今天我们已经成为一名教师，而且有了一个温馨的家，可我常常夜里睡不着觉，心里永远有一种愧疚。记得那年考高中，由于家里困难，我和妹妹两个人只能供一个人去上学，妹妹学习成绩也很好，但是，当家里把借来的一千五百元放在我手里的时候，我永远忘不掉当时妹妹眼里含的泪水。……我上学了，打那，妹妹天天下地干活儿，至今，为了生计，她还在外面打工，听说冬天刷墙，她的双手冻出一道道口子……我……我对不起我的妹妹……

**殷中全**　父亲住院，第一次向我开口要五千元，我和爱人当即给他寄了一万元，父亲匆忙给我打来电话："儿子，咋多寄了五千？这钱爸爸秋后一定还你……"我顿时哭了，爸爸，爸爸，我是您的儿子啊！

**一男老师**　这就是我们的父母！去年春节回家，我给母亲留下了一千元，在回疆的路上，突然发现母亲把一千元偷偷放在我的背包里，还有一张纸条儿，上面写着："妈妈不要你的钱，只要你在新疆好好照顾自己，照顾好媳妇和孩子……"

**肖　莉**　可怜天下父母心！……我们的父亲、母亲为了支撑一个家，苦巴苦拽一辈子……当初，母亲左挡右拦，不让我来新疆，是为了照顾他们吗？不，是心疼女儿离开家会吃苦……后来我才知道，父亲住院需要手术，家里东挪西借也没凑够手术费，可他们一直没向我们张口，他们知道正赶上我们结婚、买房，手里拿不出钱支持家里……至今，父亲只能拖着拐杖艰难地行走，每当看到这些，我真的心里难受……十几年了，我一直在想，父亲病了，我没有在床前煎过药，母亲累了，我不能帮她做一顿饭，弟弟打工辛苦，我又拿不出更多的钱帮助他们减轻负担……可每次来信，他们从没有一句抱怨，封封信是牵挂，句句话是想念……

【歌声：

一封封家信　读了一遍又一遍
一句句嘱托　飞越万水千山
亲爱的父母　你们把孩子送到西部
却没有抱怨　只有牵挂和想念……

赵　　疆　是啊，老师们，正是你们的父母和亲人的支持，才让你们把对他们亏欠和孝心献给了我们西部的父老，献给了边疆的孩子们，献给了伟大的祖国！……肖莉老师，这第三杯酒，让我们一起献给你们的父母和亲人们！

肖　　莉　（举杯）献给他们！

众　　　　（举杯）献给他们！

彭一刚　老师们，我们也该祝贺自己一杯！诗人舒婷说过："不是一切大树都被暴风折断，不是一切梦想都甘愿被摘掉翅膀……"十几年了，我们没有被大风折断，也没有被摘掉翅膀，我们在沙漠里深深地扎下根了，（拿出照相机）我这部相机就是证明。从路过塔克拉玛干沙漠，到走进且末中学安家，从郊外植树固沙，到种下的红柳已经长大，从简易的校舍到如今的高楼大厦，从我们恋爱结婚到孩子长大，从青涩的过去到桃李满天下……我这里保存的几千张照片就是我们的成长历程！

【众人鼓掌。

殷中全　说得好！……回想起来，今天我真的挺骄傲的。当我看见自己教过的学生大学毕业后，又回到且末，现在成为与自己并肩战斗的同事……还有，每当走在县城的街道上，学生家长热情地招呼……这心里呀，溢满了桃李满且末的幸福！

一教师　哎，哎，有一天我去超市，那位服务员大姐说："您是内地来教高中的老师吧？我的孩子，多亏了你们……上大学了！……您买点儿啥，我帮您选！……"

【众人大笑。

肖　莉　（举杯）对，老师们，那就为我们的过去，也为我们的未来，干杯！

众　　　干杯！

【众人干杯。

彭一刚　老师们请站好，2014年春节团聚，留影纪念！

【歌声中，全体老师摄影留念。

【歌声：

车尔臣河的水　塔克拉玛干的沙

小小红柳已长大

送走朝阳　又迎晚霞

我们的青春在这里安家

梦想陪伴着我们继续跋涉

又从这里奔向更高的海拔……

【灯暗。

# 尾　声

【画外音：

2014年4月8日，保定学院西部支教毕业生群体代表写信给习近平总书记，汇报他们十几年来扎根西部的工作和生活，汇报他们亲身参与和见证的西部日新月异的发展变化……并表示继续努力，追寻青春梦想，为西部美好的明天奉献自己的才智和力量。

2014年五四青年节到来之际，中共中央总书记、国家主席、中央军委主席习近平给河北保定学院西部支教毕业生群体代表回信，向青年朋友致以节日的问候，勉励青年人到基层和人民中去建功立业，在实现中国梦的伟大实践中抒写别样精彩的人生。

【屏幕上出现习近平的回信：

你们响应国家号召，怀着执着的理想，奔赴条件艰苦的西部和边疆地区，扎根基层教书育人，十几年如一日，写下了充满激情和奋斗的人生历程。你们的坚守、你们的事迹，令人感动。

我在西部地区生活过，深知那里的孩子渴求知识，那里的发展需要人才。多年来，一批批有理想、有担当的青年，像你们一样在西部地区辛勤耕耘、默默奉献，为当地经济社会发展、民族团结进步作出了贡献。

同人民一道拼搏、同祖国一道前进，服务人民、奉献祖国，是当代中国青年的正确方向。好儿女志在四方，有志者奋斗无悔。希望越来越多的青年人以你们为榜样，到基层和人民中去建功立业，让青春之花绽放在祖国最需要的地方，在实现中国梦的伟大实践中书写别样精彩的人生。

【歌声：

　　我透过布满银光的小窗
　　悄悄地向远方凝望

是什么牵动我的思绪

风沙中　一丛丛红柳

一棵棵胡杨

月缺月圆　寒来暑往

悄悄地生　悄悄地长

深深地扎根在沙漠上

多少歌赞美长青的松柏

为什么　为什么

不唱给默默的红柳和胡杨……

【结尾，画外音：

总书记的深情嘱托，化作澎湃的动力，十年来，越来越多的青年奔赴西部地区，扎根基层一线，在天山南北、于大漠深处，他们用青春的脚步践行人生理想，用无悔的选择回应时代召唤。仅且末县，就有四千余名全国各地青年在这里落户，绽放别样精彩的青春！

【音乐。

——全剧终

2024年6月　五稿

## 附录：创作年谱及演出单位

| | | |
|---|---|---|
| 话剧《千秋大业》 | 1975 | 河北省承德话剧团 |
| 话剧《对峰山》 | 1976 | 河北省承德话剧团 |
| 话剧《飞水滩》 | 1978 | 河北省承德话剧团 |
| 话剧《心底里的呐喊》 | 1979 | 河北省承德话剧团 |
| 话剧《嫁不出去的女儿》 | 1980 | 河北省承德话剧团 |
| 话剧《神秘的大佛》 | 1980 | 河北省承德话剧团 |
| 话剧《怪影》 | 1981 | 河北省承德话剧团 |
| 话剧《懿贵妃》 | 1982 | 河北省承德话剧团 |
| 话剧《门岗》 | 1982 | 中国石化集团 |
| 话剧《愿望》 | 1983 | 河北省承德话剧团 |
| 话剧《泉水河》 | 1984 | 河北省承德话剧团 |
| 话剧《进城》 | 1985 | 河北省承德话剧团 |
| 话剧《班禅东行》 | 1986 | 河北省承德话剧团 |
| 话剧《苍生》 | 1989 | 河北省承德话剧团 |
| 话剧《女人》 | 1990 | 河北省承德话剧团 |
| 话剧《野百合》 | 1991 | 河北省承德话剧团 |
| 话剧《十三世达赖喇嘛》 | 1993 | 河北省承德话剧团 |
| 话剧《这里一片绿色》 | 1994 | 河北省承德话剧团 |
| 话剧《西太后》 | 1996 | 日本松竹株式会社 |
| 话剧《圣旅》 | 1998 | 河北省承德话剧团 |
| 话剧《秋天的牵挂》 | 2001 | 河北省话剧院 |
| 话剧《帘卷西风》 | 2002 | 河北省承德话剧团 |
| 报告诗剧《只有我们才了解春天》 | 2003 | 河北省话剧院 |
| 话剧《紫罗兰又盛开了》 | 2004 | 河北省承德话剧团 |
| 河北梆子《黎明前的星光》 | 2006 | 石家庄市河北梆子剧团 |
| 河北梆子《石门风萧萧》 | 2007 | 石家庄市河北梆子剧团 |
| 话剧《击釜雷鸣》 | 2007 | 山西省太原市话剧团 |

| | | |
|---|---|---|
| 唐剧《这一场大雪来晚了》 | 2007 | 唐山市唐剧团 |
| 河北梆子《女人九香》 | 2008 | 石家庄市河北梆子剧团 |
| 话剧《喊山》 | 2009 | 河北省承德话剧团 |
| 话剧《雾蒙山》 | 2012 | 河北省承德话剧团 |
| 河北梆子《日头日头照着我》 | 2012 | 河北省河北梆子剧院 |
| 河北梆子《晚雪》 | 2012 | 天津市河北梆子剧院 |
| 河北梆子《六世班禅》 | 2013 | 河北省河北梆子剧院 |
| 评剧《从春唱到秋》 | 2013 | 唐山市评剧团 |
| 晋剧《背水之战》 | 2014 | 井陉晋剧团 |
| 河北梆子《毛遂传奇》 | 2015 | 天津河北梆子剧院 |
| 河北梆子《耿长锁》 | 2015 | 河北省河北梆子剧院 |
| 话剧《成兆才》 | 2015 | 河北省承德话剧团 |
| 河北梆子《百合岭》 | 2015 | 石家庄市河北梆子剧团 |
| 话剧《春天的承诺》 | 2016 | 河北省承德话剧团 |
| 河北梆子《李保国》 | 2017 | 河北省河北梆子剧院 |
| 评歌剧《小英雄雨来》 | 2017 | 丰润评剧团 |
| 评剧《乐亭县令》 | 2018 | 唐山市评剧团 |
| 晋剧《李保国》 | 2018 | 井陉晋剧团 |
| 话剧《塞罕长歌》 | 2018 | 河北省承德话剧团 |
| 河北梆子《甜水湾》 | 2019 | 河北省心连心艺术团 |
| 情景剧《铭刻在记忆中的春天》 | 2020 | 河北省承德话剧团 |
| 报告诗剧《没有不可逾越的冬天》 | 2020 | 河北省心连心艺术团 |
| 话剧《青松岭的好日子》 | 2021 | 河北省承德话剧团 |
| 京剧《小英雄雨来》 | 2023 | 河北省京剧艺术研究院 |

（2024年4月整理）